Wer nicht lieben will, muss fühlen

Cara Feuersänger

Wer nicht lieben will, muss fühlen

SAGA Egmont

Originalausgabe

im Vertrieb bei Egmont Verlagsgesellschaften mbH

Dieses Buch wurde vermittelt von der Literarischen Agentur Kossack

Covergestaltung: Stephanie Weischer
Coverabbildungen: Shutterstock
Satz aus der Minion Pro: Karol Kinal
Druck und Bindung Mazowieckie Centrum Poligrafii, Marki

978-3-98750-032-9

SAGA Egmont www.saga-books.com

Dieser Titel erscheint auch als E-Book und Hörbuch.

Für meine „Stegfamilie“
Only Crew Love Is True Love

Kapitel 1

Freitagabend und Feierabend! Dank der angespannten Personalsituation hier im Pflegeheim war es das erste freie Wochenende seit längerer Zeit. Und ich war fest entschlossen, diese Freiheit zu genießen. Zufrieden zog ich das Haargummi aus meinem Zopf, so dass mir die Locken über meine Schultern fielen.

„Joanne? Könntest du noch kurz nach Frau Flanagan schauen? Ein kleines Missgeschick …", vernahm ich die hektische Stimme meiner sonst recht ausgeglichenen Kollegin Fiona. Ich seufzte nach einem Blick auf die Uhr, die am Ende des Flurs hing. Pünktlich würde mein Feierabend also nicht starten. Aber wenn es ein „kleines Missgeschick" gab, konnte ich mein Team nicht im Stich lassen und unsere Bewohnerin schon gar nicht.

Besonders Frau Flanagan war mir im Laufe der letzten Monate während meiner Aushilfstätigkeit ans Herz gewachsen. Sie trotzte ihrem vierundneunzigjährigen Körper, der von Monat zu Monat weniger leistungsfähig wurde, und freute sich über kleine Erfolge: Wenn sie an guten Tagen noch ein paar Schritte mit ihrem Rollator hinbekam, oder wenn sie sich fit genug fühlte, um eine Weile in der Sonne zu sitzen, dann funkelte in ihren treuen Augen eine echte Lebensfreude.

„Na klar, ich geh nochmal nach ihr schauen", rief ich Fiona zu und band meine derzeit lilagefärbten Haare unterwegs schnell wieder zusammen.

Das kleine Missgeschick im Zimmer der Seniorin war entgegen meiner Befürchtung überschaubar. Es handelte sich nicht um einen Notfall im Badezimmer, sondern nur um ein heruntergefallenes Essenstablett. Trotzdem war Frau Flanagan ziemlich außer sich und wippte nervös in ihrem Stuhl hin und her. Begleitet von einem sich wiederholenden „Ach Kindchen, es tut mir so leid".

Dabei musste ihr nichts davon leidtun und sie sollte sich schon gar nicht schlecht dabei fühlen. Behutsam streichelte ich ihre unruhige Hand.

„Ist schon in Ordnung, Frau Flanagan. Ich hebe das auf, und dann besorge ich Ihnen etwas Frisches aus der Küche – und bestimmt finde ich dabei auch noch einen Erdbeer-Nachtisch", zwinkerte ich ihr zu.

Dabei war es auch für mich ein Moment, in dem ich mir ein paar Tränen verkneifen musste. Es tat weh, die lebensfrohe alte Dame so traurig in ihrem Stuhl sitzen zu sehen und zu wissen, dass ein neues belegtes Brot, ein paar kleine Beilagen und einige Erdbeeren alles waren, was ich heute für sie tun konnte. Schnell bückte ich mich und sammelte das ein, was von dem Tablett unserer Bewohnerin auf den Boden gefallen war.

„Ich bin in wenigen Minuten wieder da, okay?", murmelte ich noch und trug die Essensreste aus dem Zimmer, bevor Frau Flanagan darauf bestehen würde, dass sie die nun angestaubten Tomaten und Gurkenscheiben trotzdem essen würde.

Bescheiden, wie sie war, hätte sie das sonst vorgeschlagen. Doch sie hatte ein Abendessen in Würde verdient, weshalb ich ihr in der Küche einen neuen Teller zusammenstellte.

„Du bist einfach die Beste!", kommentierte Fiona, als ich schnellen Schrittes zurück über den Flur huschte.

„Danke, aber ich versuche einfach nur, das hier gut zu machen und …", wich ich aus.

Hoffentlich wirkte das Abendessen, das ich für Frau Flanagan neu zubereitet hatte, nicht völlig deplatziert. Einen Mund aus Erdbeeren, ein Augenpaar aus Gurken und eine riesige Nase mit einem belegten Salamibrot waren schließlich eher für eine jüngere Zielgruppe geeignet. Deshalb beeilte ich mich umso mehr, um zurück zu meiner Bewohnerin zu kommen, und dort wurden meine kurzen Selbstzweifel schnell von einem breiten Lächeln zerstreut.

„Joanne", kam von Frau Flanagan, die sich in dem Moment wieder an meinen Namen erinnerte, „das ist wunderbar. Und die Erdbeeren erst. Weißt du, dass ich Erdbeeren so gerne mag?“

Schmunzelnd setzte ich mich neben sie und schaute zu, wie die alte Frau genussvoll die Erdbeeren aß, bevor es an den restlichen Teil ihres Abendessens ging. Als sie mir zum Abschluss die einzig noch übrig gebliebene Erdbeere überlassen wollte, schüttelte ich meinen Kopf und flunkerte etwas von wegen Kreuz-Allergie. Es hätte mir das Herz gebrochen, ihr diese letzte Erdbeere wegzuessen, und ich war froh, dass Frau Flanagan mir die Allergie abkaufte und mit einem zaghaften Lächeln auf ihrem Gesicht das letzte Obststück aß. Ich vergewisserte mich, dass sie satt war, und schaltete den von ihr bevorzugten TV-Sender ein, um das Abendprogramm sicherzustellen, ehe ich mich für diesen Abend von Frau Flanagan verabschiedete.

„Viel Spaß mit der Flimmerkiste und schlafen Sie später gut“, murmelte ich. Wobei sie mich vermutlich gar nicht mehr hörte, weil sie schon längst auf den Fernseher und ihre Telenovela konzentriert war, während ich nun das Tablett mit dem leergegessenen Teller Richtung Küche trug.

„Danke, dass du nochmal eingesprungen bist – ähm, ist alles okay bei dir?“

Mist. Jetzt hatte Fiona mich doch noch erwischt. Ich mochte sie, doch als Leiterin unseres Teams und als Mensch mit einem ausgeprägten Feingefühl entging ihr nur selten etwas – und ich war gerade nicht sonderlich gut darin, mich auf eine solche Unterhaltung einzulassen.

Irgendwie fehlte mir dafür der Elan, obwohl ich vorhin noch voller Tatendrang gewesen war und mich so auf mein freies Wochenende gefreut hatte. Das war untypisch für mich. Normalerweise konnte ich viel besser abschalten.

„Na klar, Frau Flanagan ist gut versorgt. Ihr ist nur der Teller runtergefallen, schon gut", versuchte ich positiv zu bleiben und spürte den kurzen Händedruck auf meiner Schulter.

„Ich weiß, dass ich mich absolut auf dich verlassen kann, wenn es um die Pflege unserer Bewohnenden geht. Mir geht es um dich. Du wirkst seit Tagen so, als bedrücke dich etwas. Ist es wegen der Absage von neulich oder wegen deines Freunds?"

Wenig überzeugend schüttelte ich meinen Kopf. Denn so genau wusste ich ja selbst nicht, was mich davon gerade mehr enttäuschte. Zumal das nicht alles war, was mir Kopfzerbrechen bereitete. Die Absage auf eine lieblos von mir geschriebene Jobbewerbung hatte mich wider Erwarten getroffen. Eine Organisation, die schwer erziehbaren Jugendlichen durch verschiedene Projekte neue Perspektiven aufzeigte, hätte sicherlich von mir profitiert. Und mir hätte diese Arbeit Spaß gemacht. Für solche Themen hatte ich schließlich Soziale Arbeit studiert und meinen Master vor wenigen Monaten abgeschlossen. Trotzdem fühlte es sich momentan falsch an, mich schon auf einen Vollzeitjob festzulegen. Lange genug hatte ich auf meinen Uniabschluss hingearbeitet und nun kam es mir vor, als sei meine Studentenzeit viel zu schnell vergangen, weshalb ich mir mit der Bewerbung bisher kaum Mühe gegeben hatte. Bereute ich meine Schludrigkeit nun? So sicher war ich mir nicht.

„Schon okay mit der Bewerbung. Ich muss eigentlich vorher noch ein paar familiäre Dinge klären und so", wich ich aus und bemühte mich, mein Gute-Laune-Gesicht anzuknipsen. „Weißt du was, Fiona? Ich habe gerade überhaupt keine Lust auf diese Schlechte-Laune-Themen", seufzte ich und zuckte mit den Schultern. „Schließlich hilft das kein Stück weiter, und da kommt mir das Wochenende recht. Feiern ist viel besser als Trübsal blasen! Willst du nicht einfach mitkommen? Du könntest nach dieser Arbeitswoche sicherlich auch mal ein bisschen Ablenkung gebrauchen."

„Höre ich da etwas von Feiern und Ablenkung?"

„Cillian! Bist du auch dabei?"

Diesmal war mein Lächeln aufrichtig. Wenn mein Kollege Cillian, der sich lautlos angeschlichen hatte, mit am Start war, dann konnte aus diesem Abend definitiv etwas werden. Cillian war seit kurzem Praktikant im Pflegeheim, konnte echt gut mit den alten Menschen umgehen und wusste definitiv, wie man einen entspannten Abend verbrachte. Also genau das Richtige in meiner Situation. Sein „Klar bin ich dabei" war daher Musik in meinen Ohren und schnell war der Plan geschmiedet. Wir würden in meinem Lieblings-Pub jenseits der touristischen Viertel starten und uns später ins Getümmel von Templebar stürzen.

„Wir treffen uns also in einer Stunde im Cobblestone, okay? Ich muss nochmal nach Hause und mir Klamotten holen."

„Klar, das passt!"

„Hört sich gut an, bis später", bestätigte auch Fiona. „Ach und bringst du deinen ominösen Freund heute endlich mal mit?"

Ich seufzte.

„Zu gern würde ich ihn euch vorstellen, aber er ist dieses Wochenende unterwegs auf einem Kongress."

Auf welchem Kongress Neil genau war, hatte er mir gar nicht erzählt. Mein Freund war oft unterwegs. Umso schöner war es, wenn ich Zeit mit ihm verbringen konnte. Es war unbeschwert mit Professor Dr. Neil Cronin. Die Ungezwungenheit war genau mein Ding. Bloß dass er das wohl noch mehr schätzte als ich. Seit einem knappen Jahr waren wir zusammen und seit Monaten erinnerte ich ihn regelmäßig daran, dass wir unsere Beziehung nicht mehr verheimlichen wollten. Schließlich war ich jetzt nicht mehr seine Studentin und außerdem hatte ich sowieso nur ein Modul bei ihm belegt. Seit ebenso vielen Monaten wich Neil mir aus, wenn ich auf das Thema zu sprechen kam. Ein Grund mehr, diesen Freitag nicht Trübsal zu blasen, sondern den Abend mit Cillian und Fiona zu verbringen. Auch wenn die beiden nur Teammitglieder waren und ich meine Freunde vermisste, die sich seit dem Uniabschluss in alle möglichen Richtungen verstreut hatten, freute ich mich nun auf diese Ablenkung. Die Aussicht auf das Cobblestone, in dem gute Musik gespielt wurde, und eine anschließende Tour würde nach dem unterschwelligen Frust der letzten Tage bestimmt herrlich sein.

„Also, bis später!"

*

Endlich konnte ich die eintönige Arbeitskleidung auf den Boden meines WG-Zimmers fallen lassen und in ein farbenfroheres Outfit schlüpfen. Mein geliebter roter Cordrock passte meiner Meinung nach hervorragend zu dem Hoodie mit der „The Cranberries"-Aufschrift, deren Musik ich auch Jahre nach Auflösung der Band noch sehr gern mochte. Auch heute wählte ich ein Paar ausgetretene Sneaker dazu. Zwar würden sich ein paar Absätze bei meinen zierlichen 1,63 Meter auch gut machen, doch die waren mir schlichtweg zu unbequem! Kurz streifte ich über meinen Knöchel, über welchem sich mein neustes Tattoo befand: „Stronger". Auf dem Weg ins Bad hörte ich Stimmen aus dem Zimmer meiner Mitbewohnerin Keeva. Ziemlich eindeutige Stimmen, die mich grinsen ließen. Keeva war nett, studierte Grundschullehramt an meiner alten Uni und gehörte eindeutig der Mauerblümchen-Fraktion an. Lebhafte Flirts waren bei ihr die absolute Ausnahme. Genau genommen konnte ich mich nicht an eine einzige Männergeschichte erinnern, seitdem wir vor einigen Semestern Mitbewohnerinnen geworden waren. Anfangs hatte ich sie ein paar Mal mit zu Unipartys genommen und irgendwann die Tatsache akzeptiert, dass es sich bei uns um den Inbegriff der Zweck-WG handelte. Umso erstaunter war ich deshalb, als es in ihrem Zimmer nun ziemlich wild zugehen musste. Meine Mitbewohnerin hatte also endlich mal richtig Spaß! Ob sie mir später davon erzählen würde? So ein bisschen neugierig war ich ja schon, was es für ein Kerl war, der sie verführte. Vielleicht konnte ich ihr ja ein paar Storys entlocken, überlegte ich, während ich mit meinem Make-up begann. Ich war kein Fan von übertrieben viel Farbe im Gesicht, doch mit einem guten Kajal und genug Wimperntusche funkelten meine Augen wie eine grüne irische Wiese im Sonnenuntergang. Jedenfalls behauptete Neil das manchmal. Vielleicht würde ich ihm nachher ein paar Selfies aus dem Pub schicken und ihn fragen, wann wir uns endlich mal wiedersehen konnten. Wo auch immer er heute bei seiner Konferenz herumschwirrte. Wobei ich das direkt jetzt tun konnte. Lächelnd schnappte ich mir die Ohrringe, die er mir neulich geschenkt hatte, setzte sie ein und zückte mein Handy, um in die Frontkamera zu grinsen. Mit meinen sechsundzwanzig Jahren war ich eigentlich zu alt, um Selfies im Badezimmer zu machen, fiel mir dabei auf. Grundsätzlich waren mir solche Regeln egal, aber möglicherweise gefiel es Neil eher, wenn ich zumindest mein Zimmer als Hintergrund wählte, schließlich war er ungefähr zwanzig Jahre älter als ich – was man ihm sonst nicht anmerkte – und würde einen neutralen Hintergrund sicherlich geschmackvoller finden als die Badezimmerfliesen. Ich war fast schon spät dran, wenn ich mir von Cillian keinen Spruch über meine Unpünktlichkeit anhören wollte, aber so viel Zeit musste sein. Deshalb beeilte ich mich auf dem Weg in mein WG-Zimmer, war unaufmerksam und stieß gegen jemanden.

„Holy shit!", fluchte ich, als ich einen Ellenbogen zwischen meinen Rippen spürte, und krümmte mich kurz nach unten, während ich versuchte, ein paar tiefe Züge Luft zu holen. Ich sah nackte Männerfüße, Beine und … ein nicht zu verachtendes Exemplar von geballter Männlichkeit, als ich meinen Kopf anhob, während der Schmerz langsam nachließ. Irgendetwas war hier faul, schoss es mir durch den Kopf, als sich der mir ziemlich vertraute Körper abwandte.

„NEIL??!!"

Kapitel 2

„Joanne, hör zu, ich …“, stotterte Neil unbeholfen, während er versuchte, nicht allzu viel von seinem Körper preiszugeben.

Das war an Lächerlichkeit ja wohl kaum zu überbieten! Wir waren seit einem Jahr zusammen und nun schämte sich dieser Mann, mit dem ich zahlreiche ziemlich intensive Nächte verbracht hatte, vor mir. Nichts war übrig von seinem sonst so verschmitzten Lächeln. Normalerweise hatte er diesen sportlichen Surfer-Look, der ihn jünger aussehen ließ als Mitte vierzig. Jetzt stand ein armseliges Würstchen vor mir, feige durch und durch. Mit schwitzigem Oberkörper und angeklatschten strähnigen Haaren. Noch nie hatte mich Neil dermaßen angeekelt. Deshalb konnte ich ihn nur anstarren, war unfähig, irgendetwas zu sagen.

„Das ist nicht so, wie du denkst.“

WUMMS!

Die Ohrfeige hatte gesessen. Fassungslos blickte ich auf meine rechte Hand, die noch mehr zitterte als der Rest meines Körpers. War das gerade wirklich passiert? Noch niemals in meinem Leben hatte ich einem Menschen ins Gesicht geschlagen. Dem erschrockenen Gesichtsausdruck von Neil zufolge hatte ich es soeben getan, entgegen sämtlicher Überzeugung. Tränen der Überforderung bahnten sich stumm ihren Weg über meine Wangen und mein Blick haftete auf diesem Mistkerl. Plötzlich konnte ich nicht anders, ich gluckste kurz auf und fing dann schallend an zu lachen.

„Du solltest dich mal sehen! Wie du da stehst. Du solltest mal in den Spiegel gucken. Du müsstest dich mal selbst angucken“, prustete ich unkontrolliert los. „Du erschrockenes Häschen, das nötig hat, meine Mitbewohnerin zu vögeln, die so spießig ist, dass sie nicht einmal den Weg in einen Pub findet und keine einzige Bar in ganz Dublin kennt!“

„Lass Keeva da raus!“, grollte Neil mit tiefer Stimme.

Wow! So weit waren die beiden schon, dass er sie verteidigte? Vor mir? Ich war diejenige, die versucht hatte, Keeva ein bisschen was vom Studentenleben beizubringen und sie aus ihrem grauen Schneckenhaus zu locken. Dass sie das ausgerechnet nutzte, um mit *meinem* Freund in die Kiste zu steigen, das war die Höhe. Was um alles in der Welt stellte Neil sich also vor, wie ich reagieren sollte? Zumal die beiden auch noch die Dreistigkeit besaßen, ihr Schäferstündchen hier in dieser WG durchzuführen. Mein kurzer Lachflash ebbte ab und mein Kopf war wie leergefegt. Ich wusste nicht, was ich tun sollte, was ich schreien oder sagen sollte.

Die Situation tat fast körperlich weh. Zumindest war ich nach meinem ersten Ausbruch unfähig, irgendetwas zu tun oder mich vom Fleck wegzubewegen. Meinem Impuls, die Wohnung fluchtartig zu verlassen, folgte ich nicht.

Und dann kam Keeva aus ihrem Zimmer geschlichen. Ihre aschblonden Haare waren notdürftig zu einem Dutt hochgebunden. Im Gegensatz zu Neil war ihr Körper verdeckt – mit dem großen blauen T-Shirt, das Neil gehörte. Sie sah aus wie ein kleiner unscheinbarer Geist. Dieser Geist hatte mit meinem Freund geschlafen. Unscheinbarkeit definierte ich üblicherweise anders.

„Wie kannst du es wagen …?!", fauchte ich zornig in Keevas Richtung. Am liebsten wäre ich ihr an die Gurgel gegangen oder hätte ihr klischeehaft an den Haaren gezogen und mit den Fingern ihren Unterarm zerkratzt. Nur unserem ziemlich schmalen Flur und der Tatsache, dass Neil zwischen uns beiden stand, war zu verdanken, dass uns dieses lächerliche Szenario erspart blieb. Nein, nochmal würde mir die Hand nicht ausrutschen. Ansonsten verdienten die beiden jedoch Klartext:

„Du bist die längste Zeit meine Mitbewohnerin gewesen! Überleg dir schon mal gut, wohin du ziehen willst. Aus guten Quellen weiß ich nämlich, dass die Situation in der Wohnung des Herrn Professor schwierig sein und er da nicht so viel Platz haben soll, um jemanden aufzunehmen!", donnerte ich los, während mein Blick abwechselnd Keeva und Neil taxierte.

„Ich bin hier die Hauptmieterin“, kam frech von Keeva. „Auch wenn Neils Wohnung durchaus ihren Reiz hat, so gibt es für mich gar keinen Grund, hier überstürzt abzuhauen.“

Bäm!

Dieser Satz traf mich vermutlich härter, als Neil von meiner Ohrfeige getroffen worden war. Ich hatte seine Wohnung während der ganzen Zeit nicht ein einziges Mal gesehen. Hotelzimmer und Restaurants waren für ihn aufregender gewesen oder der Wochenendtrip an den Ring of Kerry, den wir gemeinsam unternommen hatten. Manchmal war er auch hier gewesen, in dieser Wohnung – ein Zimmer weiter. Es konnte unmöglich wahr sein, dass Keeva sein Zuhause kannte. Oder bluffte sie? Selbst wenn sie das tat, war da keine Spur der Reue. Kein „es tut mir leid“. Immerhin auch kein erbärmliches „das ist nicht so, wie du denkst“. Stattdessen Hohn und Spott von diesem Mauerblümchen und das setzte dem Theater die Krone auf.

„Mir wird schlecht, wenn ich dir zuhöre und wenn ich euch so ansehe“, schluchzte ich auf, auch wenn ich mir diese Blöße nicht geben wollte. „Keeva, tu mir diesen einen Gefallen und verzieh dich auf dein Zimmer, und Neil, zieh dir einfach was an, ich will verdammt nochmal mit dir allein reden, aber nicht so. In fünf Minuten, in der Küche.“

Meine Stimme war jämmerlich und bestimmt nicht überzeugend. Trotzdem entfaltete sie immerhin so viel

Wirkung, als dass die beiden in Keevas Zimmer verschwanden. Sekundenlang blieb ich noch wie erstarrt im Flur stehen, war wieder versucht, aus der Wohnung zu rennen, stürzte letztendlich jedoch in mein Zimmer, wo ich mich der Länge nach aufs Bett warf und auf meine unschuldige Decke eindrosch, die so gar nichts für diese Situation konnte. Mit zitternden Händen zerrte ich anschließend die Ohrringe von meinen Ohrläppchen, bloß um sie dann in eine Zimmerecke zu schleudern. Es war okay, wenn sie in dem Klamottenchaos, in das sie hineingeflogen waren, für immer verloren blieben. Was hatte ich mir hingegen bei der Ansage gedacht, in fünf Minuten mit Neil reden zu wollen? Das war eine völlig sinnlose Idee. Ich hatte genug gesehen und gehört von den beiden, was sollten Worte da noch ausrichten? Trotzdem stand ich nach einigen Minuten wieder von meinem Bett auf, wischte mir über die Augen, weil ich Neil nach dieser Erniedrigung nicht noch meine Tränen zeigen wollte. Wobei das dürfte sowieso zu spät sein, denn meine Mascara hatte sich sicherlich längst in alle Himmelsrichtungen verteilt und meine Augen dürften gut gerötet sein. Trotzdem richtete ich mich auf, hob das Kinn an und ging mit entschlossenen Schritten in die Küche. Wider Erwarten saß Neil an dem kleinen Tisch, während von Keeva nichts zu sehen war. Mit verschränkten Armen blieb ich im Türrahmen stehen. Mein Blick glitt über die Küchenzeile, in der Reste eines Auflaufs neben Dessertschälchen und zwei Kerzen standen. Daneben lagen sogar Servietten. Normalerweise gehörten die nicht zu der Ausstattung unserer WG-Küche. Da hatte Keeva richtig Gas gegeben, bemerkte ich und wünschte, ich wäre einfach gegangen. Das war jetzt zu spät, diese Blöße würde ich mir nicht geben.

„Was soll dieser Mist? Du hast monatelang versprochen, dass wir das mit uns offiziell machen, und stattdessen schläfst du ausgerechnet mit meiner Mitbewohnerin?!"

„Ach Joanne, schau dich mal an. Du bist noch immer die Studentin, die du warst, als wir uns … *kennengelernt* haben. Was hat sich denn seitdem verändert?"

Verachtung sprach aus dem Mund von dem großen Herrn Professor. Woher nun dieser Sinneswandel kam, nachdem er eben noch hilflos gestammelt hatte, war mir ein Rätsel. Offensichtlich verstand ich vieles nicht, was Neil anging.

„Zufälligerweise habe ich im letzten Herbst mein Masterstudium beendet und gar nicht mal so schlecht abgeschlossen. Ich bin keine Studentin mehr. Wir hätten alle Freiheiten gehabt!"

„Du lebst wie eine Studentin. Nach wie vor hast du dir keine feste Arbeitsstelle gesucht und jobbst weiterhin in diesem Pflegeheim, so wie die letzten Semester zuvor."

„Danke für diese Erinnerung", grummelte ich. „Es ist eine wertvolle Arbeit, die ich da tue, und ich suche mir eine Stelle, wenn ich bereit dazu bin. Abgesehen davon ist das die denkbar blödeste Ausrede, die dir einfallen kann.

Wenn du keine Lust auf eine Studentin hast, ist Keeva eine denkbar ungeschickte Wahl!"

Wieso ließ ich mich überhaupt auf diese Diskussion ein? Und warum rechtfertigte ich mich vor Neil? All diese Fakten hatten nichts mit uns als Paar zu tun – oder als Affäre. Wie man unsere Beziehung bezeichnete, spielte wohl kaum mehr eine Rolle, und was ich für meine Zukunft plante, war mein Ding. Es war mein Leben, es waren meine Entscheidungen. So lange hatte ich darauf gewartet, die jahrelang erlernte Theorie endlich in die Praxis umzusetzen und mit Menschen arbeiten zu können, die meine Hilfe brauchten. Natürlich war das in meinem Nebenjob auch der Fall, aber der war nur ein Übergang gewesen, um mein Studentenleben zu finanzieren. Mir lag es an den Projekten, die Organisationen anboten. Um diese Zukunft hatte ich mich seit meinem Uniabschluss tatsächlich noch nicht gekümmert. Richtig gefeiert hatte ich auch nicht. Eigentlich wäre diese Übergangsphase hervorragend gewesen, um eine Reise zu unternehmen. Mit dem Rucksack quer durch Asien beispielsweise. Oder mich einfach in ein Flugzeug setzen und schauen, wo es mich hintrieb. Denn ich hatte keine Angst vor Kakerlaken, großen Spinnen und liebte das Chaos, das in gemischten Zehn-Personen-Schlafsälen herrschte. Voll von Leuten, die das Abenteuer suchten und für kleines Budget möglichst viel von dieser Welt sehen wollten. Leider war das Abenteuer bislang ausgeblieben und ich hing hier in Dublin fest. So hatte ich mir das ja auch nicht vorgestellt! Trotzdem stand es Neil nicht zu, dass ausgerechnet er mich daran erinnerte.

„Abgesehen davon …“, setzte ich trotzdem zu einer weiteren Rechtfertigung an, „… habe ich meine Mutter noch nicht gefunden. Wie soll ich das tun, wenn ich erstmal fest in einem Job bin und dann mal spontan verreisen muss?“

„Wow, du hast dich ja wahnsinnig ins Zeug gelegt, was diese ominöse Suche angeht“, spottete Neil.

Wie blind ich gewesen war! Ich erkannte meinen Freund – oder nun Ex-Freund – oder Ex-Affäre nicht wieder. Natürlich hatte er auch zuvor ständig alles besser gewusst, egal ob es um Themen an der Uni, Reisen oder ganz simple Alltagsfragen gegangen war. Nur hatte es mich bislang nicht sonderlich interessiert und er hatte es netter, oft mit einem kleinen Witz oder einem Schmunzeln verpackt.

„Du hast keine Ahnung von meiner Familie und die Details gehen dich einen feuchten Dreck an“, stammelte ich.

Was meine Familie betraf, hatte ich glücklicherweise auf mein Gefühl gehört und Neil nicht sonderlich viel von dieser Suche erzählt. Leider hatte er, was diesen Punkt anging, jedoch recht. Viel erreicht hatte ich in den letzten Monaten nicht. Auch wenn ich viele anstrengende Gespräche mit meinem Vater geführt hatte. Von diesen wusste Neil jedoch nichts und jetzt würde ich ihm garantiert nicht mehr davon berichten.

„Dieser Tonfall ist nicht in Ordnung, junge Dame."

„Was bildest du dir ein, so mit mir zu reden?! Hier ist sowieso überhaupt nichts mehr in Ordnung – alter Mann!"

Noch immer war ich wie im Türrahmen festgewachsen und starrte Neil an. Sämtliche Wörter und Rechtfertigungsversuche waren zwecklos, so wie ich es zuvor schon geahnt hatte. Er würde mir nur weitere Vorwürfe machen, die meinen persönlichen Weg anbelangten und mit uns beiden überhaupt nichts zu tun hatten. Auf eine Entschuldigung würde ich vergeblich warten und was interessierte mich noch eine Begründung? Wollte ich überhaupt wissen, wie das mit Keeva losgegangen war? Abgesehen von verlogenen Streitereien war dieses Unterfangen auf jeglicher Ebene gescheitert und gerade diese Konstellation tat verdammt weh. Den Menschen, den man liebte, derart zu hintergehen, das war für mich ein No-Go und Neil hatte mir diese Liebe vorgespielt. Ich hatte ihn geliebt und war auf ihn reingefallen. Eine Tatsache, für die ich mich nun fast schämte. Wie hatte ich bloß so naiv sein können? Ich passte sonst keineswegs in das Bild einer naiven jungen Frau. Offensichtlich war mir der Glaube an das Gute im Menschen jedoch in diesem Fall zum Verhängnis geworden. Ich hatte die von mir so verabscheute rosarote Brille aufgesetzt und Neil vertraut. Der wollte schon wieder ansetzen, irgendetwas zu sagen, aber mit einem eiskalten Blick brachte ich ihn zum Schweigen.

„Ich will Keeva und dich nie wiedersehen. Es ist aus und vorbei", sprach ich das aus, was ohnehin offensichtlich war.

Doch so war immerhin ich diejenige, die dieses letzte bisschen Ehre in dieser unwürdigen Situation behielt. Schwungvoll drehte ich mich um und versuchte, das Brennen in meinen Augen zu ignorieren. Neil versuchte nicht einmal, mich aufzuhalten. Natürlich nicht. Zittrig huschte ich in mein Zimmer. Während meine Klamotten wild durcheinanderlagen, hatte Neil ein kleines Fach meines Kleiderschranks belegt. Fein säuberlich lagen einige Kleidungsstücke und sein Waschbeutel dort. Ich unterdrückte meinen Impuls, mit diesen Dingen zurück zur Küche zu laufen und sie ihm um die Ohren zu donnern. Stattdessen warf ich das Päckchen unkommentiert in den Flur, ehe ich meine Tür von innen abschloss. Während ich noch unschlüssig und überfordert in der Raummitte stand, vibrierte mein Handy. Cillian versuchte, mich telefonisch zu erreichen. Mist, ich war zu spät. Wobei das an einem solchen Tag auch nichts mehr ausmachen durfte.

Sorry, es gab eine Verzögerung. Komme später.

Schnell versendete ich die Nachricht, statt ihn zurückzurufen. Ich brauchte jetzt erstmal eine Pause, bevor ich wieder mit anderen Menschen sprechen konnte. Andererseits war meine Entscheidung somit gefallen, denn später anzukommen bedeutete eben nicht, gar nicht zu unserem vereinbarten Treffen zu gehen. Richtig gut fühlte sich das nicht an. Hier zu Hause wollte ich trotzdem nicht bleiben, und Fiona und Cillian würden mir bestimmt zuhören und mich vielleicht ein bisschen ablenken können. Außerdem brauchte ich dringend jemanden, um über ein paar konkretere Ideen zu sprechen. Denn wenn ich nicht länger hier mit Keeva zusammenwohnen wollte, dann musste ich eine neue Unterkunft finden. Da Dublin eine beliebte Stadt war, brauchte man viel Glück, um schnell eine neue Unterkunft zu finden, die idealerweise auch noch irgendwie bezahlbar war. Oder man benötigte gute Kontakte. Vielleicht hatten die beiden ja eine Idee und kannten jemanden, bei dem ich vorübergehend unterkommen konnte.

Seufzend suchte ich meine Sachen wieder zusammen, warf den nötigsten Kram in meinen kleinen Rucksack, schminkte mich mit ein paar Tüchern ab und trug zumindest Kajal und Mascara neu auf, um nicht gänzlich zerlegt auszusehen.

Hoffentlich würde der Spaziergang zum Cobblestone ausreichen, um nachher wieder ein bisschen frischer zu wirken und einen klaren Kopf zu bekommen.

Kapitel 3

Es war ein lauer Juniabend und der hatte zur Folge, dass halb Dublin auf den Beinen war. Ein Umstand, der mir an einem normalen Freitagabend gefallen hätte. Zumal frühsommerliche Abende derzeit Mangelware waren und es schön war, endlich mal wieder ohne Jacke rausgehen und das Leben entspannt genießen zu können. Allerdings wollte ich jetzt keinem mehr begegnen, aber das war natürlich ein unmögliches Unterfangen, wenn ich gleichzeitig am Liffey entlanggehen wollte. Um zumindest ein bisschen ungestörter zu sein, wechselte ich schon bei der O'Connell Bridge das Flussufer. So konnte ich vermeiden, quer durch die Menschen- und Touristenmassen in Templebar zu laufen. Mitten auf der Brücke blieb ich stehen, um einem Straßenmusiker zu lauschen, und lehnte mich mit meinen Ellenbogen auf das Brückengeländer. Unten auf dem Wasser herrschte reges Treiben. Zwei Boote der Flussrundfahrt fuhren aneinander vorbei und weiter in Ufernähe paddelten einige Menschen mit ihren Kajaks. Ein Stück weiter hinten wurde ein Hausboot abgeschleppt, das seine besten Tage längst hinter sich hatte. Nachdenklich starrte ich auf den Rumpf, der vor vielen Jahren sicherlich strahlend türkis gewesen war. Nun war die Farbe an vielen Stellen abgeplatzt und lauter rostige Flecken zierten das Boot stattdessen. Eine Glasscheibe war zerbrochen. Überhaupt sah das gesamte Hausboot so kaputt aus, wie ich mich in diesem Moment fühlte. Zittrig wischte ich mir übers Gesicht. Hatte ich schon wieder angefangen zu weinen? Es musste wohl so sein, denn der irische Regen blieb heute aus. Nicht einmal das Wetter zeigte sich solidarisch und weinte gemeinsam mit mir.

„Jetzt übertreibe ich“, seufzte ich vor mich hin.

Neil hatte keine einzige weitere Träne von mir verdient. Schlimm genug, dass ich ihm meine Zeit geschenkt hatte und nun tief gefallen war, was diese Möchtegern-Beziehung anbelangte. Mehr Beachtung sollte ich diesem Mann nicht schenken, aller Enttäuschung und aller zerbrochenen Hoffnungen zum Trotze. Es war vorbei. Wahrscheinlich würde ich noch ein paar Tage brauchen, um das, was heute passiert war, zu realisieren. Unbestritten war Neil bereits jetzt Geschichte. Ein kurzer Fehltritt in meinem Leben, der mich nicht weiter beschäftigen sollte. Was half es schon, der Vergangenheit nachzuheulen? Vielleicht war die Wut auf ihn und die Enttäuschung sogar ein guter Antrieb.

Anders als das kaputte Hausboot da unten würde ich mich nicht aufgeben. Ich sollte anfangen, die Suche nach meiner Mutter zu intensivieren, und dann schauen, wohin es mich treiben würde, anstatt mich weiter hängen zu lassen. Entschlossen wischte ich die Tränen aus meinen Augen weg und drehte mich um in Richtung des Straßenmusikers. Ich warf ihm ein zaghaftes Lächeln zu und machte mich zügiger als zuvor auf den Weg. Denn wenn ich Fiona und Cillian nicht völlig verärgern wollte, sollte ich nun einen Schritt zulegen.

*

Schon außerhalb meines Lieblingspubs Cobblestone war die Musik zu hören, die ich so liebte. Lachende Menschen und viele Unterhaltungen mischten sich zwischen die traditionellen irischen Klänge. Verschiedene Flöten, Geigen und eine Harfe hörte ich heraus, demzufolge war die Music-Session des Abends bereits in vollem Gange. Vermutlich würden die Musiker und Musikerinnen weit bis nach Mitternacht spielen. Alle waren willkommen und die Instrumente fanden nach und nach zusammen zu bekannten irischen Liedern und Melodien. Automatisch wippte ich mit meinem Fuß mit, als ich mich zunächst an den Rand des Geschehens stellte und die Musik auf mich wirken ließ. Die Atmosphäre entspannte mich. Früher hatte ich häufiger an Music Sessions teilgenommen und die bekannten Lieder gesungen. Jetzt war die Rolle als Zuhörerin für mich genauso schön.

„Welch Überraschung, du bist auch hier?“, vernahm ich plötzlich eine grinsende Stimme.

Cillian hatte sich den Weg zu mir durchgebahnt und zog mich direkt mit weiter hinten in eine Ecke, in der Fiona einen kleinen Tisch freihielt. Frisch gezapftes Guinness stand auch schon bereit. Den leeren Gläsern zufolge hatten die beiden schon ohne mich losgelegt, was ich ihnen nicht verübeln konnte. Ich war fast anderthalb Stunden später als vereinbart angekommen.

Fiona hob ihr Glas:

„Slàinte!“

„Slàinte!“, kam gleichzeitig von Cillian und mir, bevor wir anstießen und einige Schlucke tranken.

„Und welche deiner legendären Verzögerungen hat es denn heute gegeben?“

„Ach, lasst uns erstmal etwas trinken. Außerdem habe ich tierischen Hunger, fällt mir ein“, lenkte ich ab.

Das mit dem Hunger stimmte. Seit meiner Mittagspause heute hatte ich gar nichts mehr gegessen und das Sandwich war nicht gerade reichhaltig gewesen. Da passte es gerade perfekt, einen Dublin Coddle zu bestellen, auch wenn der saftige Eintopf aus Würstchen, Bacon, Kartoffeln und einer würzigen Biersoße sonst eher an kalten Tagen beliebt war. Jetzt war er hingegen auch perfekt, und während ich es mir schmecken ließ, machten die beiden anderen einige

Scherze, die ich nur am Rande verfolgte, wohl wissend, dass ich mich nicht den ganzen Abend lang aus der Unterhaltung ausklinken konnte.

„Was hast du gesagt?", nuschelte ich, als Fiona mich anstupste.

„Du guckst so grimmig. Was ist denn los? Vorhin war noch alles okay, dann schreibst du was von Verzögerung und sprichst jetzt gar nicht mehr mit uns. Ist irgendetwas passiert nach Feierabend?"

„Ich hatte Stress mit meinem Freund", murmelte ich und korrigierte mich direkt: „Ex-Freund."

Dieser Unterschied war elementar wichtig, auch wenn es mir nicht passte. Leider hatte ich damit das Interesse der beiden geweckt.

„Hast du vorhin nicht etwas von einem Kongress erzählt, auf dem er ist?"

„Was ist denn so plötzlich passiert?"

Es half wohl nichts, ich würde die Geschichte nicht totschweigen können. Dabei gab es viele andere Dinge, die gerade wichtiger waren als Neil Cronin.

„Ich dachte ja auch, dass er auf einem Kongress sei. Das war die offizielle Ansage. Dass er auf einmal zu Hause nackt vor mir steht, war dann eine unerwartete Überraschung."

„Gibt Schlimmeres als unverhofften Sex."

„Mensch, Cillian", warf Fiona augenrollend ein.

„Kommt drauf an, wie man die Sache sieht. Wenn er scharf auf mich gewesen wäre, hätte ich darüber möglicherweise anders geurteilt. Aber die Tatsache, dass der Herr Professor es vorgezogen hat, mit meiner Mitbewohnerin zu schlafen, wirft ein anderes Licht auf den Sachverhalt."

„Professor?? Dein ominöser Freund …"

„Ex-Freund!"

„Dein Ex-Freund ist Professor?!"

„Jupp. Und wenn ihr es genau wissen wollt. Er ist knapp zwanzig Jahre älter als ich und ich hatte ein Seminar bei ihm, weshalb er unsere Beziehung erst nach meinem Masterabschluss öffentlich machen wollte. Er hat fachlich was drauf und performt leider himmlisch im Bett, scheint an anderer Stelle aber auch nicht gerade kopfgesteuert unterwegs zu sein und deshalb ist er die längste Zeit mein Freund gewesen. Braucht ihr noch weitere Details oder passt das so weit?"

Es tat mir leid, die beiden nun mit dieser Laune zu behelligen. Aber was war schon dabei, dass Neil ein Professor war. Irgendeinen Job mussten Menschen schließlich machen und es hatte mir keinen Vorteil an der Uni gebracht, weshalb ich mir Luft machen musste:

„Jedenfalls kann ich mir jetzt eine neue Wohnung suchen, weil ich keinen Tag länger mit Keeva in einer WG wohnen werde und schon unverblümt darauf aufmerksam gemacht wurde, wer die Hauptmieterin ist. Abgesehen davon fehlt mir ein Vollzeitjob und ich muss ein paar familiäre Dinge klären. Beides ist wichtiger als dieser Mistkerl."

Cillian hatte während meines Schimpfens irgendwoher Schnaps besorgt, den er uns nun hinhielt. Wozu brauchten wir jetzt Schnaps?

„Na komm, Joanne. Lass uns erstmal feiern, dass du diesen blöden Kerl los bist. Den Kram mit deiner Mitbewohnerin kannst du später noch klären", war sein Vorschlag.

Halbherzig stieß ich mit ihm und Fiona an, kippte den Schnaps runter und spülte mit etwas Guinness nach.

„Die Lust aufs Feiern ist mir leider vergangen. Ist halt blöd gelaufen und ich weiß nicht, ob ich jetzt hier eine neue WG suche in Dublin oder mir etwas anderes überlege. Das kommt ziemlich plötzlich."

„Genieß den Abend, lass uns später durch Templebar ziehen und überleg morgen, was zu tun ist."

„Super Idee", gab ich es auf.

Als Fiona halb desinteressiert fragte, was ich familiär zu klären hatte, zuckte ich mit den Schultern und murmelte ein „halb so wild". Denn ein richtiges Interesse signalisierten die beiden nicht an diesen Dingen und ich hatte gerade keine Lust darauf, Energie mit diesen Themen zu verschwenden. Mir würde es wenig helfen und Cillian und Fiona waren definitiv in Wochenendstimmung und nicht an meinen Problemen interessiert. Mit beiden arbeitete ich gern zusammen und für einen witzigen Feierabend waren sie eine gute Begleitung. Leider änderte es nichts daran, dass ich in Momenten wie diesen die Leute vermisste, mit denen ich meine Jahre während des Studiums verbracht hatte. Leider waren die meisten inzwischen nicht mehr in Dublin, sondern waren in verschiedenen Städten und Ländern dieser Welt unterwegs, um mit Menschen zu arbeiten. Wir hatten tolle Zeiten miteinander verbracht und uns gut kennengelernt, hatten gemeinsam gefeiert und, wenn es nötig gewesen war, auch zusammen geweint. Trotz geplantem Partyabend hätten meine früheren Kommilitonen und Kommilitoninnen mir geholfen, ein paar Pläne zu schmieden, vielleicht in einer spontanen Aktion mein Zimmer ausgeräumt und eine Idee gehabt, wo ich in der nächsten Zeit unterkommen konnte. Inzwischen gab es diese Entfernung zwischen uns allen, und obwohl wir nach wie vor Kontakt hielten, war das einfach nicht mehr das Gleiche. Es blieb aus, den Alltag mit all seinen Höhen und Tiefen zu teilen und unkompliziert miteinander loszuziehen. Während alle unterwegs waren und ihren Weg gefunden hatten, war ich hiergeblieben und hatte die letzten Monate mehr oder weniger versäumt. Das, was mir jetzt fehlte, konnten Fiona und Cillian nicht auffangen. Wir kannten uns zu wenig und meine Motivation, daran etwas zu ändern, schwand zunehmend.

„Ach, komm schon. Das ist bestimmt viel weniger Drama, als es jetzt erscheint", riss Cillian mich aus meinen Gedanken.

Vor uns standen weitere Schnapsgläser. Hatte er es immer noch nicht verstanden?

„Na klar. In Deutschland würde man jetzt sagen, ‚andere Mütter haben auch schöne Söhne' oder sowas. Aber darum geht es nicht in erster Linie."

Vielleicht sollte ich meine Cousine anrufen, die in Hamburg lebte, schoss es mir durch den Kopf. Cate würde mich verstehen, denn die wusste aus früheren Zeiten, wie es sich anfühlte, allein gelassen zu werden.

„Wisst ihr was, mir ist heute nicht nach Party und ja, auch ich kann mal eine Dramaqueen sein, wenn ihr so wollt. Ich bin raus für heute. Macht euch einfach einen schönen Abend und trinkt den Schnaps für mich mit, okay?"

Das war sonst nicht meine Art, allerdings hatte es heute keinen Zweck mehr, einen auf Sonnenschein zu machen und gezwungenermaßen feiern zu gehen. Deshalb rang ich mir noch ein kurzes Lächeln ab, ehe ich aufstand, mich durch die inzwischen dichter gewordene Menschenmenge drängte und an die frische Luft ging. Die Musik war noch zaghaft bis draußen zu hören, ebenso das Gemurmel und das Lachen der Leute. Langsam ging ich die Straße entlang und der Klang wurde von Meter zu Meter leiser, bis er nach einem Stück schließlich nicht mehr zu hören war.

Kapitel 4

Es war spät, aber nicht zu spät. Hinter vielen Türen war es still, während ich die Geräusche von Frau Flanagans Fernseher bis auf den Flur hörte. Vielleicht war die alte Dame während ihres allabendlichen Programms eingeschlafen. Möglicherweise saß sie hingegen in ihrem Stuhl und amüsierte sich über das, was die Flimmerkiste heute hergab. Oft war sie eine der letzten Bewohnerinnen, die sich ins Bett helfen ließ. Schon einige Male hatte sie mir erzählt, wie gern sie in früheren Zeiten bis in die Nacht hinein gearbeitet oder Zeit mit Freunden verbracht hatte. Die Chance stand gut, hier noch eine Gesprächspartnerin zu finden, auch wenn ich für einen Moment überlegte, ob das in Ordnung war. Nach ziellosem Umherlaufen hatte mich mein Weg irgendwann wie automatisiert hierher zurückgeführt. Eigentlich hatte ich mich nur in den inzwischen dunklen und ruhigen Park setzen wollen, der tagsüber von den älteren Menschen gut besucht wurde, und nun stand ich hier, vor dem Zimmer meiner Lieblingsbewohnerin. Obwohl ich nicht im Dienst war und mich nur danach sehnte, dass mir jemand zuhörte. Live und in Farbe anstatt via Telefon. An einem Freitagabend. Zaghaft klopfte ich an die Tür und wiederholte das nochmal etwas lauter, damit Frau Flanagan überhaupt eine Chance hatte, mich zu hören. Als ich die Tür einen Spalt weit öffnete, sah ich, dass sie noch wach war und gebannt auf den Fernseher schaute, in dem eine Musikshow lief. Als sie mich sah, breitete sich ein Lächeln auf ihrem Gesicht aus.

„Joanne, das ist ja eine schöne Überraschung", sagte sie in meine Richtung. „Dabei hast du vorhin erzählt, dass du jetzt Wochenende hast."

Gerade war sie völlig orientiert, wenn sie sogar meinen Namen auf Anhieb wusste.

„Habe ich auch. Ich bin nur … ähm … privat hier oder so. Ja, so könnte man das wohl sagen", stammelte ich.

Wie sollte ich den Verlauf des Abends erklären? Zumal ich sonst nur hier war, wenn ich im Dienst war. So gerne ich mit Frau Flanagan sprach und mich für ihre Geschichten von früher interessierte – da ging es um sie als Bewohnerin.

„Was ist denn los, Kindchen? Du siehst gar nicht so fröhlich aus, wie du es sonst tust."

„Darf ich mich zu Ihnen setzen, auch wenn ich gerade gar nicht arbeite?", fragte ich sicherheitshalber.

„Was für eine überflüssige Frage! Ich freue mich immer, wenn du da bist, Joanne. Du bist ein guter Mensch und nimmst dir jedes Mal, wenn du zu mir kommst, mehr Zeit als all die anderen."

„Danke."

Während sie den Fernseher leiser stellte, zog ich mir einen Stuhl neben ihren Sessel.

„Möchtest du mir jetzt erzählen, was dich hertreibt, oder müssen wir erst nachsehen, ob sich irgendwo noch eine Flasche Poitín versteckt hat? Legal gebrannt, illegal hierhergeschmuggelt von meiner früheren Nachbarin."

Das brachte mich zum Lachen, denn das sah Frau Flanagan ähnlich. Ihr traute ich zu, dass sie den whiskeyähnlichen Schnaps tatsächlich irgendwo im Schrank versteckte und sich daran erfreute, dass dieses Destillat vor langer Zeit als illegal schwarzgebrannt gegolten hatte.

„Mit Drinks wollten die anderen mich auch schon ablenken, aber das klappt heute nicht so gut", erwiderte ich.

Dabei wäre es witzig, mit der alten Rentnerin einen Poitín zu trinken, aber bei dem Medikamentencocktail, den sie bekam, wollte ich sie lieber nicht dazu verleiten. Stattdessen ließ ich zu, dass sie meine Hand drückte und mir damit signalisierte, dass sie bereit war, mir zuzuhören.

„Als ich vorhin zu Hause ankam, da habe ich meinen Freund mit meiner Mitbewohnerin erwischt und Schluss mit ihm gemacht. Mir ist bewusst geworden, dass er mich monatelang veralbert hat und dass unsere Beziehung keine Zukunft gehabt hätte. Jetzt weiß ich nicht so recht, wo ich hingehen soll, denn ich möchte dort nicht wohnen bleiben. Das Bescheuerte an der Situation ist, dass ich nicht weiß, was ich jetzt machen soll. In den letzten Monaten habe ich ziemlich viel verpasst. Denn ich bin weder ein Stück weitergekommen, was meinen Beruf angeht, noch habe ich eine Reise unternommen oder was man halt so macht nach dem Studium, und vor allen Dingen habe ich mich davor gedrückt, meine Mutter zu suchen – eine komplizierte Sache ist das. Vorhin habe ich versucht, meine Cousine Cate zu erreichen, aber sie hatte ihr Handy wohl aus und jetzt dachte ich mir, passt es nicht mehr, nur zu telefonieren. Dabei bräuchte ich den Rat von Cate, weil mich diese ganzen Probleme und Fragen überfordern. Wissen Sie, was ich meine?"

Jetzt war es raus. Ich, Joanne, die sonst optimistisch und gut gelaunt an die Dinge heranging und sich nicht schnell einkriegen ließ, hatte meine Überforderung zugegeben. Wobei das keine Schande war. Es fühlte sich nur so ungewohnt an.

„Ich bin vierundneunzig, aber ich habe nicht vergessen, wie sich Liebeskummer anfühlt, und lass dir von einer alten Frau gesagt sein, dass es vergeht, auch wenn du es dir jetzt vielleicht noch nicht vorstellen kannst. Dieser Mann hat einen so guten Menschen wie dich ohnehin nicht verdient", sagte Frau Flanagan mit ruhiger Stimme, während sie wieder nach meiner Hand griff. „Was ist es, was dich bedrückt? Was meinst du mit der komplizierten Suche nach deiner Mutter und was bedeutet das mit deiner Cousine?"

„Das ist eine längere Geschichte."

„Zufälligerweise habe ich für heute nichts anderes mehr geplant", schmunzelte Frau Flanagan.

Eins zu null für sie.

„Es geht um die Geschichte meiner Familie. Genau genommen um die meiner Mutter, von der ich mein Leben lang dachte, dass sie kurz nach meiner Geburt gestorben ist", machte ich den Anfang.

Vorsichtig schaute ich der Rentnerin in die Augen. Mutete ich ihr zu viel zu, wenn ich ihr meine Geschichte erzählte und sie möglicherweise noch um Ratschlag bat? Es hatte nicht den Anschein, denn Frau Flanagan schien auf positive Art und Weise neugierig zu sein und nickte mir aufmunternd zu. Deshalb erzählte ich weiter:

Ich war südlich von Galway geboren worden, einem kleinen Dorf an der Westküste Irlands, was ich jedoch nur aus den Erzählungen meines Vaters Owen wusste. Denn noch während meines ersten Lebensjahres hatte er beschlossen, mit mir nach Galway umzuziehen. Dort hatte ich mich als Kind wohlgefühlt. Mein Vater war immer für mich da gewesen, hatte sich, seitdem ich denken konnte, gut um mich gekümmert und ich hatte viele Freunde gehabt. Manchmal war mein Vater mir etwas abwesend vorgekommen. Ich hatte damals geglaubt, dies resultiere aus seiner hohen Belastung im Job. Weil ich es nicht anders kannte, ist es mir damals nicht aufgefallen. Er hatte mir erzählt, dass meine Mutter kurz nach meiner Geburt gestorben war. Manchmal hatte ich nach ihr gefragt, hatte mehr über sie hören wollen, doch da war er meistens ausgewichen. Ich hatte kein Bild von ihr – weder im übertragenen noch im direkten Sinne. Ich wusste nicht, wie sie aussah, und hatte kaum Informationen über sie. Damals war das für mich in Ordnung gewesen, weil ich es nicht anders gekannt hatte und weil ich glücklich in meiner Kinderwelt war. Auch als Jugendliche hatte sich das nicht geändert. Als ich dann für mein Studium nach Dublin gezogen war, hatte ich immer mal wieder angefangen, Fragen nach meiner Herkunft zu stellen, und war skeptischer geworden, als mein Vater erneut auswich. Ich war erwachsen geworden und hatte die Idee gefasst, mal etwas genauer zu recherchieren, wie es um den Rest meiner Familie stand. Dann waren die ersten Semester so schnell verflogen. Die Uni-Zeit hatte ich genossen. Sobald die Semesterprüfungen abgelegt waren, hatte sich meistens irgendeine Reise ergeben. Egal ob ich einfach nur ein Wochenende auf Städtetrip fuhr oder als Backpackerin für mehrere Wochen in Asien unterwegs war – es gab immer etwas zu entdecken und überall hatte ich schnell Leute kennengelernt. Die Zeit mit aufgeschlossenen Reisenden zu verbringen, tagsüber fremde Länder und Kulturen zu entdecken und abends gemeinsam zu feiern, war genau mein Ding. Ich liebte es, mich treiben zu lassen, ohne genaue Pläne einfach zu schauen, was sich unterwegs ergab, und das vermisste ich jetzt. Diese

Freiheiten hatte ich mir natürlich erarbeitet und während der Semester und der noch verbleibenden Zeit Aushilfsjobs angenommen, um trotz der Unterstützung meines Vaters mein Studentenleben in Dublin und diese Reisen finanzieren zu können. Es war eine schöne Zeit gewesen.

„Und dann war es letztendlich nur ein Zufall, dass ich letztes Jahr auf Lebenszeichen meiner Mutter gestoßen bin", berichtete ich den Beginn meiner Geschichte und atmete kurz durch. „Denn ich war bei Dad zu Besuch und wollte bei der Gelegenheit ein paar alte Spielsachen von mir suchen, um sie einer Organisation zu spenden. Dabei bin ich auf eine Kiste mit Erinnerungen an meine Mutter gestoßen. Es gab all die Bilder, die ich so gern früher gesehen hätte, und es gab Postkarten von ihr. Jedes Jahr zu meinem Geburtstag hat sie laut der Poststempel aus verschiedenen Ländern eine Karte geschickt … bis ich sieben wurde. Danach hörten die Spuren auf und dann …", versuchte ich es weiter, doch meine Stimme brach.

Ich spürte, wie ein Baumwolltaschentuch an meine Wangen gedrückt wurde. Vorsichtig trocknete Frau Flanagan meine Tränen, deren Existenz ich bis zu diesem Zeitpunkt gar nicht realisiert hatte.

„Deiner Mama ist es bestimmt nicht leichtgefallen, wegzugehen", hörte ich in ruhigem Tonfall von Frau Flanagan. „Und deinem Papa konnte es nicht gut gehen, wenn er dieses Geheimnis so viele Jahre vor dir versteckt gehalten hat. Weißt du, Joanne? Ich habe vieles erlebt und eins möchte ich dir sagen: Du wirst dich noch oft fragen, was du mit allem zu tun hattest. Dabei kannst du nichts für das, was deine Eltern entschieden haben. Du bist ein gutes Mädchen und du hast das Beste verdient."

Hatte ich das wirklich? Ich war ja nun nicht gerade eine Heilige, auch wenn Frau Flanagan mich vielleicht ein bisschen zu sehr über den grünen irischen Klee hinaus lobte. Was nachvollziehbar war, denn ich hatte in diesem Pflegeheim als Aushilfskraft zwar genug Zeitstress, war aber etwas flexibler als die Festangestellten und konnte ein bisschen mehr Zeit mit den Menschen hier verbringen als beispielsweise Fiona, die auch lieber mehr mit ihren Bewohnerinnen arbeiten würde, anstatt den steigenden Dokumentationspflichten nachzukommen. Wie dem auch sei, ich hatte diese Bewohnerin besonders gern und wollte mich trotzdem nicht auf ihrem Lob ausruhen.

„Das ist total lieb von Ihnen, dass Sie das so sagen, aber ich habe trotzdem total versagt. Die Postkarten habe ich schon im letzten Jahr gefunden und nichts damit angestellt. Ich hätte viel mehr rausfinden müssen. Also, abgesehen von meiner Cousine und überhaupt …"

„Joanne, du bist noch so jung. Ganz ruhig. Wir beide haben genug Zeit heute Abend. Was ist das, was dich so bewegt mit deiner Cousine?"

„Nachdem ich diese Postkarten und Erinnerungen gefunden habe, habe ich versucht, mit meinem Dad zu reden, aber viel kam nicht dabei raus. Dass meine Mutter abgehauen ist nach meiner Geburt, musste er zugeben und er hat meine Cousine Cate erwähnt, die in Deutschland wohnt und dass ihre Eltern aufgrund eines Flugzeugabsturzes nicht mehr leben. Danach hat er total gemauert, also habe ich auf eigene Faust recherchiert und beschlossen, einfach nach Hamburg zu fliegen, um Cate kennenzulernen und weil ich mehr über unsere Familien erfahren wollte. Das war eine ziemlich … krasse Erfahrung. Also sehr bewegend, meine ich."

Mit zittrigen Fingern holte ich die kleine Wasserflasche aus meiner Tasche und trank ein paar Schlucke, wobei ich mich verschluckte und erstmal kräftig husten musste. Dann endlich konnte ich von dem erzählen, was sich im letzten Jahr zugetragen hatte:

Noch völlig überrascht und überfordert von den neuen Erkenntnissen, hatte ich Cate online kontaktiert. Ihre Antwort war kurz gewesen und ziemlich unfreundlich. Sie hatte mich darum gebeten, sie nicht mehr zu kontaktieren, und behauptet, mir bei der Suche nach meiner Mutter nicht helfen zu können. Kurzentschlossen war ich nach Hamburg geflogen, um meine Cousine, die unerwartet in mein Leben getreten war, aufzusuchen. Ich wollte mit ihr persönlich sprechen. Meine Neugierde war jedoch keinesfalls auf Gegenliebe gestoßen. Cate hatte mich schroff empfangen und mir unmittelbar zu verstehen gegeben, wie unerwünscht ich bei ihr war. Am schlimmsten war der Moment gewesen, in dem sie mir vorgeworfen hatte, schuld am Tod ihrer Eltern zu sein. Somit war die erste Begegnung gleich ein Desaster gewesen und ich hatte mich zurückgezogen. Ein unmittelbarer Rückflug hätte sich nicht richtig angefühlt, das wäre einem Scheitern gleichgekommen, zu dem ich nicht bereit gewesen war. Abgesehen davon wollte ich nicht umsonst angereist sein. Zumindest versuchte ich das Beste aus der Lage zu machen und mir Hamburg anzusehen, weshalb ich mich in einer Jugendherberge einquartierte. So lange, bis Cate einige Tage später dort aufgetaucht war, um doch noch mit mir zu reden. Trotz ihrer Abfuhr ließ ich mich letztendlich darauf ein und beschloss, Cate eine Chance zu geben. Somit war es zu einem Neustart zwischen uns beiden Cousinen gekommen. Allmählich war mir klargeworden, wie sehr Cate noch immer unter der Vergangenheit litt und dass sie irgendwo auch eine liebevolle Seite hatte, auch wenn sie Meisterin darin war, diese zu verstecken. Vielleicht wollte ich sie so sehen, wollte unbedingt an das Gute in ihr glauben, denn schließlich ist sie mit mir verwandt. Ihr jetziger Freund Matthis und ich konnten sie aus der Reserve locken, weil wir an diese gute Seite geglaubt hatten. Dabei wurden wir ein gutes Team. Und ich fand auch die gesamte Geschichte unserer Familien heraus. Wenige Tage nach meiner Geburt war meine Mutter abgehauen und Dad war völlig überfordert mit der Situation. Deshalb wollten sein Bruder Liam und dessen Frau Claudia – also Cates Eltern – zu uns reisen und meinem Dad helfen. Auf dem Weg von Deutschland nach Irland ist das Flugzeug abgestürzt und sie kamen ums Leben. Sie haben uns nie erreicht und Cate, die damals erst neun Jahre alt war, wurde zum Waisenkind. Aus diesem Grund hat sie mich seit diesem tragischen Ereignis mit dem Tod ihrer Eltern in Verbindung gebracht.

„Natürlich wusste sie, dass ich als Baby nicht schuld daran sein konnte, und trotzdem war das für uns alle verdammt harter Stoff", beendete ich meine Erzählung. „Cate hat mir erzählt, dass sie seitdem eine Therapie gemacht hat. Sie war bei einer Psychologin und hat sich dort Hilfe gesucht, um den Unfall ihrer Eltern aufzuarbeiten. Ich habe Cate ins Herz geschlossen und ihr Freund ist auch super. Die beiden haben versucht, mir bei der Suche nach Mum zu helfen, aber bislang erfolglos."

Frau Flanagan hatte nun auch Tränen in den Augen, die sie in aller Ruhe wegwischte.

„Das ist eine sehr traurige Geschichte, Joanne. Für deine Cousine, der es jetzt wohl besser geht. Aber auch für dich. Du dachtest den größten Teil deines Lebens, dass du keine Mutter hast, und nun weiß niemand, wo sie sich aufhält?"

„Nein, niemand. Diese Postkarten deuten darauf hin, dass sie oft gesegelt ist. In verschiedenen Ländern. Irgendwann hat sie eben aufgehört, diese Karten zu schicken. Ich weiß nicht einmal, ob sie jetzt noch lebt. Aber ich hoffe es. Ich will meine Mutter finden und ich will endlich wissen, wer ich bin und warum sie mich im Stich gelassen hat", schluchzte ich auf. „Wer tut denn sowas? Wer lässt sein kleines Baby zurück? Warum hat sie das bloß getan?"

„Was auch genau passiert ist, du trägst keine Schuld daran. Weder daran, dass deine Mutter weggelaufen ist, noch daran, dass es diese Tragödie gab. Du warst ein Baby", wiederholte Frau Flanagan das, was sie zuvor auch schon angedeutet hatte.

„Du solltest sie suchen, es zumindest versuchen. Ohne dir Vorwürfe zu machen, dass du einige Monate gewartet hast damit. Manche Dinge brauchen eben ihre Zeit. Nichts daran ist schlimm. Jetzt beschäftigt es dich so sehr, dass die Zeit gekommen ist und du herausfinden willst, was deine Herkunft ist."

Ich nickte, denn genau das lag mir am Herzen. Mein Leben lang hatte ich geglaubt, dass ich keine Mutter hatte, und vielleicht war sie noch am Leben. Seitdem ich diese Erkenntnis hatte, fühlte es sich an, als wäre da ein Loch in mir oder als ob ich einmal auf den Kopf gedreht worden sei. Ich hatte mir so viel häufiger die Frage nach meiner eigenen Identität gestellt, obwohl sich in meinem Leben äußerlich betrachtet gar nichts geändert hatte.

„Ich habe das Gefühl, dass ich mich nicht auf all die Dinge konzentrieren kann, die man als richtig erwachsener Mensch normalerweise so tut. Deshalb habe ich noch keinen Vollzeitjob begonnen und drehe mich ein bisschen im Kreis. Vielleicht sollte ich zu meiner Cousine fliegen. Manchmal denke ich, dass Cate die einzige Person ist, die mich momentan verstehen kann. Denn ich will bei der Suche nach einer Antwort nicht noch mehr Zeit verschenken. Leider komme ich mir manchmal ziemlich einsam vor auf diesem Weg", gab ich zu.

Das fiel mir schwer, weil ich ein geselliger Mensch war und bis vor kurzem gar nicht gewusst hatte, wie sich Einsamkeit überhaupt anfühlte. Dafür spürte ich es jetzt umso stärker, denn diese Realität kam mir vor, als sei ich ungebremst gegen eine Wand gerannt, und darauf hätte ich allzu gern verzichtet. Indem ich diese Erkenntnisse aussprach, wurden sie plötzlich noch realer.

„Was spricht dagegen, dass du nach Deutschland reist und deine Cousine besuchst? Du sagst, dass sie dich versteht und dass ihr ein gutes Team geworden seid. Ich verstehe dich auch, Joanne, auch wenn ich zu alt bin, um dir zu helfen. Ich kann dir nur den Ratschlag geben, auf dein Herz zu hören und das zu tun, was jetzt gut für dich ist. Lass dich von uns alten Schachteln in diesem Heim nicht aufhalten und zieh los. Auch wenn wir dich vermissen werden. Geh deinen Weg."

Ich nickte langsam, weil ich mir diese Worte durch den Kopf gehen lassen musste. Dabei wusste ich intuitiv schon, was das Richtige war. Nämlich, dass ich aufhören sollte, mir Vorwürfe für die letzten Monate zu machen, um stattdessen zu akzeptieren, dass ich diese Zeit gebraucht hatte. Jetzt war ein guter Moment, um das Ruder herumzureißen und mich meiner Familiengeschichte nochmal neu zu stellen. Frau Flanagan hatte recht. Ich musste der Sache mit meiner Mutter noch eine Chance geben, denn sonst würde ich es ewig bereuen.

„Sie sind wundervoll, Frau Flanagan, und Sie haben mir sehr geholfen. Ich werde mich auf den Weg machen und erstmal bei Cate unterschlüpfen. Vielleicht finde ich noch Anhaltspunkte hinsichtlich meiner Mutter. Ich brauche diesen Versuch und danach bin ich bereit, mich auf dieses Erwachsenenleben einzulassen. Aber ich werde Sie vermissen und ich werde Fiona sagen, dass sie Ihnen regelmäßig ein paar Erdbeeren von mir bringen soll."

Wenn ich mich auf diese Reise begab, bedeutete das eben auch, dass ich mich hier verabschieden musste. Eine Tatsache, die mir wieder Tränen in die Augen trieb.

„Das ist lieb von dir. Übrigens habe ich längst durchschaut, dass du keine Allergie hast, sondern mir einfach so alle Erdbeeren überlassen hast", schmunzelte Frau Flanagan. „Mit vierundneunzig Jahren bin ich noch lange nicht auf den Kopf gefallen."

Das brachte mich zum Lachen. In dieser Stimmung stand ich auf und beugte mich zu Frau Flanagan, um sie vorsichtig zu umarmen.

„Danke für dieses Gespräch und dass Sie mir Mut machen und einfach für alles. Es bedeutet mir viel und ich werde Sie vermissen. Aber ich gehe meinen Weg, versprochen."

„Ich habe dir zu danken und versprich mir, dass du dir keine Vorwürfe machst. Das ist wichtig."

„Ich verspreche Ihnen, dass ich mir die größte Mühe gebe, diesen Ratschlag zu befolgen", erwiderte ich und drückte sie noch einmal an mich.

Dann verließ ich das Zimmer, um meiner Lieblingsbewohnerin noch einmal zulächeln zu können, bevor ich auf dem Flur schon wieder anfangen musste zu weinen. Dieses Mal hatte es etwas Befreiendes.

Kapitel 5

Mein WG-Zimmer glich einem Handgranatenwurfstand. Als hätte eine Bombe hier eingeschlagen. Das hatte ich nun davon, dass ich im Alltag eine kleine Chaosqueen war und keinen gesteigerten Wert auf Ordnung legte. Jetzt musste ich da durch. Denn mein Entschluss stand fest, ich würde hier ausziehen, und zwar sofort. Viel Zeit blieb mir nicht, denn ich hatte unmittelbar nachdem ich von Frau Flanagan zurückgekommen war, einen Flug nach Hamburg gebucht, und zwar für morgen. Meine Reisetasche und ein Rucksack waren schon gepackt. Das war nicht leicht gewesen, denn ich hatte keine Ahnung, wie lange ich in Hamburg bleiben und ob es mich bei der Suche nach meiner Mutter noch woandershin verschlagen würde. Sicherheitshalber hatte ich meinen Reisepass und die wichtigsten Unterlagen sowie persönlichen Dinge eingepackt. Dazu Klamotten für die derzeit sommerlichen Temperaturen und ein paar lange Kleidungsstücke. Wenn ich mehr brauchte, würde es schon irgendwo einen Flohmarkt geben, wo ich mich günstig mit weiteren Sachen eindecken konnte. Mehr Kopfzerbrechen bereiteten mir die Dinge, die ich hierlassen musste. Also nicht in dieser Wohnung, aber in Irland. Materielle Dinge waren mir noch nie besonders wichtig gewesen und trotzdem hatte sich in den Jahren dieser WG so einiges angesammelt. Viel Zeit hatte ich nun nicht mehr, weil ich den Flug so überstürzt gebucht hatte, und keinesfalls würde ich Keeva um einen Gefallen bitten. Ich war schon froh, dass sie nicht zu Hause war und mir eine weitere Begegnung mit ihr erspart blieb. Kurz überlegte ich, Fiona oder Cillian um Hilfe zu bitten, aber die waren sicherlich mitten im Partygeschehen und das würde heute zu nichts mehr führen. Seufzend schnappte ich mir mein Handy und rief Dad an.

„Joanne? Ist etwas passiert?", begrüßte er mich.

Das brachte mich dazu, einen Blick auf die Uhr zu werfen. Gut, es war ein Uhr nachts. Keine wilde Uhrzeit für einen Freitag, doch er klang so, als hätte er schon geschlafen.

„Nein, also na ja, ähm – es ist nichts Schlimmes. Nichts Gefährliches. Ich bin unverletzt, wenn du das meinst. Du musst dir keine Sorgen machen. Das Ding ist nur, dass ich ausziehe und morgen nach Hamburg fliege – und ich brauche deine Hilfe. Kannst du meine Sachen abholen kommen?"

Die Fahrt von Galway nach Dublin würde gut zwei Stunden dauern. Eigentlich reichte es, wenn er morgen ziemlich früh losfahren würde, um meine Sachen aus meinem WG-Zimmer einzusammeln. Mein Vater hatte hingegen andere Pläne:

„Ich bin so gut wie unterwegs, und wenn ich bei dir bin, erzählst du mir, was los ist, okay?“

„In Ordnung. Fahr vorsichtig, ja?“

Er hatte schon aufgelegt und ich atmete einmal kurz durch. Mein Dad hatte mir zwar jahrelang die Wahrheit hinsichtlich meiner Mutter verheimlicht, was nichts an der Tatsache änderte, dass er schon immer ein guter Vater gewesen war. Das wurde nun einmal mehr deutlich. Er wusste, dass ich ihn nicht grundlos um diese Zeit um Hilfe bitten würde, und hatte keine Sekunde gezögert. Für ihn war klar, dass er direkt kommen wollte, und es tat gut, diesen Rückhalt zu spüren. Von der Suche nach meiner Mutter wollte er zwar nichts wissen und trotzdem konnte ich mich hinsichtlich sämtlicher anderer Unterstützung auf ihn verlassen. Das gab mir neuen Antrieb, weshalb ich mich nun stärker auf das Packen konzentrierte. Zum Glück fand ich im fast unbenutzten Kellerraum noch ein paar Kartons und stabile Müllsäcke. Ich wollte möglichst viel schaffen, bis er hier ankam, und nahm mir zuerst die Küche vor. Sollte Keeva mit unserem zusammengewürfelten WG-Haushalt glücklich werden. Viele Dinge, die mir persönlich gehörten, hatte ich nicht, weshalb ich hier ebenso schnell durch war wie anschließend im Bad. Ein Karton reichte für diese Sachen. In einem hellen

Moment kam ich sogar auf die Idee, die Kartons mit Edding zu beschriften – ich war also durchaus auch in der Lage, strukturiert zu sein, stellte ich belustigt fest. Komplizierter wurde es in meinem Zimmer. Ich konnte von Glück reden, dass ich die Möbel weitestgehend von meiner Vormieterin übernommen und durch Flohmarktstücke ergänzt hatte. Mit diesen Dingen musste mein Vater sich also später nicht abplagen. Die würde ich hierlassen, und wenn sie Keeva störten, sollte sie die Sachen verschenken oder entsorgen. So viel war sie mir schuldig nach allem, was passiert war, auch wenn ich sie nicht explizit darum bitten würde. Sie hatte ja selbst Augen im Kopf, um das einschätzen zu können. Also fing ich zunächst an, meine Uniunterlagen und Bücher einzupacken. Anschließend folgten persönliche Dinge. Eintrittskarten von Konzerten, Polaroidfotos, kleine Souvenirs von meinen Reisen und Mitbringsel von Freunden. Leider waren auch ein paar Andenken an Neil dabei, die ich allesamt, ohne zu zögern, zerriss oder direkt in die Mülltüte warf. Die schönen Erinnerungsstücke verstaute ich besonders vorsichtig und verplemperte dabei die meiste Zeit, weil mir so viele wertvolle Momente durch den Kopf gingen, während ich sie zusammenlegte. Es waren Andenken an tolle Zeiten und Erinnerungen. Während ich noch aufgrund einiger Bilder vom vorletzten St. Patricks Day lachte, klingelte es. Ach du liebes bisschen, ich hätte mich mehr beeilen sollen! Nun eilte ich zur Tür, damit mein Vater reinkommen konnte, und ließ mich von ihm in eine Umarmung ziehen.

„Danke, dass du so schnell gekommen bist."

Zufrieden hob ich die beiden Kaffeebecher hoch, die unserer Begrüßung fast zum Opfer gefallen wären, und nippte an einem. Das Koffein tat gut, auch wenn ich vor lauter Adrenalin bislang gar keine richtige Müdigkeit gespürt hatte.

„Natürlich bin ich schnell da, wenn meine Tochter mich braucht. Aber bevor wir hier anpacken, erzähl mir erstmal, was eigentlich los ist", sagte er und dirigierte mich an den Küchentisch.

Erst wenige Stunden zuvor hatte ich hier mit Neil gesessen und es kam mir bereits so vor, als wären seitdem Tage vergangen. Bevor ich erzählen konnte, trank ich ein paar weitere Schlucke von dem Kaffee und aß ein halbes der belegten Brötchen auf, die mein Vater ebenfalls mitgebracht hatte. Viel länger konnte ich mich nicht mehr vor der Geschichte mit Neil drücken. Normalerweise waren mir Dinge nicht schnell peinlich, jetzt war dieser Sonderfall aber eingetreten. Mein Dad kannte kaum Details über das, was zwischen mir und Neil gewesen war. Deshalb schmückte ich die Details dieser *Beziehung* nicht aus, sondern fokussierte mich auf die wichtigsten Infos. Wenn ich mich so reden hörte, war mir schon selbst nicht mehr klar, wie ich auf Neil hatte reinfallen können.

„Es ist gut, dass du diesen Kerl los bist, auch wenn das jetzt weh tut. Du hast jemanden verdient, der gut zu dir ist. Am liebsten würde ich diesem Professor gehörig die Meinung dafür geigen, dass er meiner Tochter so weh getan hat!"

„Dad, ich bin sechsundzwanzig."

„Und ich würde mich mit jedem Kerl anlegen, der dir weh tut, auch wenn du sechsundfünfzig wärst", gab er sich kampfeslustig.

„Das ist lieb von dir."

Ich wusste ja, dass er davon absehen würde, Neil oder sonst jemanden zur Rede zu stellen. Bevor ich jedoch auf das wichtigere Thema zu sprechen kam, zögerte ich. Sämtliche Fragen und Hintergründe, die mit meiner Mutter zu tun hatten, waren für Dad sehr schwierig. Vielleicht war es besser, wenn wir jetzt erstmal meine restlichen Sachen verpackten und danach in Ruhe sprachen. Deshalb stand ich auf und ging vor in mein Zimmer. Über das Kopfschütteln meines Vaters, als er die Unordnung sah, musste ich schmunzeln. Obwohl er mich gut genug kannte, war ich nun motiviert, etwas Struktur in mein Vorhaben zu bringen, und legte mich ins Zeug. Ich zeigte Dad, was er verpacken konnte, und sortierte, so gut es auf die Schnelle ging, noch einige Sachen aus, die er später an eine Organisation spenden sollte. Erstaunlicherweise lichtete sich das Chaos recht schnell, und als der Tag anbrach, waren meine Sachen sortiert in Kartons und Beutel verpackt, so dass mein Vater diese später mit nach Galway nehmen konnte.

„Wann geht dein Flug nach Hamburg?“

„Am frühen Nachmittag“, gähnte ich und stellte meinen Handywecker.

Inzwischen war ich todmüde und es blieben immerhin drei Stunden, um noch etwas Schlaf abzubekommen.

Ich überließ ihm mein Bett, verzichtete darauf, mich umzuziehen oder abzuschminken, und legte für mich eine kleine Campingmatte auf den Boden, auf der ich mich zusammenrollte.

„Jetzt haben wir deine ganzen Sachen eingepackt und sortiert, aber ich weiß bislang kaum etwas, abgesehen von diesem Professor. Möchtest du nicht in Ruhe über all das reden? Hinter deinem Aufbruch steckt noch mehr, das spüre ich doch“, sagte mein Vater, der noch auf der Bettkante saß.

Klamotten für die Nacht konnte ich ihm keine leihen, weil ich nichts in seiner Größe hatte. So musste ich meinen Vater improvisieren lassen, während mir die Augen bereits zufielen.

„Mhm, aber ich bin hundemüde. Später, okay? Erstmal schlafen … – gute Nacht.“

„Schlaf gut, meine Kleine.“

*

Der Handywecker kannte keine Gnade. Trotz aller Aufregung hatte ich tief und fest geschlafen und stellte das Teil nun mürrisch aus. Anders als mein Vater war ich nie beim ersten Klingeln auf den Beinen, weshalb ich ihm zuerst das Bad überließ und mich erst einige Minuten später überwand, meine Campingmatte zu verlassen. Etwas müde war ich noch, als wir meine Kartons und Beutel in seinem Kombi verstauten, auch wenn nach und nach Leben in mich zurückkehrte. Eine aufregende Reise stand mir bevor, weil es dieses Mal nicht um ein Urlaubsziel ging, sondern um so viel mehr. Ein Neubeginn, der mir dabei helfen sollte, mich selbst neu zu entdecken und rauszufinden, was ich wollte. Darauf freute ich mich, trotz aller Angst vor dem, was ich möglicherweise erfahren würde. Außerdem freute ich mich schon, Cate wiederzusehen und …

„Ach du Scheiße!“, entfuhr es mir.

In all dem Trubel hatte ich keine Sekunde daran gedacht, Cate zu kontaktieren. Mein Flug war gebucht und ich hatte meine Cousine nicht gefragt, ob sie überhaupt zu Hause war und Zeit hatte. Das sah mir nun wieder ähnlich.

*Hey Cate,
ich komme heute Abend nach Hamburg und
hoffe, dass du da bist bzw. dass ihr beiden da seid.
Sorry, habe vergessen, dich vorher zu fragen.
Bis nachher,
Joanne*

Es würde schon irgendwie passen, es musste einfach gut gehen. Denn anders als die meisten anderen Menschen nutzte Cate kein Instagram und somit konnte ich nicht sehen, ob sie Fotos von unterwegs postete oder daheim war. Genauso verhielt es sich mit ihrem WhatsApp-Status. Cate postete fast nie etwas. Zwar hatten wir regelmäßig Kontakt, jedoch nicht oft genug, um Urlaubszeiten oder Ähnliches zu wissen. Hoffentlich sah sie meine Nachricht und meldete sich bald. Ansonsten würde ich sie heute Abend überraschen und sollte sie nicht da sein, vor Ort überlegen, was zu tun war. Denn mein Flug war gebucht und bezahlt, gleich sollte es losgehen. Vorher musste ich ohnehin dringend mit meinem Vater sprechen. Länger konnte ich das Thema nicht hinauszögern. Mit ein paar Resten aus dem Kühlschrank bereitete ich ein Frühstück zu, schaute ihm in die Augen und unterbrach das Schweigen.

„Ich weiß, dass es schwer ist für dich. Aber ich breche auch auf, um nach meiner Mutter zu suchen. Ich habe diese Suche im letzten Jahr nicht zu Ende gebracht und ich muss es zumindest versuchen. Da sind zu viele Fragen in mir drin und vielleicht werde ich nie Antworten finden. Wenn ich diesen Versuch jetzt nicht starte, dann drehe ich mich weiter auf der Stelle und …", gab ich mir große Mühe, mein Anliegen zu erklären, ohne meinem Vater weh zu tun.

„Du brauchst das für dich und es ist in Ordnung. Ich habe mit Mailin gebrochen, ich kann ihr nie verzeihen, dass sie uns verlassen hat, selbst wenn sie wieder auftaucht.

Aber sie ist deine Mutter und du weißt, dass es falsch war von mir, unsere Familiengeschichte zu verschleiern. Auch wenn es sehr lange gedauert hat, zu dieser Erkenntnis zu kommen."

Ich nickte.

„Viel zu viel Zeit, ja."

Er hatte in der Tat zweieinhalb Jahrzehnte gebraucht und wäre ich nicht durch Zufall auf die wenigen Erinnerungsstücke und die Postkarten gestoßen, würde ich wohl heute noch denken, dass meine Mutter damals gestorben war. Jetzt war es allerdings nicht mehr an der Zeit für Vorwürfe. Die hatte ich meinem Vater im letzten Jahr oft genug gemacht. Wir hatten uns so heftig gestritten wie nie zuvor. Irgendwann hatte ich es geschafft, ihm zu verzeihen, und verstanden, dass er mich, und wahrscheinlich auch sich, nur hatte beschützen wollen. Für mich war es der falsche Weg gewesen, doch es zählte, dass er es gut mit mir gemeint hatte.

„Ich weiß auch nicht, ob ich ihr verzeihen kann, sollte ich sie jemals finden", murmelte ich.

„Aber ich will wenigstens verstehen, warum sie uns im Stich gelassen hat. Und warum sie sich, abgesehen von diesen blöden Karten, nie wieder gemeldet hat."

„Auch wenn ich sie nicht mehr sehen möchte, wünsche ich dir, dass du eine Chance bekommst, das rauszufinden. Du weißt, dass ich hinter dir stehe", sagte mein Vater und seine Stimme zitterte.

Dankbar nickte ich. Diese Worte hätte er so im letzten Jahr noch nicht über die Lippen gebracht und es bedeutete mir viel, dass er mich trotz seiner persönlichen Geschichte unterstützte. Mehr erwartete ich nicht und traute mich auch nicht, ihm weitere Fragen zu stellen.

„Okay, dann lass uns mal aufbrechen Richtung Flughafen", wollte ich das Thema beenden.

Mein Vater zögerte kurz und setzte schließlich an, um noch etwas dazu zu sagen:

„Wir haben nur so jung geheiratet, weil deine Großeltern damals darauf bestanden haben. Mailin wollte in erster Linie raus von zu Hause. Damals war unser erzkatholisches Umfeld noch wahnsinnig konservativ. Die Hochzeit war für Mailin ein Sprung in die Freiheit, dabei war das viel zu nah an zu Hause. Eigentlich wollte sie viel weiter weg. Für sie muss es unheimlich schwer gewesen sein, sich an den Gedanken zu gewöhnen, mit uns beiden sesshaft zu werden. Ständig hat sie vom Reisen gesprochen und wollte die Welt erkunden."

„So wie ich?"

„Ja, das hast du von ihr geerbt. Mich konnte sie damit nie begeistern und ich war damals zu jung, um ihren Freiheitsdrang zu verstehen. Wir waren nie füreinander gemacht. Als du dann auf der Welt warst, hat sie fürchterliche Panik bekommen. Es muss eine Kurzschlussreaktion gewesen sein. Trotzdem kann ich ihr nicht verzeihen, dass sie sich nie gemeldet hat, geschweige denn wieder zurück nach Irland kam. Erst dachte ich, dass sie möglicherweise einen Unfall hatte. Ihre Postkarten der ersten Jahre zeigen hingegen, dass sie um die ganze Welt gereist ist. Sie hätte sich melden können. Stattdessen hat sie uns völlig hängen und mich mit der Ungewissheit leben lassen, wie es ihr ging und was hinter allem steckte."

So viele Informationen hatte ich Dad bislang noch nicht entlocken können und musste diese Erkenntnisse erstmal verdauen. Meine Mutter war damals jünger gewesen, als ich es jetzt war. So früh sesshaft zu werden war auch für mich eine schwierige Vorstellung. Dennoch entschuldigte es nicht, dass sie diesen Schritt gegangen war.

„Ich war nicht geplant als Baby, oder?"

Meine Finger zitterten, meine Lippen bebten. Nie zuvor hatte ich diese Frage gestellt. Natürlich hatte ich mich das oft genug gefragt, es aber nie ausgesprochen. Die Antwort sah ich in Dads Augen, auch ohne dass er etwas dazu sagen musste, was er schließlich trotzdem tat:

„Du weißt, dass ich dich nicht anlügen würde, schon gar nicht bei solch existenziellen Themen", sprach er leise. „Wir waren mit Anfang zwanzig noch so jung und gerade Mailin hatte ihre eigenen Pläne. Trotzdem warst und bist du für alle Zeit mein absolutes Wunschkind. Um ein tolles Wunschkind wie dich zu bekommen, braucht man keine Planung."

Verstohlen wischte er sich über die Augen.

„Ich hab dich lieb, Dad."

„Und ich dich erstmal, meine Kleine."

Ich konnte mir ein Grinsen nicht verkneifen, denn diese Kleine würde ich wohl bis an den Rest meines Lebens bleiben. In meiner Teenie-Zeit hatte ich das nicht hören wollen, inzwischen fand ich es süß, wenn Dad mich so nannte, weil es so vertraut war.

„Danke … – dann wollen wir mal los, ja?"

„Auf jeden Fall. Nicht, dass du deinen Flug verpasst. Das, was du jetzt tust, ist richtig und wichtig für dich. Lass uns aufbrechen."

Kapitel 6

„Bitte schalten Sie Ihr Handy jetzt aus", wurde ich freundlich, aber bestimmt von der Stewardess angesprochen.

Mist, das war die zweite Ermahnung und ihrem kritischen Blick zufolge blieb mir nicht mehr genug Zeit, um Matthis nun eine Nachricht zu senden. Außerdem wollte ich die Flugbegleiterin nicht verärgern, denn die machte hier ihren Job und konnte nichts dafür, dass mein Hamburg-Plan ein paar Lücken aufwies.

„Klar. Tut mir leid", nuschelte ich, während ich mein Handy ausschaltete.

Cate hatte mir noch nicht geantwortet und ich war deutlich zu spät auf die Idee gekommen, dass ich ja auch versuchen konnte, Matthis zu erreichen. Allerdings war der vorläufige Abschied von meinem Vater auch deutlich emotionaler für mich verlaufen als gedacht. Und abgesehen davon, dass Organisation nicht gerade zu meinen Kernkompetenzen gehörte, brachte es wenig, mir wegen des Fauxpas Vorwürfe zu machen. Denn selbst wenn ich

Matthis erreicht hätte, würde das nun nichts mehr ändern. Das Flugzeug rollte bereits Richtung Startbahn und so oder so würde es mich nach Hamburg bringen. Das hieß also: Augen zu und durch und hoffen, dass mein Timing passte. Wobei ich das mit dem „Augen zu" nicht allzu wörtlich nahm. Kurz war ich versucht, meine Augen zu schließen und den Flug zu verschlafen, allerdings war es eindeutig zu amüsant, den Irland-Urlaubsberichten der Reisegruppe hinter mir zuzuhören. Dadurch, dass Dad mir von klein auf Deutsch beigebracht hatte und ich quasi bilingual aufgewachsen war, verstand ich jedes Wort der Touristen. Sie waren also auch nach Tagen noch empört darüber, dass Onkel Herbert sie trotz schlechter Wettervorhersage zu dem Ausflug an die Cliffs of Moher überredet hatte und sie alle zwar komplett nass geworden waren, aber aufgrund des Nebels nicht ein einziges Kliff gesehen hatten. Außerdem hatte Tante Renate, hihi, zweimal während der Reise in einem Pub über die Stränge geschlagen und sogar getanzt. Anstatt den Urlaub entspannt ausklingen zu lassen, ging es in diesem vorwurfsvollen Tonfall weiter.

„Holy shit, meine Güte, ist das armselig", kommentierte ich die Gesellschaft hinter mir und hörte ein leises Lachen.

„Das ist es. Wir können von Glück reden, dass der Flieger in einer halben Stunde in Hamburg landen wird."

Hoppla, meinen Sitznachbarn, der fleißig auf die Tastatur seines Laptops hämmerte, hatte ich bislang noch gar nicht wahrgenommen. Jetzt drehte ich mich zu ihm, und obwohl ich stets versuchte, Menschen nicht zu früh irgendwelchen Klischees zuzuordnen, ratterte es ungewollt in meinem Kopf los. Wie ein typischer BWLer sah er nicht aus, dazu wirkte er zu sympathisch. Der Laptop ließ darauf schließen, dass er trotzdem geschäftlich unterwegs war. Seinem Alter zufolge – geschätzt war er nicht viel älter als ich – könnte es sich um ein cooles Start-up-Meeting gehandelt haben. Das alles war natürlich reine Spekulation. Genau einordnen konnte ich ihn nicht, bereute aber durchaus, nicht früher mit ihm in Kontakt gekommen zu sein. Wenn er die Reisegruppe hinter mir genauso unmöglich fand, wie ich es tat, hätte sich ein nettes Gespräch entwickeln können.

„Eine halbe Stunde nur noch? Und ich habe noch keinen Plan, was ich in Hamburg tun soll. Mist!“, entfuhr es mir.

Tatsächlich hatte ich mich sowohl zu lange über diese Unterhaltung der Leute hinter unseren Sitzen amüsiert als auch zu konzentriert aus dem Fenster gestarrt und die Nordsee beobachtet, über der wir uns inzwischen befanden.

„Findest du es nicht gut, dass wir bald da sind? Man steigt in ein Flugzeug, um sein Ziel zu erreichen. Oder gefällt dir die Unterhaltung der Gruppe so gut, dass du gern noch ein paar Extrarunden drehen möchtest?“

Mit einem verschmitzten Grinsen blickte er mich an.

„Wenn ich nicht so verbittert werde wie die Herrschaften hinter uns, nehme ich jede Extrarunde in Kauf“, lachte ich, „aber was diese halbe Stunde angeht, habe ich ein riesiges

Problem! Ich brauche ganz dringend einen WLAN-Zugang, weil ich vergessen habe – ach egal.“

Vermutlich kostete eine Internetverbindung hier im Flugzeug ein halbes Vermögen und mein sich inzwischen im Flugmodus befindendes Handy schien irgendwelche technischen Probleme zu haben, die ich gar nicht erst verstehen wollte. Das konnte man streng genommen genauso in die Kategorie der Luxusprobleme einsortieren wie die anhaltenden Meckereien der Menschen hinter uns. Mit dem Unterschied, dass ich einfach nur versuchen wollte, Cate oder Matthis zu erreichen, um mich ankündigen zu können, wenn ich schon auf dem Weg zu ihnen war.

„Ich würde dir gern helfen mit deiner WLAN-Verbindung, aber wir haben hier leider eine Billig-Airline gebucht und hier funktioniert gar nichts. Keine Chance, den blauen Planeten vor der Landung zu erreichen.“

„Und wieso kannst du mit deinem Laptop arbeiten?“

Vermutlich sollte ich ihm hoch anrechnen, dass er trotz dieser blöden Frage nicht begann, lauthals zu lachen.

„Ich arbeite offline. Einige Aufgaben ermöglichen …“

„Stimmt, sowas geht ja auch. Ach, was soll's“, stöhnte ich, schaltete mein Handy, dessen Akku ohnehin zur Neige ging, vorbildlich wieder aus und verstaute es in meinem Rucksack.

Ob ich jetzt noch eine Antwort von Cate bekam oder Matthis schreiben konnte oder bis zur Landung wartete, spielte nun auch keine große Rolle mehr.

„Hey, ich wollte nicht so nerdy wirken, bloß weil ich ein paar Skripte der Tagung durchsehe. Kann ich dir irgendwie weiterhelfen, auch wenn wir hier keine Chance auf WLAN haben?"

Ich blickte ihn ein paar Sekunden zu lang an. Normalerweise wäre ich jetzt nicht um einen coolen Spruch verlegen gewesen oder hätte den sympathischen Mann neben mir in ein Gespräch verwickelt. Bloß war ich noch so müde von der zu kurzen Nacht und zu sehr durch den Wind, weshalb ich einfach nur den Kopf schüttelte und meine Augen schloss, um vor der Landung noch einen kurzen Powernap einzulegen.

*

Geweckt wurde ich von einem sanften Schulterruckeln.

„Danke …"

So blieb mir noch ein kurzer Moment, um meine Sachen zusammenzusuchen, bis ich hinter mir ein paar klatschende Leute samt einigen sich angiftenden Tönen wahrnahm. Offensichtlich war die Reisegruppe noch in der Stimmung wie vorhin. Nicht mein Problem, gleich konnte ich den Flieger verlassen, der soeben den festen Boden erreicht hatte. Leider zogen sich die Minuten, bis ich aus dem Flugzeug steigen konnte, in die Länge. Immerhin war meine Reisetasche eine der ersten, die auf dem Kofferband erschienen, und ich konnte mich zum Ausgang begeben.

Kurz bevor ich die Ankunftshalle verließ, drehte ich mich nochmal um, weil ich mich gern von meinem Sitznachbarn verabschieden wollte. Offensichtlich hatte der Erdboden ihn verschluckt, denn ich konnte ihn nirgendwo entdecken. Schade eigentlich! Dann hieß es nun wohl in Hamburg anzukommen und die logistischen Problemchen von vorhin waren wieder präsent: Hätte ich genug Akku in meinem Handy oder wäre meine Powerbank irgendwo auffindbar, dann hätte theoretisch auch die Möglichkeit bestanden, nochmal einen Versuch zu starten, um Cate zu erreichen. Leider half mir dieser Konjunktiv nicht sonderlich viel weiter, denn ich war in diesem Punkt ebenfalls nur eingeschränkt vorausschauend gewesen. Bevor ich meine Tasche durchwühlte, um an eine Stromquelle für mein Handy zu gelangen, fragte ich mich lieber bei den anderen Menschen durch und ließ mir den Weg bis zu der passenden S-Bahn zeigen. Glücklicherweise kannte ich mich aus dem letzten Jahr noch ein bisschen in Hamburg aus, und nachdem ich in Altona angekommen war, beschloss ich, den Weg vom Bahnhof bis runter an die Elbe zu Fuß zu gehen. Hier wehte heute eine ordentliche Brise, die mir nach all dem Sitzen ziemlich guttat. Obwohl mein Handy mausetot war und ich noch keine Ahnung hatte, ob ich meine Cousine nun antreffen würde oder improvisieren musste, musste ich unwillkürlich grinsen. Es war schön, wieder hier zu sein, zumal Cate mit ihrer Wohnlage direkt an der Elbe ein besonderes Flair zu bieten hatte. Der Spaziergang am Hafen entlang war herrlich erfrischend. Ich beobachtete einige Schiffe und war fasziniert von den verschiedenen Hafenbecken, die sich am südlichen Ufer der Elbe erstreckten. Hier war ständig etwas los und ich blieb stehen, um zuzusehen, wie ein Containerschiff in ziemlich großer Geschwindigkeit abgeladen wurde. Besonders charmant fand ich den Museumshafen in Oevelgönne. Ein Leuchtturm begrüßte mich. Er war klein, blitzte dafür aber in frischem und fröhlichem Rot. Dahinter befanden sich zahlreiche ältere Schiffe, die in früheren Jahrzehnten im Einsatz gewesen waren und nun von Liebhabern gepflegt wurden. So hatte Cate es mir im letzten Jahr erklärt und ich wusste sofort, warum sie diesen Platz so mochte. Er hatte Charme. Weil ich Hunger verspürte, lief ich unten auf das Ponton, wo ich mir ein Fischbrötchen und ein typisches Hamburger Astra kaufte. Zufrieden setzte ich mich auf den leuchtend gelben Poller, direkt an der Elbe und biss in das Matjesbrötchen. Es war herrlich, den Wind um die Nase geweht zu bekommen, dem Hafenkino zuzusehen und diesen Snack zu verzehren. Im Hintergrund erklang karibische Musik, die eigentlich gar nicht zu diesem norddeutschen Flair passte, aber außergewöhnlich gut klang. Diese Szenerie fühlte sich an wie Urlaub und es war herrlich, nach all diesem Theater hier angekommen zu sein. Ein paar Minuten lang gönnte ich mir noch diesen wunderschönen Ausblick, so lange, bis mir die Augen zufielen und ich wahrnahm, wie müde ich plötzlich wurde. Deshalb stand ich langsam auf und ging das restliche kurze Stück bis zu Cates Haus. Zwischen lauter Hecken lief ich den Weg entlang, der sich parallel zum Elbstrand erstreckte. Auf der Seite des Strandes befanden sich lauter kleine Privatgärten und auf der anderen Seite standen die alten Lotsenhäuser. In einem davon wohnte Cate, und als ich es wiedererkannte, beschleunigten sich sowohl mein Puls als auch meine Schritte. Zügig ging ich bis zur Eingangstür und klingelte. Nichts tat sich. Ich klingelte erneut. Nichts.

„Shit."

Dann blieb mir wohl nichts anderes übrig, als meine Reisetasche durchzusuchen und darauf zu hoffen, dass ich meine Powerbank eingepackt hatte, um mein Handy wiederbeleben zu können. Mit einem Seufzer ließ ich meine Tasche vor der Haustür fallen und fing an, das Chaos durchzuwühlen. Zumindest so lange, bis ein rotgetigerter Kater mit einem großen Satz mitten auf meine Tasche sprang.

„Whisky!", lachte ich auf.

„Du kleiner Spinner. Wo kommst du denn her?"

Der ehemals herrenlose Kater war mir im letzten Jahr zugelaufen und zum Glück hatte er bei Cate ein neues Zuhause gefunden. Deshalb ignorierte ich meine Tasche und widmete mich zunächst einmal dem Kater, indem ich ihn hochhob und vorsichtig an mich drückte. Schade, dass ich keine Leckerlis dabeihatte und ihn erst später mit etwas Extra-Futter verwöhnen konnte. Als Whisky anfing zu zappeln, setzte ich ihn auf dem Boden ab und war fast enttäuscht, als er von mir weglief und über den Rasen sprang. Ehe ich mich's versah, war er durch das Gartentor gelaufen – und lief in den Vorgarten, der Richtung Elbstrand ging. Moment. Vielleicht hatte ich ja Glück und musste nicht allzu lange hier warten? Zügig folgte ich dem Kater und grinste zufrieden, als ich Cate und Matthis mit ein paar anderen Leuten vor dem kleinen Gartenhäuschen sitzen sah. Offensichtlich fand hier gerade eine kleine Grillparty statt.

„Sieht so aus, als sei mein Timing perfekt!", strahlte ich vor lauter Erleichterung, als ich die vollen Teller sah.

„Joanne!", rief Cate als Erstes und zog mich an sich.

„Ich habe mir schon Sorgen gemacht nach deiner Nachricht."

„Was sie nach wie vor noch gut kann", meldete sich Matthis zu Wort, nachdem er sich zu uns gestellt hatte.

„Na ja, erst diese Nachricht und dann kein Kontakt mehr. Fast hätte ich Owen angerufen."

„Ich konnte sie noch davon abhalten."

„Aber nur knapp!"

Schmunzelnd beobachtete ich die beiden. Auch wenn ich Beziehungen gerade so überhaupt nicht leiden konnte, waren Cate und Matthis eine Ausnahme. Es war schön zu sehen, dass meine Cousine nach so viel Einsamkeit ihr Glück gefunden hatte. Sie sah viel entspannter aus als noch im letzten Jahr.

„Süß von euch. Das war ein bisschen durcheinander heute und mein Handy hat den Geist aufgegeben. Also nur der Akku. Ich hätte es vor dem Flug laden sollen – und herrje, keine Ahnung, wo sich meine blöde Powerbank befindet", lachte ich auf.

Matthis stimmte in mein Lachen ein:

„Durchorganisiert wie eh und je, unsere Joanne."

„Was ist denn eigentlich los? Also ich meine, es ist toll, dich wiederzusehen, wirklich. Das klang nur so überstürzt in deiner Nachricht und ich habe …"

„Du hast dir Sorgen gemacht?", schmunzelte ich.

„Es geht nicht um …"

Es ging nicht um Leben oder Tod, wäre mir fast rausgerutscht. Rechtzeitig hatte ich mich noch bremsen können, denn diese Wortwahl hätte Cate bestimmt traurig gemacht.

„Es geht nicht um die mega riesigen Dinge. Irgendwo schon. Ist mehr so eine Beziehungssache und ich brauche etwas Abstand. Meint ihr, ich könnte vielleicht ein paar Tage bleiben? Deshalb bin ich hergekommen, auch wenn das jetzt etwas plötzlich kommt."

Offensichtlich musste ich mir keine Gedanken machen, was das anging, denn Matthis stellte bereits einen Teller und einen weiteren Stuhl für mich an den Tisch und Cate nickte:

„Du weißt doch, dass du immer bei uns willkommen bist. Wie wäre es, wenn wir erstmal gemeinsam essen und du später in Ruhe erzählst, was los ist?"

Das war keine schlechte Idee, zumal die Salate lecker aussahen und das Grillgut verlockend roch. Vor allen Dingen machten die Gäste einen netten Eindruck.

„Man sollte meinen, dass das Fischbrötchen von vorhin mich satt gemacht hat, aber das Angebot kann ich kaum ausschlagen."

Am liebsten hätte ich die Musik, die im Hintergrund lief, ein bisschen lauter gedreht, um völlig abzuschalten, wollte es aber nicht überreizen. Stattdessen erfreute ich mich daran, ein paar frisch gegrillte Köstlichkeiten zu essen, während ich versuchte, mir die Namen der Nachbarn zu merken, die mit uns am Tisch saßen. Einfach war dieses Unterfangen nicht, denn ich war definitiv zu müde und schließlich gab ich es auf. Ich hörte zu, was die Gruppe durcheinanderredete, und versuchte, diese unbeschwerten Momente auf mich wirken zu lassen. Zudem war das sehr hilfreich, um wieder gut in die deutsche Sprache reinzufinden. Auch wenn ich damit aufgewachsen war, war dieses quirlige Durcheinander eine kleine Herausforderung und ich war inzwischen froh, dass die Musik doch nicht so laut war. Sonst hätte mich das zumindest nach der letzten Nacht und meiner Anreise überfordert. Trotz allem merkte ich, dass sich die Müdigkeit wieder durchsetzte, obwohl es trotz fortgeschrittener Stunde noch hell war, denn es war kurz vor Mittsommer. Keinesfalls wollte ich mir die Blöße geben und hier wegnicken. Auch das Gähnen versuchte ich, so gut es ging, zu unterdrücken …

Kapitel 7

Der Hafen auf der anderen Elbseite glitzerte in vielen verschiedenen Farben. Die Elbe war in Bewegung, obwohl es dunkel war. Gedämpfte Töne klangen im Halbschlaf zu mir hinüber.

Hoppla!

„Hello again, liebste Cousine“, hörte ich Cate neben mir.

Offensichtlich war ich tatsächlich zwischendurch eingeschlafen. Denn die Nachbarstruppe war nicht mehr da und ich saß auch nicht mehr auf meinem Stuhl, sondern lag auf einem ziemlich bequemen Sofa. Dank der vollverglasten Fensterfront hatte ich von diesem Platz in dem gemütlichen Gartenhaus den perfekten Blick über den Hamburger Hafen.

„Oh hi ... – also, dieses Gartenhaus ist euch perfekt gelungen. Ich wusste schon immer, dass ihr etwas Cooles mit diesem Grundstück anfangen werdet. Super Aussicht. – Ähm, ich habe nicht geschlafen, oder? Bitte sag mir, dass ich nicht einfach eingepennt bin.“

„Nur ungefähr fünf Minuten oder so", grinste Cate.

Es mussten mindestens zwei Stunden gewesen sein.

„Matthis hat deine Sachen reingetragen und das Gästezimmer fertig gemacht. Sollen wir hochgehen oder möchtest du dir die Beine noch etwas vertreten?"

Es hatte durchaus seinen Reiz, die wenigen Meter bis zum Haus zu laufen und so richtig auszuschlafen. Zugleich spürte ich aber auch, dass Cate neugierig war auf das, was ich zu erzählen hatte. Außerdem wusste ich, dass sie sich zwar gut zurückgehalten hatte, aber trotzdem besorgt war über mein spontanes Erscheinen. Es war schön zu sehen, dass meine Cousine seit dem letzten Jahr deutlich entspannter und souveräner geworden war. Kurz musterte ich sie. Ihre grünen Augen, die meinen Augen irgendwie ähnlich sahen, funkelten viel mehr, als ich es in Erinnerung hatte. Anstatt des strengen Zopfs trug sie ihre blonden Haare offen und gestuft. Vor allen Dingen sah sie glücklich aus.

„Ein bisschen Beine vertreten ist bestimmt eine gute Sache", erwiderte ich deshalb.

Abgesehen davon fühlte ich mich nach diesem ungeplanten Nickerchen deutlich fitter.

„Danke, dass ich bei euch unterkommen kann. Obwohl ich verpeilt habe, mich rechtzeitig zu melden. Sofern man überhaupt von rechtzeitig sprechen kann, weil es so spontan war. Aber ich hab's echt total vercheckt."

„Ist doch selbstverständlich. Für dich haben wir immer einen Platz. Gut, es wäre von Vorteil, wenn wir uns vorher erreichen, damit wir dir notfalls den Schlüssel hinterlegen können, aber es ist ja gut gegangen."

Ich nickte, während ich aufstand und mich bei Cate unterhakte. Wir verließen diesen etwas höher gelegenen Vorgarten über den Weg, den ich entlanggekommen war. Eine Weile schwiegen wir beide. Nach wie vor faszinierten mich die Geräusche und Lichter, die der Hafen zu bieten hatte. Gleichzeitig hörte man aus der Ferne, dass Sommer war, denn die Stadt lebte und auf St. Pauli wurde garantiert gut gefeiert.

„Das wäre was für dich, hm?", kam von Cate und sie zeigte in die entgegengesetzte Richtung.

Dort kam ein Partyschiff mit lauter bunt blinkenden Lichtern die Elbe entlang und der Bass war bis hierhin zu hören.

„Wenn ich ein paar Tage bei euch bleiben kann, bin ich dort spätestens nächstes Wochenende an Bord … – bis dahin heule ich diesem Vollidioten nach, der es nicht verdient hat", versuchte ich, tapfer zu sein. „Einfach blöd, dass mir momentan gar nichts gelingen will."

„Was ist denn jetzt konkret los? Lass uns mal ein paar Pläne machen, okay?"

Das brachte mich zum Schmunzeln. Meine Cousine war die Königin ausgeklügelter Pläne. Vermutlich hatte sie sämtliche Planungstools dieser Welt persönlich erfunden. Es war ein Wunder, dass zwei so verschiedene Personen wie wir beide miteinander verwandt sein konnten. Wie kam ich jetzt bloß aus dieser Nummer wieder raus?

„Willst du nicht erstmal erzählen, was deine Projekte so machen und überhaupt ...?", wagte ich einen Vorstoß.

Doch ich hatte mir Hamburg nicht grundlos als Ziel ausgesucht. Mein Gedanke war schließlich gewesen, dass Cate mich verstand. Darum ging es mir und dazu würde ich reden müssen. Deshalb wählte ich nun die Route unseres kleinen Spaziergangs und führte Cate mit mir runter an den Elbstrand, wo ich meine Sneaker auszog und ein paar Schritte in das kühlende Elbwasser lief. Der Strand war gerade besonders weitläufig, demzufolge musste Ebbe sein. Dass es selbst hier – mitten in der Stadt – noch einen guten Tidenhub gab, hatte ich mir gemerkt. So oder so tat es gut, das Wasser zu spüren und gleichzeitig meine Gedanken abzukühlen. Derweil war Cate mir gefolgt und schien auch Gefallen an dem kühlen Fußbad zu finden.

„Wenn du willst, kann ich dir von meinem neuen Teilzeitjob erzählen. Ich arbeite an einem Uni-Forschungsprojekt im Bereich Physik und es ist toll. Nebenher engagiere ich mich ehrenamtlich für Kinder, die mithilfe der Naturwissenschaften auf Entdeckerreise gehen können", kam Cate als Erste zu Wort, nachdem ich beharrlich geschwiegen hatte.

„Also Joanne, raus mit der Sprache, okay?"

„Okay ..."

Verflixt, warum fiel mir das nur so schwer? Auf die Müdigkeit konnte ich meine Wortkargheit jetzt nicht mehr schieben, denn das frische Elbwasser zeigte mehr Wirkung, als mehrere Espressi es jemals würden tun können. Mangelndes Vertrauen war es auch nicht, denn ich war hergekommen, weil ich gezielt zu Cate gewollt hatte. Und nachdem ich sowohl mit Frau Flanagan als auch mit meinem Dad geredet hatte, konnte ich mir mangelnde Routine im Erzählen von peinlichen und persönlichen Themen wohl auch nicht mehr vorwerfen.

„Keine Ahnung, warum ich gerade so verklemmt bin“, seufzte ich auf.

Um noch ein bisschen Zeit zu gewinnen, ging ich wieder ein Stück mehr Richtung Strand, trocknete meine Füße ausgiebig, indem ich sie scheinbar sinnvoll hin- und herschwenkte, und zog in aller Ruhe meine Sneaker an. Die Geschichte mit Neil war mir vor meiner kontrollierten Cousine peinlich und ich hatte Angst, sie zu sehr persönlich zu treffen, wenn ich ihr von meiner erneuten Suche nach meiner Mutter berichtete.

Wow!

Wieso hatte es den ganzen Abend gedauert, um zu diesen einfachen Erklärungen zu kommen? Innerlich gratulierte ich mir selbst zu diesen gedanklichen Meisterleistungen. Verflixt nochmal, das Leben war eben manchmal komplizierter als ursprünglich geplant.

„Okay, ich hatte diesen Freund, Neil. Er hat mich verlassen, also Blödsinn. Ich habe ihn verlassen, nachdem ich ihn in flagranti erwischt habe – mit meiner Mitbewohnerin.

Deshalb bin ich spontan ausgezogen und hey, jetzt bin ich hier!", kürzte ich den ersten Part der Geschichte ab.

Denn ich war ja routiniert darin, das Malheur runterzurasseln.

„Und sorry, dass ich in meinen Nachrichten nie von Neil erzählt habe. Peinlicherweise muss ich gestehen, dass ich auf ihn reingefallen bin, obwohl er mein Professor war und ungefähr zwanzig Jahre älter ist als ich. Mir ist schon völlig klar, dass ich niemals so gut in Planung sein werde wie du, und wahrscheinlich denkst du ohnehin, dass ich total durchgedreht bin und …", fing ich mit grimmiger Miene an, mich in Rage zu reden, fuchtelte dabei wild mit meinen Armen durch die Gegend und ließ mit meinem Fuß etwas Sand aufstieben.

Cate unterbrach mich, indem sie sich einfach neben mir in den Sand fallen ließ und mich in eine Umarmung zog. Das war ungewohnt, denn früher war sie vor solcher Nähe meistens zurückgeschreckt. Auch jetzt ging sie schnell wieder ein Stück weit auf Distanz, hatte aber trotzdem tröstende Worte für mich:

„Tatsächlich würde ich dich nicht unbedingt als Projektmanagerin einstellen … – aber Spaß beiseite. Du bist keinesfalls durchgedreht, nur ein bisschen durch den Wind. Was ist denn jetzt wirklich los?"

Endlich erkannte ich meine völlig durchstrukturierte Cousine wieder! Jepp, ich war nicht als Projektmanagerin geeignet und Planung war nicht mein Ding. Diese Erkenntnis war nicht gerade neu, passte jedoch hervorragend zu diesem Tag und ließ – warum auch immer – endlich die Schatten dieser Tage verblassen. Einige Momente brauchte ich noch und war fixiert darauf, wie die Lichter der Hafenkräne sich im Elbwasser spiegelten. Sehnsüchtig blickte ich auf das Partyboot, das uns nun wieder passierte, und wünschte mir, dort mit an Bord zu sein. Wie schön wäre es, das Drama mal für ein paar Stunden zu vergessen und stattdessen den Kopf bei guter Musik und mit witzigen Menschen auszuschalten?

„Ist ja nicht aufgehoben …", murmelte ich vor mich hin.

Das hatte ich gar nicht laut aussprechen wollen. Wenn ich ein paar Tage hier in Hamburg bliebe, konnte ich jederzeit diese netten Gelegenheiten nutzen. Bevor Cate also etwas antworten konnte, sprach ich direkt weiter. Bei ihr war das persönlicher als bei Frau Flanagan und Dad. Es kostete mich mehr Überwindung, doch als das Eis erst einmal gebrochen war, konnte ich mich selbst kaum aufhalten und erzählte ihr, was sich in den letzten Monaten zugetragen hatte. Wie schon zuvor war Neil plötzlich zu einem Neben-Charakter geworden. Obwohl ich Cate hatte schonen wollen, kam ich in meinem Redefluss auf die Suche nach meiner Mutter zu sprechen. Schon wieder spürte ich, wie sich einige Tränen ihren Weg über meine Wangen bahnten, als ich davon sprach.

„Es tut mir so leid. Ich meine, ich würde so unfassbar gerne wissen, was mit ihr geschehen ist und warum sie mich und uns verlassen hat, aber dich trifft es viel härter und überhaupt …", schniefte ich in meinen Pulli hinein.

„Halt mal kurz die Luft an", konterte Cate geschickt, denn tatsächlich unterbrach sie mich mit diesem kurzen Kommentar.

Obwohl ich Cate verstand, hielt ich tatsächlich die Luft an und brachte ein „hab ich" hervor, während ich sie beim Wort nahm und meine Nase eine Weile zuhielt.

„Wir reden über deine Mum …"

„Mhm, jaaa, leider ja."

„Und somit auch über all das, was sie unseren Familien angetan hat. Ich mag's kaum aussprechen, nach allem, was passiert ist."

Cate malte mit ihren Fingern im Sand, ehe sie weitersprach: „Es ist okay. Also, dass du darüber sprichst und dass du hier bist. Du kannst nichts für das, was unserer Familie passiert ist, und ich habe inzwischen verstanden, dass deine Mum das Chaos bestimmt nicht freiwillig veranstaltet hat. Auch wenn das ein ziemlich schwerer Weg war, bis zu dieser Erkenntnis zu kommen. Sie ist deine Mutter und du willst wissen, was passiert ist. Selbst ich kann das verstehen."

„Das ist lieb von dir und ziemlich tapfer", murmelte ich anerkennend, weil ich wusste, wie schwer das Thema für Cate war.

Zugleich war ich stolz auf meine Cousine, die im Laufe des letzten Jahres große Fortschritte gemacht hatte und nun in der Lage dazu war, mit mir darüber zu reden.

„Du kannst unser Gästezimmer nutzen, solange du möchtest. Ich bin froh, dich als Familie zu haben, und Matthis und ich werden dich unterstützen, versprochen."

„Danke …"

Eine Weile schauten wir beide auf die Elbe und beobachteten, wie sich die Hafenbeleuchtung im Wasser spiegelte. Ich musste mich innerlich sortieren, Cates Worte sacken lassen und irgendwie richtig hier ankommen. Normalerweise fiel mir so etwas nicht schwer. Wenn ich unterwegs war, zögerte ich nicht lange, sondern warf meine Sachen einfach in mein Zimmer und war dann so gut wie unterwegs. In diesem Fall und nach diesen aufregenden anderthalb Tagen war ich nur noch müde und zugleich trotzdem aufgebracht.

„Was ist, wenn ich sie finde? Was passiert dann?", stieß ich zittrig aus.

Es war mein Ziel, meine Mutter zu finden und endlich ihre Version der Geschichte zu verstehen. Trotzdem hatte ich Angst vor diesem Szenario.

„Denn weißt du – sie hat es echt gehörig vergeigt! Wer macht denn sowas? Sein kleines Baby zurücklassen und spurlos verschwinden? Okay, sie war jung und Dad hat anklingen lassen – nachdem er endlich mal zumindest ansatzweise mit mir darüber sprechen konnte –, dass sie unter großem Druck stand. Aber verflixte Scheiße, das rechtfertigt überhaupt nichts! Sie hätte uns verlassen können, niemand hätte sie aufgehalten, aber sie hätte sich verdammt nochmal melden müssen! Und sie ist nicht verunglückt, denn es gibt Postkarten aus den ersten Jahren! Mailin O'Reilly scheint ein äußerst egoistischer Mensch zu sein. Warum suche ich überhaupt nach ihr? Ich will nicht so sein wie eine solche Person!"

Dankbar nahm ich das Taschentuch an, das Cate mir entgegenstreckte.

„Du bist nicht wie sie, wenn sie so egoistisch war. Und du musst sie nicht mögen. Du musst sie nicht Teil deines Lebens werden lassen", sagte Cate gefasst.

„Du willst Antworten finden, darum geht es. Es zumindest zu versuchen. Alles andere wird sich zeigen, wenn es dazu kommt, dass du sie findest."

„Und was machst du, wenn ich erfolgreich dabei sein sollte?"

Diese Perspektive war ja auch wichtig, wenn ich schon hier in Hamburg war und Cate wieder mit den alten Themen konfrontierte. Dass das nicht leicht war, wusste ich gut genug, und die Tatsache, dass Cate über die Antwort grübelte, unterstrich diesen Punkt zusätzlich.

„Keine Ahnung. Dafür habe ich keinen Plan. Wenn es so weit ist, dann hoffe ich, dass Matthis irgendeine schlaue Idee hat. Aktuell kann ich mir nicht vorstellen, ihr unter die Augen zu treten. Das würde wohl zu sehr weh tun. Für dich ist dieser Versuch aber wichtig und damit kann ich inzwischen leben."

Ich nickte. Nun war ich diejenige, die am Reißverschluss von Cates dünner Jacke zog, um noch eine Runde Taschentücher für uns beide zu spendieren.

„Wenn sie bloß nicht spurlos verschwunden wäre. Dann wären unsere Leben völlig anders verlaufen."

In meinem Fall wäre es deutlich unkomplizierter gewesen. Ich hätte nicht mit Mitte zwanzig versuchen müssen, mehr über meine Herkunft zu erfahren, und die Monate nach meinem Uniabschluss so dermaßen vergeigt, sondern gewusst, wo mein Platz war. Wieso musste das auch so kompliziert sein? Würde ich jemals die Antworten finden, wenn ich nun die Suche nach der Nadel im Heuhaufen startete, oder sollte ich das Unterfangen nicht lieber endgültig aufgeben und mich um mich selbst kümmern?

Kapitel 8

Einige Tage waren vergangen, in denen ich die Zeit mehr oder weniger verplempert hatte. Während Cate und Matthis ihren Jobs nachgegangen waren, hatte ich das gute Wetter genutzt, um unten am Elbstrand zu sitzen und meinen Tagträumen nachzuhängen. Ab und zu hatte ich etwas gelesen, hatte einige Male ein paar nette Small-Talk-Gespräche geführt und gern mal die Gelegenheit genutzt, um mich den kleinen Gruppen anzuschließen, die ihren Feierabend für eine Partie Beachvolleyball nutzten. Diese kleine Auszeit hatte ich gebraucht, um hier in Hamburg anzukommen und auch gedanklich Distanz zwischen die Sache mit Neil und mir zu bringen. Dass ein paar Kerle am Strand durchaus einen zweiten Blick wert waren, war dabei zugegebenermaßen hilfreich gewesen und hatte mich hervorragend abgelenkt. Nun reichte es mir jedoch mit diesem sehr ruhigen Leben und ich stand vor dem Badezimmerspiegel, um mich für den Abend etwas zurechtzumachen. Cate und Matthis wollten diesen

Samstagabend bei Freunden verbringen und mich zog die Reeperbahn nun magisch an. Dort hatte ich im letzten Jahr einige witzige Abende verbracht und jetzt war es endlich mal wieder an der Zeit für ein vernünftiges Nachtleben!

*

Weil ich noch ein bisschen Zeit hatte, lief ich einmal die „Große Freiheit" entlang, wo sich ein Club an den anderen reihte. Ich wusste noch, dass es hier besonders touristisch zuging. Die vielen Lichter und Schilder waren bunt und schrill, und es gab genug Angebote – insbesondere für die männliche Zielgruppe. Die Straße war voll mit Leuten, die feiern wollten. Mitten auf der Straße gab es einen kleineren Polizeieinsatz, denn manche Menschen hatten offensichtlich bereits jetzt gegen Mitternacht über die Stränge geschlagen und schienen bereit zu sein für ein unfreiwilliges Ausnüchterungsprogramm. Die gute Stimmung überwog jedoch und stimmte mich fröhlich. Langsam schlenderte ich zurück, ein Stück entlang der schrillen Reeperbahn, bis zum Hans-Albers-Platz, wo ich verabredet war.

„Hey, da bist du ja!", machten Lars und Tom auf sich aufmerksam und ich lief in ihre Richtung.

Wie gut, dass ich die beiden beim Beachvolleyball kennengelernt und somit eine gute Begleitung für den Abend und die Nacht hatte. Dass die beiden ein Paar waren, realisierte ich erst jetzt, nach der Begrüßung. Für die

Damenwelt war das fast ein bisschen schade, weil sie so nett waren. Aber das stellte dann wohl auch sicher, dass Lars und Tom mich nicht ins Dollhouse schleppen würden.

„Wo gehen wir als Erstes hin?", fragte ich.

An die lustigen Abende, die ich hier schon verbracht hatte, erinnerte ich mich noch weitestgehend, auch wenn ich die Clubs und Bars nicht mehr zuordnen konnte. Dass Lars vorschlug, erst einmal etwas zu essen, kam mir gerade recht. Schließlich ging nichts über eine vernünftige Grundlage! So saßen wir wenig später mit richtig leckeren Pizzastücken und jeweils einer Knolle Astra auf dem Kopfsteinpflaster und starteten mit diesem Snack.

„Wir könnten ins Molly Malone gehen", schlug Tom vor, als wir unsere Snacks verputzt hatten.

„Joanne kommt aus Irland und du schlägst einen Irish Pub vor?", neckte Lars ihn.

„Warum nicht? Es ist nett da und sieht so aus, als würden wir gerade noch reinkommen."

Ich schmunzelte.

„Keine Sorge, ich erwarte hier nichts Stilechtes. Wenn sie dort ein Guinness haben, wäre das super."

Außerdem war der Weg bis dorthin nicht weit, denn ich konnte das grüne Schild bereits erkennen, und so war der Start abgemacht. Abgesehen davon war mir sowieso fast jede Idee recht, solange die Stimmung gut war, was bei der Musik definitiv der Fall zu sein schien. Kurz nachdem wir reingegangen waren und den ersten Drink zu uns genommen hatten, wurde sogar Livemusik angekündigt. Die war nicht mit der Musik von zu Hause vergleichbar. Trotzdem sorgte sie für ein ausgelassenes Publikum, das sich in den Laden drängte. Tanzen konnte man nur vor der kleinen improvisierten Bühne. Wir kämpften uns weiter in den Laden rein, und als wir an einer weniger vollen Stelle ankamen, wurden wir schnell Teil einer anderen kleinen Gruppe, mit der wir uns gegenseitig zuprosteten und die Stimmung genossen.

*

„Wir wollen in die Rutsche, kommt ihr mit?"

Lars und Tom schauten mich an, um mir die Entscheidung zu überlassen. Bloß hatte ich keine Idee, was diese Rutsche war.

„Ich kenne mich kaum aus. Ist der Laden gut?"

„Wenn man deutsche Schlager und Mallehits mag, definitiv!"

„Warum eigentlich nicht?"

Die Gruppe war witzig. Da würde ich die deutsche Schlagermusik schon überleben. So schlimm konnten diese Hits ja nicht sein, dachte ich mir – und wurde eine Straße weiter eines Besseren belehrt. Das war also die Musik und die Art der Feierei, für die deutsche Touristen im Urlaub und insbesondere auf Mallorca berühmt und berüchtigt waren.

„Und?"

„Muss man mögen können!“, lachte ich.

Immerhin waren diese Texte so einfach, dass man die Refrains sehr schnell mitsingen oder wahlweise mitgrölen konnte, und hier war noch etwas Platz zum Tanzen. Das erwies sich insbesondere beim „Fliegerlied“ von Vorteil, als wir alle wie die Kindergartenkinder performten und im Anschluss zu „Aloha Heja He“ auf dem Boden saßen und ruderten. Auch wenn es musiktechnisch einem Desaster gleichkam, fand ich wider Erwarten nach dem dritten Schnaps Gefallen an diesem Stil und der Gruppenzugehörigkeit, die sich durch derart miserable Songs entwickelte. Es war so gesehen ein großer Spaß, auch wenn wir in diesem Trubel die kleine Gruppe, die wir im Molly Melone kennengelernt hatten, plötzlich gar nicht mehr finden konnten. Oder hatte ich einfach nicht mitbekommen, ob sie sich verabschiedet hatten? So oder so war ich Lars und Tom in zwei weitere Läden gefolgt. Wie schnell die Zeit vergangen war, bemerkte ich erst, als es draußen wieder hell und die Clubs so langsam leerer wurden.

„Das war wunderbar!“, strahlte ich.

„Du willst aber noch nicht gehen? Es ist Sonntag. Zeit für den Fischmarkt!“

Ich schaute die beiden irritiert an. Was sollte man nach diesen Stunden am frühsten Sonntagmorgen auf dem Fischmarkt anstellen?

„Gibt es da Fischbrötchen? Ein bisschen was zu essen wäre eine super Idee.“

„Fischbrötchen, Obstkörbe, Drinks und quasi die Aftershowparty einer Kieznacht."

„Ich bin dabei!"

Eigentlich war ich müde, allerdings klang es nach deutlich mehr Spaß, als man beim Begriff „Fischmarkt" zunächst vermuten konnte. Wenn das nach einer Nacht auf dem Kiez dazugehörte, wollte ich das volle Programm mitnehmen. Schlafen konnte ich auch später noch. Deshalb folgte ich den beiden Richtung Elbe, während der Himmel sich von Dunkelblau zu hellblauem Tageslicht verwandelte und die ersten Sonnenstrahlen zu sehen waren. Am Fischmarkt angekommen, der direkt an der Elbe lag, herrschte schon ein buntes Treiben. Einige Händler waren noch damit beschäftigt, ihre Stände aufzubauen, während an manchen Ständen schon die ersten Marktschreier aktiv waren. Ich schnupperte an einigen frischen Blumen und ließ meinen Blick über den angrenzenden Obststand schweifen. Die Auswahl war vielfältig und war, anders als es der Name hätte vermuten lassen, keinesfalls nur auf Fisch begrenzt. Die Fischauktionshalle hatte sämtliche Tore geöffnet und drinnen befanden sich lauter Bierzeltgarnituren und eine Bühne. Das hatten die beiden also mit Aftershowparty einer Kieznacht gemeint.

„Du bekommst direkt das komplette St.-Pauli-Programm", lachte Tom, als die Musik losging und nach und nach mehr Leute hier erschienen, denen man ansah, dass sie die Nacht ebenfalls durchgefeiert hatten.

„Es ist toll, dass ihr mich mitgenommen habt, und das hier ist der perfekte Abschluss", grinste ich zufrieden, als wir mit Fischbrötchen und Kaffee bewaffnet eine Pause direkt an der Elbe einlegten.

Diese Stärkung war hervorragend, um wieder frische Energie zu bekommen. Die Sonnenstrahlen taten ihr Übriges und vertrieben meine Müdigkeit ein bisschen. Gut gelaunt machte ich ein Selfie von uns dreien. Trotz meiner mangelhaften Fotokünste würde mich das Bild an diese erste richtig ausgelassene Nacht seit längerer Zeit erinnern.

„Das müssen wir unbedingt mal wiederholen."

„Was hast du jetzt eigentlich vor in Hamburg?"

„Das fragst du mich jetzt, um diese Uhrzeit?"

Wobei die Frage durchaus berechtigt war. Wir hatten die Nacht über miteinander gefeiert, logischerweise aber kaum private Worte gewechselt, weil die Musik ohnehin unsere Gespräche übertönt hätte. Dabei hatte ich das Gefühl, dass Lars und Tom super Kerle waren. Also konnte ich auch offen mit den beiden reden:

„Nachdem mein Freund fremdgegangen ist, war mir nach ein bisschen Abstand und ich muss ein paar familiäre Sachen klären. Keine Ahnung, wie lange ich hierbleibe. Vielleicht sollte ich mir erstmal einen Nebenjob suchen, um meiner Cousine, bei der ich derzeit wohne, nicht permanent auf der Tasche zu liegen", versuchte ich mich an einer kurzen Erklärung.

Die Geschichten dahinter sollten diesen Tag nicht trüben.

„Was ist denn mit Stina?“, fragte Lars seinen Freund.

Tom nickte.

„Sie sucht händeringend gut gelauntes Personal für den Service ihrer Bar. Ich rufe sie später an. Das könnte was sein.“

„Service in der Gastro?“, hakte ich nach.

In dem Job hatte ich wenig Erfahrung, aber wieso nicht? Ich konnte mit Menschen umgehen und war nicht gerade ungeschickt. Außerdem bedeutete Gastro in Deutschland einen Mindestlohn samt Trinkgeld. Eine solche Option würde ich mir nicht entgehen lassen, wenn das Team cool drauf war.

„In einer Cocktailbar auf der Langen Reihe. Du würdest bestimmt gut in das Team passen.“

Stina hatte vor einigen Monaten diese Bar im Stadtteil St. Georg übernommen, erfuhr ich. Die Lange Reihe war in der Nähe der Außenalster gelegen und für seine Diversität bekannt.

„Eigentlich sind wir häufiger dort unterwegs als hier am St.-Pauli-Kiez“, erklärte Tom und erzählte ein bisschen aus seiner Hood, in der alle Menschen einfach sie selbst sein durften, Vorurteile unerwünscht waren und in der Toleranz kein Fremdwort war.

Irgendwie klang das sympathisch und locker, als könnte ich dorthin passen. Für heute war ich trotz aller Begeisterung jedoch nicht mehr in der Lage, um irgendwelche klugen Entscheidungen zu treffen, und gähnte wieder verstohlen.

„Ich sag's nur ungern, aber ich befürchte, so langsam muss ich ins Bett", seufzte ich, entschied mich aber noch in diesem Moment wieder um:

„Wobei ein letzter Drink bestimmt gut wäre. Außerdem bräuchte ich auch noch einen von diesen Obstkörben."

Elegant wie eine Gazelle war ich sicherlich nicht, als ich aufstand. Immerhin funktionierte mein Gleichgewichtssinn noch halbwegs. Höchst konzentriert, um mich trotz durchzechter Nacht geradeaus bewegen zu können, ging ich in die Fischauktionshalle hinein, wo inzwischen mehr Leute eingetroffen waren. Die Nacht war lang genug gewesen. Ich entschied mich, den Jungs eine Runde auszugeben, nachdem sie mich in den letzten Stunden ständig eingeladen hatten. Mit drei Gläsern Prosecco und ohne Obstkorb kehrte ich zu den beiden zurück. Dank der schnellen Reaktion von Lars schaffte ich es sogar, mich ohne einen zu großen Stolperer neben sie zu setzen, und es landeten nur ein paar Milliliter Prosecco auf dem Kopfsteinpflaster.

„Oh Mann", musste ich über mich selbst lachen.

„Aber was soll's. Super Nacht, super Party, super Fischmarkt. Also noch einmal: Cheers!"

„Cheers!"

„Prost!"

„Slàinte!"

Es ging durcheinander, wir stießen an, ließen unsere Gläser klirren und die Nacht damit ausklingen.

Kapitel 9

Dass ich mir nun wie ein typischer Neuling in der Stadt vorkam, konnte ich wohl nicht abstreiten. Ich musste über mich selbst lachen, als ich die *Lange Reihe* entlangschlenderte. Cafés, Bars und Restaurants reihten sich aneinander. Außerdem gab es viele kleine süße Läden zu bestaunen. Kein Wunder, dass Lars und Tom ihre Zeit lieber hier verbrachten als auf der Reeperbahn. Letztere kam mir im Vergleich zu diesem Kiez deutlich touristischer und deshalb irgendwie auch langweiliger vor, auch wenn unsere durchgefeierte Nacht dort die pure Entspannung für mich bedeutet hatte. Wie dem auch war, hier fühlte ich mich wohl, auch an einem relaxten frühen Dienstagabend. Ich konnte mir vorstellen, wie hier am Wochenende zu später Stunde das Leben pulsierte. Jetzt war ich froh, dass es ruhig zuging und es hoffentlich genug Zeit gab, um über einen Nebenjob zu sprechen. Dafür war ich schließlich nach St. Georg gekommen. Für mich war es purer Luxus, kostenfrei bei Cate und Matthis leben zu können und zugleich von meinem Dad unterstützt zu werden. Ausnutzen wollte ich diese Großzügigkeit nicht. Zumindest ein kleiner Job musste her, damit ich hier mein eigenes Ding durchziehen konnte. Deshalb war ich auch ein bisschen aufgeregt, als ich die Cocktailbar „Toxic" betrat.

„Du musst Joanne sein!", wurde ich prompt empfangen.

Das war wohl das Glück eines Dienstagabends um diese frühe Uhrzeit. Es gab keine Chance, dass ich mich hier erstmal unauffällig umsah, denn es waren kaum Gäste da.

„Yes, die bin ich", erwiderte ich deshalb und versuchte, die neuen Eindrücke zugleich aus der Perspektive einer potenziellen Servicekraft zu betrachten.

Die Inneneinrichtung war komplett in Schwarz gehalten, so dass die kunterbunten Lichter auf den Tischen umso mehr zur Geltung kamen. Während die Tische und Stühle auf der Außenterrasse recht eng beieinanderstanden, war hier im Innenbereich ein breiter Tresen aufgebaut, davor befanden sich einige Stehtische mit hohen Cocktailstühlen und im hinteren Teil standen ein paar Sofas. Dieses schlichte und zugleich offene Ambiente gefiel mir. Wie man die Außenterrasse unfallfrei mit einem Tablett durchlaufen konnte, war mir noch ein Rätsel. Doch sollte ich den Job bekommen, würde mir schon irgendjemand zeigen, wie man das am besten anstellte. Sofern ich noch eine Chance hatte, hier als Servicekraft angestellt zu werden. Denn die Barkeeperin, die mir gegenüber am Tresen stand, musste irgendetwas gesagt haben. Sie zupfte am Zopf ihrer dunkelbraunen Haare und blickte mich mit ihren hellblauen Augen erwartungsvoll an.

Ich versuchte gar nicht erst, die Situation zu retten.

„Hab ich was verpasst?"

Leider ahnte ich, dass meine Stimme nicht so selbstsicher klang, wie ich es mir in diesem Moment gewünscht hätte. Umso dankbarer war ich, als ich die mir noch halbwegs vertrauten Stimmen hinter mir vernahm:

„Joanne!"

„Wie schön, dass wir uns wiedersehen. Willkommen im Toxic, unserem zweiten Wohnzimmer!"

„Sieht so aus, als hättest du dich schon mit Stina bekannt gemacht?"

Ich nickte schnell, bevor ich Lars und Tom umarmte.

„Ähm ja, also fast."

„Eure neue Freundin scheint beeindruckt zu sein von der Einrichtung, die wir entworfen haben", meldete sich Stina hinter dem Tresen zu Wort.

Die Einrichtung gefiel mir. Dass die beiden Jungs dabei geholfen hatten, war für mich allerdings eine neue Information. War sowas deren Job oder was machten sie eigentlich? Wenn ich nochmal darüber nachdachte, fiel mir umso mehr auf, dass ich ziemlich wenig über die Menschen wusste, mit denen ich seit kurzem meine Zeit verbrachte. Auch hatte ich komplett vergessen, mich im Vorfeld mal über das Toxic zu informieren, obwohl das dank Google wohl nicht zu viel verlangt gewesen wäre. Für mich zählte, dass ich mich hier wohl fühlte. Es ging schließlich auch um einen Job. Es war also an der Zeit, endlich professionell zu wirken, um mich dafür zu qualifizieren.

„Es gefällt mir echt gut hier. Sorry, dass ich abgelenkt war. Leider habe ich auch keine Erfahrung in der Gastro – aber es sieht für mich so aus, als ob das Konzept der Bar supergut durchdacht und gleichzeitig echt kundenfreundlich ist. Ich könnte mir das hier gut vorstellen."

Shit.

Das klang mehr als peinlich. Da wagte ich gar nicht mehr, hinterherzuschieben, dass ich prinzipiell gern im Service arbeitete, auch wenn ein Job in einem Pflegeheim ein anderes Klientel bediente.

„Wenn Lars und Tom dich mitgebracht haben, wirst du schon okay sein. Entspann dich. Ich mache euch erstmal ein paar Margaritas", lachte Stina gut gelaunt hinter dem Tresen.

Weil die Jungs mich durch ihre Gespräche schnell ablenkten, stand der Drink im Vordergrund und mein inoffizielles Bewerbungsgespräch war so gut wie vergessen.

„Wenn diese Gruppe, die gerade reinkommt, sich setzt, ist Stina erstmal beschäftigt. Jetzt ist noch nicht viel Personal da", kündigte Tom an und gab seine Prognose preis, wie viele verschiedene Drinks mit wenig Personal gemixt werden mussten. Könnte das meine Chance sein, mich noch zu bewähren und mich hinter dem Tresen nützlich zu machen?

„Vergiss dein Bewerbungsgespräch grad mal", hielt Lars mich davon ab, während ich noch überlegte.

„Stina hat jetzt alle Hände voll zu tun. Untypisch für diese Uhrzeit auf einen Dienstag. Wir kriegen das später hin mit deiner Vorstellung. Wird schon klappen mit dem Job. Aber du hattest ja noch mehr auf dem Schirm."

Meine Mutter, die hatte ich auf dem Schirm, um es in Toms Sprache auszudrücken. Weil ich die Suche nach ihr nicht erneut thematisieren wollte, mich die beiden Männer aber auffordernd anschauten und ich dringend einen anderen Ball ins Rennen werfen musste, gab ich deshalb anderweitig nach:

„Ihr meint mein Beziehungsdrama? Welches natürlich kein Drama ist, weil mein Ex-Was-auch-immer Neil quasi schon lääängst vergessen ist und …"

„Du willst uns damit sagen, dass dieser Ex komplett raus ist aus deinem Kopf und du das Single-Leben liebst?"

„Absolut! Ja!"

„Klingt überzeugend. Wir sind ja alle gern allein."

„Ich bin nicht allein. Ich habe Freunde und Freundinnen, Familie – ach egal. Seht her, ich finde schnell Kontakte, sonst würden wir nicht gemeinsam hier stehen."

Ich verschränkte meine Arme und funkelte die beiden so böse an, wie es ging. Leider war es mir kaum möglich, diesen richtig bösen Blick aufzusetzen, was von Tom mit einem Grinsen quittiert wurde.

„Vertraust du uns?"

Keine Ahnung, ich kannte sie kaum und trotzdem fühlte sich der Umgang mit ihnen gut an. Ich hatte das Gefühl, sie länger zu kennen, als es in der Realität der Fall war. Die beiden hatten mich direkt in die Beachvolleyballrunde aufgenommen, mich während unserer durchgefeierten Nacht ständig alle Entscheidungen treffen lassen, mich auch einmal vor einem nervig grapschenden Typen „gerettet" und versuchten mir hier einen Job zu verschaffen. Ich sollte ihnen vertrauen, zumal ich sie nett fand. Was aber sollte die Frage bedeuten?

„Worauf wollt ihr hinaus?"

„Einfach nur auf ein bisschen Ablenkung für dich. Keine Sorge, nur falls du willst – und weil du danach klingst, als würde dir das nach diesem Neil ein bisschen helfen."

Die Antwort musste ich also nicht länger selbst erraten:

„Also falls du dein Display für uns entsperrst und Tinder runterlädst, könnten wir zumindest das Singlethema mal angehen", schlug Lars vor.

Keine Chance!

Niemals würde ich mein Handy aus der Hand geben, wenn es um Dating-Apps ging. Selbst wenn es sich nur um Tinder handelte, wo man ein paar Bilder von sich selbst hochladen musste und per „swipe" nach links oder rechts entschied, ob einem das Gegenüber ein „Match" wert war.

Mit meinen sechsundzwanzig Jahren durfte ich genau der Zielgruppe dieser App entsprechen, aber dieser oberflächliche Gedanke dahinter gefiel mir überhaupt nicht.

„Ach, macht doch, was ihr wollt", seufzte ich entgegen meiner Vorstellungen, ohne selbst zu verstehen, warum ich nicht konsequent blieb.

Könnte diese Art und Weise des Datings möglicherweise witziger sein als gedacht?

„Ich meine, ich wollte für einen Job herkommen – was ich wohl vergeigt habe – und nicht für sinnbefreite Dates. Aber macht einfach. Es gibt wohl kaum etwas zu verlieren."

„Den Job hier hast du noch lange nicht vergeigt, Stina hat nur gerade keine Zeit. Deshalb können wir uns um dein Tinder-Profil kümmern, also total entspannt."

Natürlich.

Total entspannt.

Das hätte ich auch so empfunden, wenn es nicht gerade um mich gegangen wäre.

„Okay, dann schauen wir mal, wozu der Spaß so gut ist."

Sonderlich überzeugend klang ich dabei garantiert nicht, schaltete den beiden trotzdem mein Display frei und entschied noch selbst, welche Fotos von mir in mein neues Profil hochgeladen wurden. Weitere Schritte zur Vervollständigung meines Accounts überließ ich den beiden.

Gewissermaßen war ich froh, dass sie meine lebendige Seite „bewarben" und mich demzufolge nicht als unentschlossene Person empfanden, die gerade mitten in einer Krise steckte.

Es gab also noch Hoffnung!

Und es gab eine weitere Runde Drinks.

Die hatte Stina wohl veranlasst, sofern Lars oder Tom diese nicht zwischendurch geordert hatten.

„Skål!"

„Slàinte!"

„Prost!"

„Dass das nach dem letzten Wochenende schon wieder schmeckt, ist auch ein Wunder", lachte ich und widmete mich wieder meinem Handydisplay, das nun die volle Aufmerksamkeit von Lars und Tom erlangt hatte.

„Nur um nochmal sicherzugehen – du möchtest ausschließlich Männer daten, ja?"

Ich warf nun einen genaueren Blick auf mein Handy und sah, dass sie noch an den Einstellungen arbeiteten.

„Hmmm, ja. Andersherum könnte es einfacher sein, aber leider ist das so", seufzte ich.

Wenn ich mir meine Dating-Historie durch den Kopf gehen ließ und über das Desaster mit Neil nachdachte, waren Männer nicht gerade die Menschen, nach denen nun per App gesucht werden musste. Leider stand ich auf dieses Geschlecht und beobachtete, wie mein Profil vervollständigt wurde. Ich hatte selbst gar keine Lust zu „swipen", fand hingegen amüsant, die Kommentare von den beiden Jungs zu hören, die sich sichtlich Mühe gaben, einen guten Kandidaten für mich zu finden.

„Das war echt nur ein Scherz, dass ich …", setzte ich an, wurde aber direkt unterbrochen.

„Scherz, von wegen."

„Also wenn das hier kein Match ist!“
„Das muss ein Match sein. Er passt perfekt zu Joanne!“
„Sieht noch nicht danach aus. Weiter geht’s!“
Ich hatte also offiziell die Kontrolle über mein Handy und über mein neues Tinder-Profil verloren. Da fehlte nur noch, dass ich in Jogginghosen durch die Stadt lief. Wobei Letzteres mir deutlich besser gefallen würde. So besaß ich also diesen Dating-Account und das nur, weil ich ursprünglich versucht hatte, mich für einen Nebenjob als Servicekraft zu bewerben. Anstatt dass ich diesen Abend genießen konnte, ließ ich die letzten Tage nochmal Revue passieren:
Eine Organisationsprinzessin war ich definitiv nicht. Seitdem ich in Hamburg angekommen war, hatte ich zwar mit Cate geredet, mich ansonsten aber vor allem abgelenkt. Das Vorhaben, die Suche nach meiner Mutter zu starten, war darüber etwas in den Hintergrund gerückt. Ich hatte die Bekanntschaft mit diesem super sympathischen Paar – Lars und Tom – gemacht, aber mit meinem eigentlichen Plan war ich nicht weitergekommen.
„Bist du völlig blöd“, schimpfte ich mich gedanklich, nippte kurz an meinem Strohhalm und versuchte, wieder mehr ich selbst zu sein.
„Alles okay?“
„Ja, klar. Ich war nur kurz in Gedanken.“
Und diese Gedanken würden mich noch wochenlang begleiten, auch wenn jetzt erst einmal Schluss damit

sein sollte. Der spontane Entschluss, nach Hamburg zu kommen und meine Zelte in Dublin abzubrechen, war schließlich erst einige Tage alt und saß mir noch in den Knochen. Das war der Grund dafür, dass ich mich ständig ablenkte und noch nicht bereit war, die Suche nach meiner Mutter zu starten. Ich brauchte etwas mehr Zeit, musste durchatmen und auf andere Gedanken kommen. Wenn es sein musste, dann würde ich eben die Dates klarmachen, die die Jungs gerade für mich organisierten, und einen anderen Nebenjob finden, denn dass das hier im Toxic nichts wurde, ahnte ich schon. Dafür hätte ich mich wohl geschickter anstellen müssen vorhin.

*

„Joanne?!"

„Ja?!"

„Sorry, dass ich so wenig Zeit hatte. Heute ist mehr los als gedacht. Kannst du nächste Woche zum Probearbeiten vorbeikommen?"

Einen Moment lang starrte ich Stina nur an, nachdem sie sich an unseren Tisch „geschlichen" hatte. Probearbeiten hieß wohl, dass ich es wider Erwarten noch nicht versemmelt hatte.

„Das heißt, dass du mir möglicherweise eine Chance für den Job hier gibst?", fragte ich fast dümmlich.

„Genau das soll es heißen. Wenn das für dich noch in Ordnung ist. Ich habe ein schlechtes Gewissen, weil wir diesen Termin vereinbart haben und heute das komplette Chaos ausgebrochen ist. Hast du denn trotzdem Lust, zum Probearbeiten zu kommen, auch wenn wir kaum die Möglichkeit hatten, uns zu unterhalten?"

Sie hatte ein schlechtes Gewissen? Dabei dachte ich, ich hätte keinen guten Eindruck hinterlassen. Deshalb nickte ich nur, bis Tom mich anstieß.

„Klar, ich komme gern."

Wow!

Immerhin hatte ich diesen erwachsenen Satz von mir gegeben. Dass Tom meine Kontaktdaten hinterließ, war ein Segen. Genauso wie die Tatsache, dass ich mein Handy wieder selbst in die Finger bekam. Ursprünglich war es an diesem Abend um meinen potenziellen Nebenjob gegangen, nun war ich ungewollt gespannt darauf, ob sich auf meinem neuen Tinder-Profil ein paar Matches ergaben. Obwohl ich es gar nicht darauf angelegt hatte. Definitiv nicht!

Kapitel 10

Eigentlich sollte ich Tinder direkt wieder von meinem Handy löschen, wäre diese Niveaulosigkeit, die sich dort teilweise abzeichnete, nicht auf gewisse Art und Weise unterhaltsam. Zumindest, wenn man die Kerle der besonders dreisten Matches sofort blockierte und sich über die Profile amüsierte, die diese App so anzeigte.

„Zeig mal her", machte Matthis auf sich aufmerksam und setzte sich neben mich auf die Decke, die ich im Garten ausgebreitet hatte.

„Es ist teilweise unfassbar witzig", lachte ich auf. „Eigentlich müsste man Screenshots von einigen dieser Profile machen, aber für so viel Blödsinn reicht der Speicherplatz auf meinem Handy wohl kaum aus. Mit ein paar Highlights kann ich hingegen dienen."

Ich schloss Tinder und öffnete den Ordner mit den bisherigen Best-ofs.

„Für mich hat James Blunt You Are Beautiful geschrieben", war die Bildunterschrift eines ziemlich durchschnittlich

attraktiven Studenten. Nicht, dass es nur um Äußerlichkeiten ging – wobei die auf solchen Plattformen auch nicht zu vernachlässigen waren, denn schließlich fehlten persönliche Eindrücke –, aber das war reichlich vermessen. Matthis schien diese Meinung zu teilen, weil er gleichzeitig lachte und den Kopf schüttelte.

Als Nächstes zeigte ich ihm das Profil, auf dem jemand extrem schlecht gemachte Fotomontagen erstellt hatte. Es sah aus, als hätte ein Grundschulkind seinen Kopf ausgeschnitten und in Luxusautos gesetzt. Auch der Papagei auf seiner Schulter war so dermaßen ungünstig ins Bild geschnitten, dass es uns zum Lachen brachte.

„Jetzt kommt mein bisheriger Favorit", kündigte ich an und klickte auf das nächste Bild:

Es zeigte einen Mann, der breitbeinig auf einer Toilette saß – immerhin mit einer kurzen Hose bekleidet – und eine Krone auf dem Kopf trug.

„Die Krone der Schöpfung", kommentierte Matthis dieses wundervolle Bild lachend.

„So könnte man diese Profile bezeichnen. Gut, dass ich die nicht gematcht habe."

Genug andere Kerle, die auf den ersten Blick recht nett gewirkt hatten, hatten sich jedoch schnell als nicht geeignet entpuppt. Wieso verstanden die Männer nicht, dass keine Frau jemals ungefragt Nacktbilder zugeschickt bekommen wollte? Ebenso unsexy war es, direkt mit sämtlichen Fantasien konfrontiert zu werden, egal ob es um Fuß- oder Schuhfetischisten ging. Und nein, niemand war direkt eingeladen, ein komplettes Wochenende zu Besuch vorbeizukommen. Wie gut, dass es die Blockier-Funktion gab. Manches war mir einfach zu blöd. Ansonsten war es ein netter Zeitvertreib. Weil ich bis zu meinem Probearbeiten noch ein paar Tage Zeit hatte, machte ich einige Dates aus. Es gab schließlich nichts zu verlieren. Matthis rang ich das Versprechen ab, Cate gegenüber nicht zu viele Details zu erwähnen, sonst würde sie sich nur unnötige Sorgen machen und hinter jedem Treffen einen Axtmörder erwarten oder so etwas.

*

In den nächsten Tagen erlebte ich eine Überraschung nach der nächsten:

Die ersten beiden Dates verliefen äußerst unspektakulär. Dass die Bilder der Profile oftmals nicht viel mit der Realität zu tun hatten, war ja irgendwie klar gewesen. Überhaupt schien die Spannbreite von Selbst- und Fremdbild bei den Herren äußerst flexibel zu sein. Der angebliche Ingenieur gab nuschelnd zu, in einem Museum zu arbeiten. War das ein Problem? Nein. Musste man deshalb sein Profil faken? Ebenfalls nein. Langweilig war er auch, weshalb ich mich nach zwei Stunden auf den Heimweg machte und selbst diese Zeitinvestition bereute. Der Maschinenbau-Student war auf den ersten Blick interessant. Allerdings verwunderte mich seine anschließende Fragerunde. Ich sollte mit Fachwissen über deutsche Politik ebenso glänzen wie mit technischen Details. Dass ich mit numerischer Mechanik nicht viel anfangen konnte, schockierte ihn sichtlich.

„Ich könnte meine Cousine als Telefonjoker anrufen, die hat davon bestimmt schonmal was gehört", lockerte ich die Situation auf.

Als er das bitterernst mit einem Kopfschütteln quittierte und sich trotz meiner offensichtlich nicht passenden Allgemeinbildung weitere Tapas nachbestellte, legte ich ein paar Euro für meinen Snack auf den Tisch und stand auf. Weil er so unfassbar blöd aus der Wäsche schaute, ließ ich mich noch auf eine kurze Diskussion darüber ein, wer welchen Teil eines Dates zu bezahlen hatte, und verdrehte die Augen. Es war nicht so, dass ich jede Einladung ausschlug, aber wir lebten nicht mehr im letzten Jahrtausend. Dass dieser Kerl der Meinung war, dass eine Frau nicht selbst für ihre Rechnung aufkommen konnte, machte ihn noch unsympathischer, als er ohnehin schon war. Welche Erfahrungen er mit zig anderen Frauen zum Thema Bezahlen der Restaurantrechnung gemacht hatte, interessierte mich nicht im Geringsten. Das sollte jetzt also attraktiv auf mich wirken? Dieser Typ brauchte einen Roboter, aber bestimmt keine Frau, die seine Fachfragen nicht beantworten konnte. Deshalb sprang ich auf und sah zu, dass ich schnell Abstand zwischen das Restaurant samt arrogantem Spießer und mich bekam.

*

Als ich Lars und Tom halb ernst, halb gespielt mein Leid via WhatsApp klagte, kam gleich ein Vorschlag:

Bring dein nächstes Date auf unsere Party mit und check gleich mal ab, wie viel Spaß er vertragen kann.

Wieso auch nicht?

So hätte ich zumindest die Möglichkeit, im Anschluss mit den Jungs über das nächste verpatzte Date zu lachen und es anschließend beim Feiern zu vergessen. So landete ich mit meinem nächsten Match auf einer kleinen WG-Party auf St. Georg. Einige aus der Beachvolleyball-Runde von neulich waren dabei und die Gruppe war querbeet gemischt. Es gab reichlich Prosecco, Longdrinks und Fingerfood. Die meiste Zeit verbrachten wir alle zusammengequetscht wahlweise auf dem kleinen Balkon oder – wie es sich für eine gute Party gehörte – in der Küche. Wie immer auf solchen Partys war es faszinierend zu beobachten, wie viele Menschen auf gefühlte vier Quadratmeter passten und sich vor dem großen Kühlschrank aufhielten, so dass der Getränkenachschub stets gut erreichbar war. Der Abend war gelungen, nur mein Date war es nicht. Nachdem er sich zunächst geweigert hatte, mit mir auf die WG-Party zu gehen, fand er nun zunehmend Gefallen an dem Ambiente. Leider kam er auch bei allen Anwesenden gut an und es gab einen gemeinsamen Scherz nach dem anderen. Plötzlich fing er an, einige Kartentricks zu zeigen, was bei den anderen auf Begeisterung stieß. Nur bei mir selbst sprang der Funke nicht über, ohne dass ich genau beschreiben könnte, woran das lag. Letztendlich unterhielt ich mich mit den Beachvolleyballern, und als ich mich nachts auf den Heimweg machte, vergaß ich sogar, mich von meinem Date zu verabschieden. Immerhin versprachen Lars und Tom mir, ihn nicht wieder einzuladen, wenn ich in der Gruppe keine Lust darauf hatte.

*

Nur weil Sonntag war, ich keine Pläne gemacht hatte und Lars und Tom nicht schon wieder am Rockzipfel hängen wollte, ging ich nun völlig desillusioniert zu dem Date, das ich gestern nach der Party vorschnell zugesagt hatte. Wenn mir jetzt jemand nicht gefiel, würde ich einfach unvermittelt aufstehen und gehen. Diese Erfahrung musste frau wohl auch mal gemacht haben. Mehr erhoffte ich mir schon gar nicht mehr. Die Einladung zum Eisessen war immerhin praktisch, denn es war warm heute und ich liebte Eisbecher. Der Tropical Mix sah hervorragend aus und schmeckte wunderbar. Vielleicht war es frech von mir, mich mehr auf das Eis als auf mein Gegenüber zu konzentrieren. Die letzten Tage waren wohl ein Dating-Overload gewesen und ich hatte einfach keine Lust mehr auf die typischen

Fragen und die anschließende Enttäuschung. Auch wenn ich dieses Mal vermutlich mehr Anlass zur Enttäuschung gab, weil ich auf die Fragen des charmanten Technikers recht einsilbig antwortete. Müde von der gestrigen WG-Party war ich auch noch.

„Hast du überhaupt Lust, hier zu sein?“, fragte er mich schließlich.

„Hmm. Ich bin nur ein bisschen müde …“

„Also wenn du keine Lust hast, dann …“, setzte er an.

Ich schüttelte den Kopf, weil ich mich ertappt fühlte. Aber richtig warm würden wir wohl nicht mehr miteinander werden und wozu auch?

„Hast du dir einen Plan überlegt, was du tust, wenn ich dir nicht gefalle?“, hörte ich mich fragen.

Warum auch immer – mein Gegenüber fing in diesem nicht gerade glanzvollen Moment meinerseits an zu grinsen.

„Dann hätte ich dir davon erzählt, dass ich spielsüchtig bin und dringend ins Casino muss.“

Um das zu unterstreichen, zog er ein paar Coins aus seinem Jackett und ließ sie auf dem Tisch kreiseln. Das war jetzt ein Scherz, oder?

„Das ist kein Scherz“, ergänzte er, als hätte er meine Gedanken erraten, „ich werde gleich so oder so hingehen.“

„Zufälligerweise trage ich ein Kleid!“, lachte ich triumphierend.

War ich völlig verrückt geworden?

Spielsucht war nichts, das ich unterstützen würde. Aber nun war es gesagt, und wenn er ohnehin spielen ging, konnte ich mir bei dieser Gelegenheit ja mal ansehen, ob ein Casino so edel aussah wie in den James-Bond-Verfilmungen. Es sprach nichts dagegen, seinen Horizont zu erweitern, oder?

*

„Dieser gesamte Datingzirkus ist und bleibt der komplette Reinfall", seufzte ich, während ich dem Kater Whisky über sein Fell streichelte.

Das grüne Sommerkleid hatte ich gegen Shorts und einen dünnen Pulli ausgetauscht und mich damit aufs Sofa gelegt, um diese verrückte Woche ausklingen zu lassen. Whisky lag auf meinem Bauch und ließ sich meine Streicheleinheiten sichtlich gefallen. Von allen Kerlen in dieser Woche war der Kater definitiv der Qualifizierteste! Katze müsste man sein!

Immerhin war der heutige Tag zwischendurch noch unterhaltsam gewesen. Das Casino war keinesfalls so stilecht, wie ich es aus Filmen kannte. Zunächst war dessen Besuch trotzdem interessant gewesen. Ich hatte Roulette mitgespielt und mir Black Jack erklären lassen, mich danach aber im Hintergrund gehalten. Denn beim Poker hatte mein Date gar keine Zeit mehr gehabt, um mir irgendwelche Regeln zu erklären, und war völlig in das

Spiel abgetaucht. Es war erschreckend gewesen zu sehen, wie ernst das Spiel plötzlich wurde und um welche Beträge es dabei ging. Was anfangs witzig gewesen war, hatte mich zunehmend abgestoßen. Das war nicht meine Welt und ich war froh gewesen, dass mein Date meine Verabschiedung bereits gar nicht mehr mitbekommen hatte.

„Weißt du was? Neil war die größte Enttäuschung von allen, auch wenn ich langsam lerne, diesen Blödmann zu vergessen. Nun habe ich in wenigen Tagen so viel Müll erlebt, dann muss ich nur noch ein paar Wochen mit diesem Tinder-Blödsinn weitermachen und danach habe ich in Rekordgeschwindigkeit genug Material für ein großartiges Buch zusammen. Ich sage dir, das wird ein Bestseller!", versuchte ich, den schnurrenden Kater zu überzeugen.

„*50 Dates of Shame!*"

Das wäre mal ein Titel!

Kapitel 11

Montagmorgen.

Für einen Großteil der Bevölkerung durfte dies ein verhasstes Wort sein.

Für mich sollte es derzeit keine allzu große Rolle spielen, da ich noch über genug freie Zeit verfügte. Doch auch vor mir machte dieses böse Wort nicht halt.

Montagmorgen.

7:32 Uhr.

*Liebe Joanne,
ich freue mich auf unser Treffen morgen.
Bleibt es dabei?
16:00 Uhr
Treffpunkt: Glockengießerwall – Ecke Ferdinandstor
Viele Grüße
Chris*

Es war zu früh am Morgen, um zu prüfen, in welche nächste Datingfalle ich mich nun wieder hineinmanövriert hatte. Deshalb brauchte ich erst noch etwas mehr Schlaf. Oder einen Kaffee. Da es draußen längst hell war und es ein warmer Tag werden sollte, sprang ich aus dem Bett.

„Moin", begrüßte ich Cate, die am Küchentisch saß, mit ihrem Frühstück begonnen hatte und ein paar News auf dem Tablet checkte.

„Hi Joanne. So früh schon wach?"

„Hmm. Hab vergessen, mein Handy auf lautlos zu stellen."

Dafür, dass ich nun fast schon zwei Wochen hier untergekommen war, hatten wir ziemlich wenig Zeit miteinander verbracht. Zwar lag das weitestgehend daran, dass Cate und Matthis ziemlich viele Termine und Verabredungen hatten und selbst kaum zu Hause waren, trotzdem kam ich mir blöd vor, weil ich das Gefühl hatte, ihre Gastfreundschaft auszunutzen. Auch wenn ich ständig unterwegs war, wollte ich mich zumindest mit einer Geste für die Unterkunft bedanken.

„Ich könnte heute Abend etwas kochen", schlug ich deshalb vor, „oder besser, alles besorgen, was man zum Grillen gebrauchen kann. Ist schließlich ein Traumwetter dafür. Ich, ähm … – ich habe mich bislang so wenig engagiert und war die letzten Tage etwas abgelenkt."

„Das ist völlig in Ordnung. Matthis sagte, du brauchst momentan einfach ein bisschen Ablenkung und Pause. Hier hast du keine Eile. Du bist willkommen und wir haben genug Platz. – Ein Grillabend klingt trotzdem super und du weißt ja, wie gern Matthis frisch Gegrilltes isst."

„Stimmt. Dann kümmere ich mich um die Vorbereitungen."

Die Gastfreundschaft wusste ich mehr als zu schätzen und war froh, mich dafür zumindest etwas revanchieren zu können.

*

Um mein schlechtes Gewissen ein bisschen beruhigen zu können, legte ich mich richtig ins Zeug und kaufte vermutlich genug Grillgut für die nächsten Tage ein. Fangfrischer Fisch für den Grill, eingelegt in selbstgemachte Zitronensoße, war das, auf das ich mich am meisten freute. Dazu kamen zwei Sorten Grillkäse und eine bunte Gemüsepfanne. Außerdem bereitete ich einen Wassermelonen-Salat als Nachtisch zu und hoffte, dass ich mich bei dem Versuch, einen guten Wein zu kaufen, auf das hübsche Etikett verlassen konnte. So gut es ging, versuchte ich, den Gartentisch geschmackvoll zu dekorieren, auch wenn ich die Servietten vergessen hatte und mit gefalteten Küchenrollen improvisieren musste. Unterm Strich sah es einladend aus und ich schaffte sogar, noch ein frisches Ciabatta zu backen. Weil nun viel zu viele Nahrungsmittel bereitstanden, lud ich spontan die Nachbarn von nebenan ein, die neulich auch schon hier zu Gast gewesen waren und glücklicherweise zusagten. Kurz bevor Cate, Matthis und das Paar von drüben eintrudelten, fiel mir auch ein, dass ich nun weiteres Geschirr und Besteck brauchte. Schnell ergänzte ich das auf dem Tisch und kurze Zeit später waren wir schon vollzählig. Matthis sorgte noch für eine kleine Musikbox und die Nachbarin lief kurz rüber, um weitere Getränke beizusteuern – denn so schön das Etikett der Weinflasche war, die ich gekauft hatte, so eklig-sauer war der Geschmack des Inhalts. Dank des Weinvorrats der Nachbarin stand einem entspannten Abend nichts im Wege. Mir tat es gut, dass es weder um Familiendramen noch um Dates ging. Auch wenn mir zwischendurch einfiel, dass ich während der Vorbereitung vergessen hatte, diesem Chris abzusagen, und dass ich Cate noch von meinem Probearbeiten erzählen wollte, das für den nächsten Tag angesetzt war. Jetzt konnte es warten. Zumindest so lange, bis die Nachbarn einige Stunden später zurück nach Hause gegangen waren und wir drei gemeinsam den Tisch abräumten und Klarschiff machten.

„Wie laufen die Dates?", schmunzelte Matthis.

Ich verdrehte übertrieben theatralisch meine Augen.

„Katastrophe! Sie sind es nicht wert, allesamt nicht. Aber manche waren trotzdem witzig."

„Was denn für Dates?", hakte Cate nach, die von dem Tinder-Blödsinn bislang noch gar nichts mitbekommen hatte.

„Lauter Schnapsideen."

In ein paar Sätzen fasste ich diese Treffen zusammen und holte schließlich mein Handy raus, um auch sie an den „Highlights" teilhaben zu lassen. Dass das bei Cate einen solchen Lachanfall auslöste, bis sie vor lauter Lachen Tränen in den Augen hatte, hätte ich nicht erwartet.

„Tut mir leid, das ist eigentlich ein Trauerspiel, aber wer posiert denn bitte auf einer Toilette und wer schleppt eine Frau ins Casino mit? Das ist so skurril, dass es einfach witzig ist!"

Damit hatte sie recht, weshalb ich in ihr Lachen einstimmte.

„Die Casino-Geschichte war echt der Gipfel. Aber jetzt fliegt der Mist von meinem Handy. Morgen gehe ich Probe arbeiten und es ist an der Zeit, dass ich die Suche nach meiner Mutter fortsetze."

Wir setzten uns noch eine Weile auf die Terrasse und ich erzählte Cate in Ruhe von meinem potenziellen Nebenjob, weil ich gern noch ein paar Wochen hier in Hamburg bleiben wollte. Auch wenn ich Lars und Tom noch kaum kannte, hatte ich in ihnen für den Moment gute Kumpels gefunden und der Abstand von Irland tat mir gut.

„Dann solltest du dir diesen Nebenjob angeln und hier ein bisschen Fuß fassen. Mach nur nicht denselben Fehler wie ich und bitte, mach dir nicht zu viel Druck."

„Keine Sorge, in dem Fall ist es ja nur ein Nebenjob und keine jahrelange Karriere in einer uninteressanten Finanzbranche."

„Da hast du recht", schmunzelte Cate.

„Dann schnapp dir den Job. Die wären schön blöd, wenn sie dich nicht nehmen. Du schaffst das bestimmt und lass dich nicht hetzen. Das mit deiner Mum braucht so lange, wie es braucht. Du musst bereit dafür sein und vorher erstmal durchatmen."

„Danke."

Ich war jetzt bereit dazu. Die Ablenkung bislang hatte gereicht. Zugleich war ich unendlich dankbar für den Rückhalt, den Cate mir damit gab.

*

Ich hatte den Eindruck, dass sich die ersten Schritte meiner Pläne irgendwie ergeben würden. Einzig hatte ich vergessen, diesem Chris für heute abzusagen. Wieso machte ich mir darüber überhaupt Gedanken? Nach dem Dating-Desaster der letzten Tage kam es auf eine verrückte Begegnung mehr oder weniger schließlich nicht an. Meinen Termin zum Probearbeiten würde ich trotzdem noch schaffen. Zudem gab es die Möglichkeit, ihm heute noch spontan abzusagen, eine Krankheit zu erfinden oder – was ich ohnehin längst tun wollte – diese nervige App zu löschen. Warum um alles in der Welt erschienen mir all diese simplen Möglichkeiten also bitte so unerreichbar? Genervt rief ich das Profil von Chris nochmal auf. Ich erinnerte mich nicht einmal daran, ihn geswipt zu haben. Wobei man bei all den Profilen ohnehin keinen Überblick mehr behalten konnte. Trotzdem interessierte mich das jetzt und tada – gemäß der Chat-Historie war das Match exakt an dem Abend zustande gekommen, an welchem die Jungs mir dieses Profil hier eingerichtet hatten. Ich war also völlig unschuldig! Warum hatten sie Chris für mich gematcht? Wenn dem so war, konnten Lars und Tom ihm ja auch eine Ausrede geben, warum ich heute keine Zeit hatte.

„Ach, was soll's", grummelte ich in mein Kissen hinein.

Der Mann auf dem Display sah langweilig aus, aber irgendwie sympathisch. Vielleicht war meine gute Tat für heute, dass ich ihm einen netten Nachmittag bescherte, bevor ich Tinder verlassen und meine eigenen Dinge angehen würde.

*Hi Chris,
habe abends noch einen Termin, aber 16h läuft.
VG
Joanne*

Das Match war nicht durch mich entstanden, die Verabredung hingegen schon. Also würde ich das nun durchziehen. Langweiler hin oder her!

*

Wenige Stunden später traute ich meinen Augen kaum. Der neunundzwanzigjährige IT-ler, mit dem ich verabredet war, kam zögerlich auf mich zu und wirkte so, als würde er mich bereits kennen – weil das der Fall war! Kennen war natürlich zu viel gesagt, denn ich konnte mich nicht daran erinnern, dass mein Sitznachbar im Flugzeug nach Hamburg und ich uns namentlich bekannt gemacht hätten. Trotzdem hätte ich ihn online erkennen müssen, denn eins musste man ihm lassen: Anders als die anderen Kerle hatte er bei seinen Profilfotos nicht so viel gefakt und das hatte Seltenheitswert. Bloß änderte das nichts daran, dass ich mich in diesem Tinderspielchen offensichtlich gar nicht mehr auf sein Profil eingelassen und keinen zweiten Blick riskiert hatte. Andernfalls wäre mir früher aufgefallen, wen ich hier wieder traf. Viel Zeit, mir noch den Kopf über diesen Wink des Schicksals zu zerbrechen, hatte ich nicht und war darauf fokussiert, dass Chris leider nicht so witzig und spontan auf mich wirkte, wie es während unseres unkomplizierten kurzen Gesprächs im Flieger gewesen war. Ein langsamer Gang, unbeholfen wie Bambi, und ein zugeknöpftes Business-Outfit waren eben nicht so meins. Irgendwie wirkte Chris wie jemand, der heute Konfirmation hatte und zum ersten Mal in seinem Leben einen Anzug trug und nicht recht wusste, wie man sich darin bewegen sollte.

„Du heißt also Joanne. Schön, dich wiederzusehen."

Ich brachte es nicht übers Herz zu fragen, warum er nicht bereits per App geschrieben hatte, dass wir uns schon begegnet waren, und realisierte, dass seine tiefen blauen Augen mich ablenkten. Vermutlich hatte er damit gerechnet, dass ich ihn ebenfalls im Vorfeld erkannt hatte. Woher sollte er auch wissen, wie oberflächlich ich mich nur noch mit diesem Date auseinandergesetzt hatte?

„Hi, ähm, Chris", stammelte ich hastig.

Auch wenn ich in den letzten Tagen schon so einiges erlebt hatte, gab es wieder etwas Neues, denn das förmliche Händeschütteln zu Beginn eines Dates war mir bislang unbekannt und fühlte sich steifer an, als neben ihm im Flugzeug zu sitzen und über Mitreisende zu lachen. Musste ich mich jetzt darauf vorbereiten, wie man über das Wetter sprach? Oder würden wieder politische Fragestellungen folgen, so wie ich es neulich erlebt hatte? Egal, wie dieses Date werden würde, es fühlte sich jetzt schon falsch an. Denn ich hatte Chris im Flugzeug nicht als Date kennengelernt, sondern ganz normal und unverfänglich. Erst recht nachdem Chris sich als Anzugträger entpuppte kam ich mir in Hotpants und Top total fehl am Platze vor. Nur seine Augen überzeugten mich, davon zumindest zu versuchen, mir meine Überraschung nicht anmerken zu lassen. Ich würde versuchen dieses merkwürdige Treffen ihm zuliebe gut über die Bühne zu bringen. Auch wenn ich mir felsenfest schwor, dass das hier das letzte Date für lange Zeit war. Nachher würde ich in die Cocktailbar gehen und mir den Job holen, mich auf das echte Leben konzentrieren und Tinder löschen, so schnell es ging. Nette Flugzeugbekanntschaften gehörten schließlich in Flugzeuge und sollten einen nicht auf Dates überraschen – oder war ich da zu kritisch?

„Ich habe zwei Tickets für die Kunsthalle reserviert. Wir verlieren besser keine Zeit, da du später einen Termin hast", unterbrach Chris mein gedankenverlorenes Schweigen.

Kunsthalle?!

Okay, ich hatte nicht nur versäumt, mir seine Bilder genau genug zu betrachten, um ihn wiedererkennen zu können, sondern auch noch weitere Details bei Tinder verpeilt. Hätte ich mir doch bloß unsere Chat-Historie durchgesehen! Das Wort Kunsthalle war für mich neu. Ich befürchtete eine erneute Blamage, denn von Kunst hatte ich keinerlei Ahnung. Abgesehen von dem Spruch „Ist das Kunst oder kann das weg", der inzwischen ausgedient haben dürfte.

„Kunsthalle – äh, stimmt, ich bin gespannt. Ähm und ja, du bist also auch nach Deutschland geflogen, nach Hamburg. Schön, dich, äh, wiederzusehen", versuchte ich höflich eine Brücke zu schlagen.

„Freut mich auch. Bist du denn gut angekommen, auch wenn du keine Möglichkeit mehr hattest, von unterwegs aus alles zu klären?"

„Ja, schon."

„Joanne?"

„Ja?"

Chris zupfte fast nervös an seinem Jackett herum. Puh, was kam denn jetzt?

„Du hattest keine Ahnung, wer ich bin, oder? Ist aber in Ordnung, kein Stress. Oder möchtest du doch lieber allein sein? Ich hatte mich gefragt, wieso du dich am Flughafen nicht verabschiedest und mir dennoch geschrieben hast."

Kein Wunder, dass Chris nervös wirkte, wenn ich ihn derart irritierte!

„Am Flughafen habe ich dich nicht mehr gesehen, und was die App angeht, war ich nicht ganz bei der Sache", gab ich schlechten Gewissens zu und versuchte, die unangenehme Situation zu retten: „Tut mir echt leid, dass ich so überrascht war – und es nicht einmal verbergen konnte –, aber es ist doch irgendwie cool, dass wir uns unverhofft wieder begegnen. Hauptsache, diese Reisegruppe taucht nicht wieder auf! Also lass uns diese Kunsthalle mal anschauen!"

Etwas verkrampft war ich wohl, weil ich mich nicht erneut blamieren wollte und die Wahrscheinlichkeit, dass mir genau das in diesem Setting passierte, leider recht hoch war. Chris blühte hingegen auf. Er kümmerte sich um den Einlass, zog sein Jackett aus, das viel zu warm für dieses Wetter war, und verstaute es gemeinsam mit unseren Taschen in einem Spind. Die Kunsthalle als Gebäude wirkte imposant, und mir gefiel, wie die Treppen mich stilvoll Richtung Ausstellungen hinaufgeleiteten. Wenn ich doch bloß einen Sinn für Kunst und Gemälde hätte! Dann wäre ich mir selbst nicht so affig vorgekommen.

Auf dem Lageplan hatte ich bereits gesehen, dass sich hier Saal an Saal reihte, und schon bei den Bildern im Foyer fiel es mir schwer, einen Zusammenhang zu erkennen. Viele Menschen blieben länger vor den Kunstwerken stehen und blickten verständnisvoll drein. Wenn man gezielt hierherkam, dann war das Ambiente auch toll. Es gab genug Licht, die Räume waren weitläufig und die Menschen verteilten sich gut in diesem Gebäude. Bloß passte das nicht zu mir und Chris war mir keine große Hilfe dabei, mich in dieser Kunsthalle zurechtzufinden. Schweigend durch die Ausstellungsräume zu schleichen war jedenfalls skurril.

„Ich hätte eine Führung buchen sollen. Ehrlicherweise kenne ich mich mit Kunst nicht so gut aus", sagte der schweigsame Chris plötzlich.

„Wieso sind wir denn hier, wenn du dich mit Kunst nicht so gut auskennst? Nicht falsch verstehen! Keiner braucht diese Theorie. Ich dachte nur, das wäre dein Ding …?"

Zum ersten Mal bemerkte ich ein Lachen auf seinem Gesicht. Seine Grübchen wirkten sympathisch.

„Du bist doch Irin, und soweit ich weiß, ist die Musik in Irland weit verbreitet. Deshalb dachte ich mir, dass dir Kultur gefällt. Leider kenne ich mich selbst kaum mit Kunst aus."

Das wiederum war mit Abstand das Netteste, was ich während dieser Dates erlebt hatte. Chris war – abgesehen von seinen weiterhin faszinierenden tiefblauen Augen – ziemlich reserviert, aber er hatte sich Gedanken darüber gemacht, was mir gefallen könnte. Obwohl ich glaubte, über eine gute Menschenkenntnis zu verfügen, war ich ein paar oberflächlichen Eindrücken gefolgt. Gut, der Anzug passte Chris tatsächlich nicht. Außerdem war er wortkarg. Oder einfach nur schüchtern?

„Ich kenne mich mit Kunst auch nicht aus. Ist aber echt nett von dir, dass du für mich extra etwas mit Kultur ausgesucht hast."

Genau deshalb wollte ich den schüchternen IT-ler, der sich zumindest Gedanken über meinen Geschmack gemacht und sich Mühe gegeben hatte, jetzt auch nicht sitzen lassen. Passen würde es, da ich zuvor bereits kommuniziert hatte, dass ich noch einen Termin hatte. Trotz dieser unverfänglichen Option, es ging einfach nicht. Für mich war Chris als Mann für eine Beziehung uninteressant, menschlich betrachtet war er hingegen supernett. Vielleicht musste er auch nur ein bisschen auftauen, um unterhaltsamer und geselliger zu werden?

„Was hältst du davon, wenn wir unsere Sachen aus dem Spind holen und du mich zu meinem Termin begleitest? Ist hier in der Nähe. Ich kümmere mich nämlich gerade um einen Nebenjob, damit ich ein bisschen länger in Hamburg bleiben kann, und darf heute in einer Cocktailbar zur Probe arbeiten."

Natürlich rechnete ich mit einer Absage. Chris schien nicht so wie der Typ, der Cocktailbars mochte. Wider Erwarten stimmte er zu:

„Wieso nicht? Ich würde mich nur gern vorher umziehen. In diesem Anzug komme ich mir ziemlich verkleidet vor. Das ist sonst nicht mein Style."

„Hätte ich gar nicht erwartet – ähm, ich meine … perfekt!"

Kapitel 12

In Jeans, T-Shirt und Sneakern sah Chris viel natürlicher aus als zuvor, stellte ich überrascht fest, als er wieder zu mir kam. Ich war nicht geflüchtet, während er sich umgezogen hatte, obwohl die Chance da gewesen wäre. Denn was hatte ich mir bloß dabei gedacht? Ich wollte heute einen Job bekommen und hatte mein Date spontan dazu eingeladen, mich zu dem Probearbeiten zu begleiten? Das war nicht der glanzvollste Moment meiner logischen Entscheidungen, ließ sich nun aber nicht mehr ändern. Immerhin machte er jetzt einen lässigeren Eindruck und seine blauen Augen waren durchaus sehr anziehend. Genauso wie seine Lachgrübchen, über die ich vorhin schon gedanklich philosophiert hatte. Der Dreitagebart und die durchgewuschelten aschblonden Haare wirkten plötzlich auch deutlich cooler.

„Dann lass uns mal losgehen", lächelte ich ihn an.

Charmant und fast zu old fashioned hielt er mir die Tür auf. Es wäre unfair, das nun auch noch an ihm zu kritisieren, denn er war zuvorkommend und gut erzogen.

„Was hat es mit deinem Hamburg-Besuch und diesem Job auf sich?“, fragte Chris mich, als wir die Kunsthalle verlassen hatten und ich nach einem kurzen Blick auf Google Maps den Weg zur Langen Reihe vorgab.

„Ich besuche meine Cousine … – ähm, ich brauchte eine Art von Auszeit … – also ich meine, es gibt familiäre Gründe und ähm … das dauert länger als gedacht und ähm …“, stammelte ich.

Hoppla, was war denn da los? Brauchte ich einen Kurs in Rhetorik oder warum bekam ich keinen zusammenhängenden Satz auf die Reihe?

Chris hingegen schien das entspannt zu nehmen. Er strahlte Ruhe aus. Eine gelassene Ruhe, die ich vorhin mit Langeweile verwechselt hatte. Inzwischen empfand ich diese Ausstrahlung als angenehm, weil ich dadurch schaffte, innerlich endlich etwas ruhiger zu werden.

„Eins nach dem anderen, wenn du möchtest.“

Das konnte tatsächlich eine Idee sein! Um etwas Zeit zu gewinnen, blieb ich stehen und zog die Wasserflasche aus meinem Rucksack, aus der ich ein paar Schlucke trank. Viel schlauer fühlte ich mich jedoch nicht, nachdem ich die Flasche wieder eingepackt hatte.

„Ich weiß nicht so genau, wo ich anfangen soll.“

„Du musst das nicht beantworten, wenn du nicht möchtest. Ich wollte dich nicht in die Ecke drängen.“

„Hmm ... – wie wäre es denn, wenn du mir erstmal was von dir erzählst? Bist du hier in Hamburg aufgewachsen und was machst du überhaupt so?“

Damit hatte ich gut von mir abgelenkt und war nebenbei überrascht, wie redselig Chris sein konnte. Das hätte ich ihm gar nicht zugetraut. Er hatte also in Süddeutschland studiert und war für seine erste Festanstellung in der IT nach Hamburg gezogen. Seit vier Jahren lebte er nun hier und hatte sich in dieser Zeit als IT-Berater selbstständig gemacht.

„Wow“, murmelte ich, denn seine Schilderungen hinsichtlich seiner beruflichen Entwicklung waren beeindruckend und dabei hatte er äußerst souverän gewirkt.

Über sein Freizeitleben hatte ich noch nichts erfahren und würde mit der Frage danach warten müssen. Denn wir hatten das Toxic erreicht.

„Also, hier muss ich jetzt ...“, setzte ich an, als Stina schon rausgelaufen kam und mich wie eine Freundin umarmte, die sie seit Ewigkeiten kannte.

„Schön, dass du da bist. Und cool, dass du gleich einen Gast mitbringst. Wollt ihr erstmal etwas trinken? Wir haben heute genug Zeit.“

„Klar, warum nicht?“

Die Cocktails reizten mich. Im Gegensatz zu neulich wollte ich heute so souverän wie möglich sein, um den Job zu ergattern. Deshalb passte eine Cola deutlich besser und Chris schloss sich diesem Wunsch an. Somit blieb uns noch etwas Zeit für die Unterhaltung. Eine Millisekunde strich Chris über meine Hand, als würde er mich dazu auffordern, von mir zu erzählen. Ohne Druck, nur mit etwas Bestätigung.

„Was hat dich hierhergebracht, Joanne?", fragte er auf so sanfte Art und Weise, dass ich gar nicht anders konnte, als wahrheitsgemäß zu antworten:

„Vor ein paar Monaten habe ich mein Studium beendet. Ich habe Soziale Arbeit studiert und bin momentan ein bisschen lost. Irgendwie brauche ich mehr Zeit, um meine Zukunft zu planen. Wo will ich arbeiten, welches soziale Projekt passt zu mir? All sowas. Und nebenbei bin ich nicht recht aus dem Quark gekommen, weil ich auf der Suche nach meiner Mutter bin. Deshalb bin ich in Hamburg und weil meine Cousine hier wohnt. – Kannst du mir überhaupt noch folgen?"

„Noch nicht komplett. Zumindest müsste ich mir einen Teil dazureimen."

Ich biss mir verlegen auf die Lippe. Redselig genug war ich und hinter Chris vermutete ich nun wirklich keinen Axtmörder, Tinder-Schwindler oder sonst wen. Andererseits kannte ich ihn erst seit ungefähr zwei Stunden und wollte ihm nicht meine komplette Familiengeschichte erklären. Allerdings mochte ich ihn. Shit, ja, ich fand diesen Mann, der so gar nicht meinem „Beuteschema" entsprach, überraschend nett und inzwischen gar nicht mehr so langweilig. Was war denn bloß mit mir los? Zaghaft nippte ich an meiner Cola, tat dann so, als würde ich penibel genau das Zitronenstück auspressen, und rührte das Getränk mit dem Eiswürfel um.

„Du musst auch gar nicht mehr erzählen, wir kennen uns doch kaum. Ich dachte nur, dass du vielleicht erzählen möchtest. Tut mir leid, ich bin etwas aufgeregt, weil du bist … du bist toll."

Chris war also auch aufgeregt. Klar war er das. Ich hatte ihn aufgrund seines unpassenden Anzuges und seines recht farblosen Profils schon in genug Schubladen gesteckt, in die er nicht reingehörte. Ein bisschen arrogant war das von meiner Seite aus schon gewesen. Irgendwie hatte ich mich über ihn gestellt, mich cooler gefunden und all solche Gedanken gehabt, die zu einer Dreizehnjährigen passten. Natürlich verleitete dieser Dating-Plattform-Kram zu Vorurteilen. Deshalb war ich ja so unzufrieden mit Tinder. Ich sollte dringend aufhören, weiterhin so oberflächlich zu denken.

„Danke", murmelte ich deshalb peinlich berührt, „ich bin ein bisschen durcheinander heute, glaube ich. Eigentlich dachte ich, dass ich total entspannt hierherkomme, aber irgendwie bin ich aufgeregter als erwartet, weil ich diesen Job so gern hätte und mir die Erfahrung in der Gastronomie noch fehlt."

Alles, was ich gesagt hatte, entsprach der Wahrheit, auch wenn ich ein paar Teile meines Gedankenzirkus verschwieg.

„Was hältst du davon, wenn du dich später bei mir meldest? Wenn du möchtest. Du wirst das mit diesem Job bestimmt schaffen, und wenn du Lust hast, dann schreib mir einfach“, kam verständnisvoll von Chris.

Ich beobachtete, wie er mit einem leichten Zittern seine Handynummer auf den Bierdeckel schrieb, nahm ihn dann entgegen und steckte ihn in meinen Rucksack.

„Danke. Ich melde mich bei dir. Und jetzt gehe ich mir diesen Job holen.“

Kapitel 13

„Hast du den ersten Gast schon vergrault?“, machte Stina auf sich aufmerksam.

„Ne. Das war nur ein Date“, stöhnte ich auf, „und eine bescheuerte Idee, ihn heute mit hierherzubringen, fürchte ich.“

„Er sah nett aus.“

„Ein bisschen zu nett, wenn du mich fragst.“

„Soso.“

Stina lachte auf. War ich nicht glaubhaft genug? Wie dem auch sei, jetzt ging es um die Bar. Schluss mit anderweitigen Ablenkungen. Nun musste ich unter Beweis stellen, dass ich mir Bestellungen merken und ein Tablett unfallfrei tragen konnte, und in kurzer Zeit zumindest so weit überzeugen, dass ich diese Stelle bekam. Ohne jegliche Erfahrung in dieser Branche und ohne zu wissen, welche Stolpersteine es noch geben würde.

„Entspann dich. Ich kenne Lars und Tom seit Jahren. Wenn sie sagen, dass du gut geeignet bist, um hier als Aushilfe zu arbeiten, wird das so sein. Komm mit rein. Bevor es nachher voller wird, bringe ich dir ein paar Basics bei und du kreierst deinen persönlichen Cocktail."

Das klang cool! Mit der Aussicht waren die eher nüchternen Fakten über Hygiene am Arbeitsplatz auch gar nicht so langweilig und ich stand wenige Minuten später mit der schwarzen Schürze, zusammengebundenen Haaren und desinfizierten Fingern hinterm Tresen. Stina zeigte mir, wo ich die Flaschengetränke und Weine fand, und gab mir eine kurze Einführung in die Zubereitung von einfachen Longdrinks. Dass man bei einem Aperol Spritz erst den Prosecco und dann den Aperol ins Glas geben musste, war mir neu, auch wenn es simpel erschien. Weil sich die Zutaten auf diese Weise automatisch vermischten aufgrund des höheren Zuckergehalts im Aperol und die Gäste weniger umrühren mussten.

„Meistens schaffen wir das hier hinterm Tresen, aber so kannst du die leichten Drinks selbst mischen, zumindest später. Achte auf jeden Fall darauf, dass du dabei mit dem Körper in Richtung des Tresens stehst. Sonst könnte es so aussehen, als hättest du etwas zu verdecken oder würdest billigere Spirituosen nehmen als angegeben", lernte ich die nächste Lektion.

Danach durfte ich üben, wie man Gläser dekorierte und welche Eiswürfelform zu welchen Drinks passte. Mehrfach versuchte ich mich daran, mit ein paar Früchten zu garnieren, und musste das richtige Mittelmaß erst finden. Überfüllt sollte es nicht wirken, aber auch nicht zu winzig. Außerdem musste die unterste Zutat auf dem Cocktailspieß das Getränk berühren, durfte aber nicht darin untergehen. Über all diese Dinge hatte ich mir noch nie Gedanken gemacht, jetzt erschienen sie logisch. So sah es hochwertig aus und auf Qualität kam es hier an.

„Passt das so?", fragte ich recht vorsichtig, weil ich die perfekte Kombi auch im vierten Anlauf noch nicht hundert Prozent zufriedenstellend hinbekommen hatte.

„Ja, jetzt ist es super! Mach dir keinen Kopf. Wie gesagt, das wird nicht deine Aufgabe sein, aber ich möchte, dass du ein Gespür für unsere Drinks bekommst."

Das bekam ich so langsam, auch wenn es deutlich komplexer war, als ich zunächst geglaubt hatte. Zumal das hier nur eine kurze Einführung in die rudimentärsten Basics war. Wie routiniert und schnell Stina die Zubereitung der Drinks samt ansprechender Dekoration umsetzte, konnte ich in den folgenden Minuten beobachten. Zügig mixte sie einige Cocktails, während eine Servicekraft die neu eingetroffenen Gäste bewirtete.

„Bevor es an den Service geht, entwerfen wir jetzt deinen eigenen Cocktail. Gib dir Mühe, ich werde ihn als *Joanne* auf die Wochenkarte nehmen."

„Was soll denn in diesen Cocktail rein?"

„Fang mal mit einer Spirituose an und dann sehen wir weiter."

Wollte ich das klassisch über die Bühne bringen oder eher tropisch und bunt? Die Auswahl war jedenfalls riesig. Vielleicht passte das irische Klischee, zumindest mochte ich gern Whiskey. Um nicht zu langweilig zu wirken, griff ich nach einer schottischen Sorte. Schnell stellte ich die Flasche jedoch wieder in dem Barregal ab. Wenn der Drink auf die Wochenkarte kommen sollte, dann brauchte ich wohl gute Zutaten, aber nicht einen Whiskey, der besonders hochpreisig war.

„Ich komme zwar aus Irland, aber Laphroaig finde ich gut. Schön rauchig und markant, aber bezahlbar", begründete ich meine Entscheidung.

„Perfekt überlegt. Dann lass uns mal die restlichen Zutaten suchen. Wir brauchen noch etwas Süßes, Bitteres und einen Filler. In welche Richtung möchtest du insgesamt gehen?"

Ich hatte noch keine Ahnung, versuchte jedoch, mich durch die gut sortierte Bar inspirieren zu lassen, und griff nach den Lavendel-Bitters, weil ich die Mischung spannend fand. Dann zeigte mir Stina weitere potenzielle Zutaten und ich entschied mich zusätzlich für Zitrone, Ingwer und Gingerbeer. Als ich das nach ihrer Anleitung zusammenmischte und den ersten Schluck probieren sollte, war ich tatsächlich etwas aufgeregt. Trotz aller Skepsis fand ich den Drink erstaunlich lecker. Er war frisch und spicy, aber nicht zu scharf. Stina war mit ihrer Meinung etwas kritischer und half mir, die Mischung der Zutaten etwas genauer zu adjustieren. Drei Versuche brauchte sie selbst, bis sie mit meinem neu kreierten Joanne-Cocktail zufrieden war.

„Kann sich sehen und schmecken lassen. Der Drink ist gebucht für diese Woche und jetzt darfst du dich an Aline hängen. Sie kann dir zeigen, was du für den Beginn im Service wissen musst."

Stina strich ihre kurzen braunen Haare nach hinten und fing wieder an, in Windeseile die nächsten Bestellungen abzuarbeiten. Kurz blickte ich ihr noch nach, dann entdeckte ich, wer Aline war, und hoffte, dass sie auch so locker und entspannt war wie Stina.

„Räum erstmal die Tische hinten ab. Hier ist ein Tuch, um sie abzuwischen, hier ist dein Tablett", wies die mich jedoch nur kurz und schroff an.

Damit würde ich leben müssen. Deshalb gab ich Gas und versuchte, die Tische möglichst zügig abzuräumen und zu reinigen. Obwohl die Aufgabe leicht erschien, gab es direkt einen Rüffel von Aline. Die Stühle mussten gerade stehen und die Deko-Flaschen, in denen jeweils eine Blume steckte und auf die QR-Codes für die Bestellungen gedruckt waren, sollte ich genau mittig auf den Tischen positionieren. Also setzte ich das um und achtete bei den nächsten Tischen darauf, dass alles exakt passte. Für den Rest des Abends waren das weitestgehend meine Aufgaben: Tische abräumen, sauber machen, zügig sein und korrekt arbeiten. Wenn zwischendurch Zeit war, durfte ich eine Bestellung aufnehmen und auch mal selbst servieren.

„Das Kassensystem erkläre ich dir beim nächsten Mal. Heute nicht mehr", kam kurz und knapp von Aline.

Motivation sah anders aus, aber ich ließ mich davon nicht unterkriegen und glich mein fehlendes Fachwissen mit freundlichem Small Talk bei den Gästen aus. Bei jeder zweiten Bestellung musste ich Aline um Rat fragen, weil ich die Detailfragen zu den Drinks noch nicht beantworten konnte. Zum Glück lief diese erste Schicht zwar weitaus stressiger, als ich mir das an einem ruhigen Dienstagabend vorgestellt hatte, aber immerhin unfallfrei. Als die letzten Gäste die Bar verlassen hatten, hielt Stina uns frisch gemixte Mexikaner hin.

„Du hast nichts kaputt gemacht, keinen vergrault und nicht geweint. Willkommen im Team!", grinste Stina zufrieden und stieß mit uns an.

„Ab donnerstags wird das hier ein bisschen hektischer, aber dann sind wir mit mehreren Leuten da. Du wirst nach und nach deine Aufgaben lernen und Routine entwickeln. Kannst du morgen Nachmittag wieder kommen? Dann besprechen wir deine Arbeitszeiten und den hübschen Bürokram."

„Ich bin dabei. Danke, dass ihr mir die Chance gebt."

Das richtete sich mehr an Stina, die mir sympathischer war, als die kurz und knapp angebundene Aline. Weil die mir heute einige gute Tipps gegeben hatte und wir nun Kolleginnen waren, wollte ich mich gut mit ihr stellen. Sie selbst war da etwas neutraler gestimmt, stellte ihr

Mexikaner-Glas ab, schnappte sich ihre Tasche und verabschiedete sich zügig.

„Was war denn jetzt eigentlich mit diesem Date?“, hielt Stina mich noch auf, als auch ich meine Sachen zusammensuchte.

Doch sie selbst schien es nicht besonders eilig zu haben, denn sie lief nochmal hinter den Tresen und bereitete uns bunt aussehende Cocktails zu.

„Keine Ahnung. Ich habe gar keine Lust auf diese Dates, ich hatte ein paar zu viele in den letzten Tagen. Mein Freund in Irland ist fremdgegangen und ich wollte mich nur ablenken.“

„Kerle können einfach so bescheuert sein! Stehst du ausschließlich auf Männer?“

„Leider ja.“

„Hilft ja nichts. Mein Ex hat mich kürzlich verlassen. Ich stehe trotzdem auf die Kerle – ebenfalls leider.“

Wir lachten beide, stießen mit den Cocktails an und tranken jeweils ein paar großzügige Schlucke.

„Also sag mal – du wirkst, als wärst du auf der Durchreise. Das ist okay für den Job hier. Wir können jede Hilfe gebrauchen, und wenn du weitermusst, dann passt das schon. Aber was genau suchst du hier? Sag mir bitte nicht, dass du für die mäßig tollen Männer nach Hamburg gereist bist.“

Wieder lachte ich und trank noch etwas von dem recht starken Cocktail.

„Ne, bin ich nicht. Das Thema Männer ist durch."

„Abgesehen von dem zurückhaltenden, aber durchaus sympathischen Kerl von vorhin?"

„Vielleicht melde ich mich bei ihm nochmal."

Mist, wo hatte ich den Bierdeckel mit seiner Nummer eigentlich verstaut? Wobei ich ihn notfalls ja auch via Tinder kontaktieren konnte, denn noch hatte ich die App und mein Profil noch nicht gelöscht, auch wenn ich das dringend tun musste.

„Egal, dieses Dating-Thema nervt sowieso nur. Aber sag mal, kennst du zufällig jemanden, wo für eine Weile ein WG-Platz frei ist oder so?", lenkte ich ab.

Glücklicherweise ließ Stina sich auf den Themenwechsel ein:

„Soweit ich weiß, ist die Mitbewohnerin von Aline momentan in Asien auf Tour. Aline ist morgen auch wieder hier. Frag sie einfach mal, ob ihr da einen Deal aushandeln könnt."

Ich nickte, während ich mich wieder dem Cocktail zuwendete.

„Mach ich. Ist an sich auch nicht so eilig. Ich wohne bequem bei meiner Cousine. Ich dachte nur, es könnte gut sein, wenn ich mein eigenes Ding mache und so …"

„Guck nicht so schockiert. Aline ist echt entspannt, auch wenn sie auf den ersten Blick nicht so wirkt. Sonst hätte ich dir das nicht empfohlen."

Aline wirkte tatsächlich nicht sonderlich entspannt. Wobei sie im Umgang mit den Kunden sehr sympathisch rüberkam. Sollte ich meiner spontanen Idee folgen und mit ihr über eine mögliche Zwischenmiete sprechen? Zwingend notwendig war es nicht, zumindest hatten Cate und Matthis mir oft genug weisgemacht, dass ich so lange bleiben konnte, wie ich wollte, und Platz genug hatten sie auch. Trotzdem war mir nach einem Tapetenwechsel. Wenn ich schon so unentschlossen war wie derzeit, dann wollte ich zumindest, was Wohnen und solche Dinge anging, auf eigenen Beinen stehen.

„Kopf hoch, Joanne. Lass uns morgen mal in Ruhe quatschen."

„Machen wir. Danke. Für die Chance hier und überhaupt."

Diesen Arbeitsvertrag zu bekommen, obwohl ich keine Aussage darüber treffen konnte, wie lange ich überhaupt hier bleiben wollte, und darüber hinaus neu in der Gastro war, war schließlich nicht selbstverständlich. Ganz gleich, dass viele Bars und Restaurants derzeit unterbesetzt waren. Die Option, hier zu jobben, verschaffte mir Zeit, die ich gerade brauchte.

Kapitel 14

Während ich Cate und Matthis noch unten in der Küche hörte, tippte ich nervös auf meinem Handy herum. Ein Kaffee wäre gerade nicht verkehrt, denn ich war viel zu früh aufgewacht, wollte aber um diese Uhrzeit noch niemanden sehen. Zu viel geisterte mir im Kopf rum und ich musste mich selbst sortieren, bevor ich andere Menschen mit meinem Gedankenchaos behelligte. Heute konnte ich den Vertrag für meinen Nebenjob unterschreiben. Auch wenn ich zeitlich trotzdem flexibel blieb und viele Möglichkeiten hatte, war ich kein komplett unverbindlicher Mensch. Irgendwie musste ich mir erstmal Klarheit darüber verschaffen, ob das Projekt Hamburg zumindest noch einige Wochen mein Ding war oder ob ich mich mal wieder verrannt hatte. Schließlich hatten Lars und Tom mir diese Möglichkeit vermittelt und Stina war supernett zu mir gewesen. Vielleicht würde Aline sogar eine coole WG-Partnerin sein, auch wenn wir bislang noch nicht auf einer Wellenlänge schwammen. Es wäre ein Leichtes, mich aus all diesen Ideen herauszuziehen – hätten meine neuen Bekanntschaften nicht eine Joanne verdient, die nicht gleich übermorgen wieder abhauen würde. Deshalb brauchte ich zumindest für den Moment die Gewissheit, dass ich das Richtige tat. Wie sollte ich das aber bloß abwägen, wenn ich so sprunghaft war? Was das anging, hatte Neil vielleicht sogar ein bisschen recht gehabt. Die Suche nach meiner Mutter hatte ich oft verschoben, und obwohl ich eigens dafür nach Hamburg gekommen war, hatte ich es bis jetzt keinen Tag lang angepackt. Dieses Weglaufen konnte ich so langsam nicht mal mehr vor mir selbst rechtfertigen. Am liebsten hätte ich mir von irgendjemandem sagen lassen, was gerade das Richtige war. Bloß wusste ich, dass ich mir diese Frage allein beantworten musste. Es war an der Zeit, ein paar erwachsene Entscheidungen zu treffen, wenn ich aus diesem Chaos wieder rauskommen wollte. Deshalb kreisten meine Finger wieder über meinem Handydisplay. Es dauerte eine Weile, dann tippte ich hastig darauf ein, und so schnell es ging, war mein Tinder-Account gelöscht sowie die App deinstalliert. Dates als Ablenkung waren aktuell nämlich nicht der perfekte Plan, so viel war klar. Abgesehen von Chris. Verflixt nochmal, wieso ging mir dieser Kerl nicht aus dem Kopf?

„Scheiße!", fluchte ich und sprang aus meinem Bett, um meinen Rucksack an mich zu reißen.

Irgendwo musste die Nummer von Chris zu finden sein, die er mir notiert hatte!

All meine Sachen flogen quer durch das Gästezimmer. Selbst wenn Whisky mit meinem Kram gespielt hätte, hätte es nicht mehr Chaos geben können. So oder so – ich konnte den Bierdeckel, auf dem die Nummer von Chris stand, nicht finden. Auch wenn momentan alles ein einziges Durcheinander war, so hätte er zumindest eine nette Absage von mir verdient. Über Tinder konnte er mich nun nicht mehr erreichen und meine Nummer hatte ich ihm gar nicht erst gegeben. Ganz großes Kino, Joanne!

*

„Toll, dass du da bist. Wir müssen heute die Fenster putzen und neben Eiswürfelmachen und Terrassenmöbelabschließen gehört das zu den besonders ätzenden Aufgaben in einer Cocktailbar“, begrüßte Stina mich am Nachmittag gut gelaunt und in Aktion.

Eigentlich wollte ich erst mit ihr reden, aber stattdessen schnappte ich mir ein Tuch und half ihr, die Fensterrahmen zu polieren. Solange ich den Vertrag noch nicht unterschrieben und mit ihr die Konditionen besprochen hatte, konnte ich ja problemlos mit anpacken. Ich musste die Themen nur rechtzeitig zur Sprache bringen. Zuvor stand allerdings die Erreichbarkeit von Chris auf meiner gedanklichen To-do-Liste.

„Sag mal, ist hier gestern zufällig noch ein Bierdeckel aufgetaucht?“

„Einer? Hunderte haben wir auf Lager!“

„Du weißt schon, was ich meine. Eine Notiz … von Chris“, seufzte ich.

„Sorry, ja.“

„Echt? Er ist hier aufgetaucht?“

„Oh nein, so meinte ich das nicht. Ich meinte nur, sorry. Nein, wenn hier noch etwas gelegen hätte, hätte ich es inzwischen gesehen und der Müll wurde schon abgeholt. Tut mir leid. War das wichtig?“

„Es war seine Handynummer und jetzt kann ich ihn nicht mehr erreichen.“

„Shit. Dabei ist es echt süß, die Handynummer mal wieder klassisch per Bierdeckel auszutauschen, anstatt sie direkt abzuspeichern.“

Solange man diese Nummer dann auch austauschte und das Gegenüber einen erreichen konnte – oder noch besser – sofern man die Nummer nicht verlor und sein Profil kopflos löschte, war das süß.

„Bloß hilft es nichts, wenn diese aufgeschriebene Nummer dann plötzlich verschollen ist“, seufzte ich.

„Was ist denn mit Facebook, Tinder, Google oder so? Der Kerl muss irgendwo zu finden sein.“

„Tinder habe ich heute gelöscht und erst danach festgestellt, dass die Nummer weg ist. Eigentlich war Chris auch gar nicht so mein Typ, aber irgendwie ist er netter, als ich mir ursprünglich eingestehen wollte.“

Facebook und Google könnten eine Idee sein oder Instagram. Da hatte Stina recht. Deshalb legte ich meinen

Putzlappen zur Seite und ging die üblichen Apps durch, gab jedoch schnell resigniert auf. Wie sollte man jemanden finden, der Chris hieß und in Hamburg lebte? Gefühlt hatten allein auf Tinder fünfzig Prozent der Kerle Chris oder Christian oder Christopher als Namen angegeben. Das konnte ich schön vergessen. Zumal die Suche nach Menschen, die ich unbedingt finden musste, ohnehin nicht meine Stärke war.

Stina hatte derweil das Fenster fertig gereinigt, stopfte alle Utensilien in den Eimer, den sie in der einen Hand trug, und zog mich mit der anderen Hand rein in die Cocktailbar. Weil die Öffnungszeiten noch nicht begonnen hatten, schloss sie die Tür ab, lief kurz nach hinten und kam dann energisch zurück. Ich wünschte, ich würde gerade über einen Teil dieser Energie verfügen.

„Wir müssen nochmal wegen dem Job reden. Der könnte mir echt Spaß machen und du sagst, dass ich flexibel bin. Aber ich habe gerade keine Ahnung, wie lange ich in Hamburg bleibe. Deshalb befürchte ich, dass es eine große Schnapsidee war, über einen Job nachzudenken", murmelte ich.

Stina sollte sich nicht mehr Mühe mit mir geben als nötig, denn ich wollte den Betrieb hier nicht aufhalten.

„Moment, eins nach dem anderen. Ich kenne dich zwar nicht besonders lange, aber die Joanne, die ich kennengelernt habe, die war ein bisschen lebendiger und zuversichtlicher. Liegt das nur an dieser Sache mit dem verschwundenen Bierdeckel und diesem Chris? – Warte kurz, wir machen das jetzt mal schöööön klassisch."

Skeptisch schaute ich zu, wie sie hinter den Tresen ging und – anders als sie es mir gestern beigebracht hatte – die Getränke so zubereitete, dass ich sie dabei nicht genau beobachten konnte. Mit einem Grinsen stellte sie zwei große Tassen Kakao auf den Tresen. Stand es so schlimm um mich, dass ich Kakao und Schokolade als Trost brauchte? Oh weh. Das war keinesfalls die echte Joanne, die da gerade in mir unterwegs war.

„Den trinken wir jetzt in Ruhe. Wenn du möchtest, kannst du mir danach erzählen, was dich bedrückt, und wir machen einen Plan."

„Bist du sicher? Du musst das nicht tun."

„Wäre schön blöd, wenn ich es nicht täte. Du warst nämlich echt gut gestern und bist sehr viel aufmerksamer als die meisten Servicekräfte, die hier zur Probe arbeiten. Schon allein deshalb muss ich es tun", kam zwinkernd von Stina, ehe sie mich aufmunternd anstupste.

„Also bitte. Du bist neu in der Stadt und cool drauf. Wieso sollte ich dir keine Chance geben für diesen Job? Abgesehen von dem geschäftlichen Kram, darfst du einfach mit mir reden, wenn du willst."

Dann sollte ich das Angebot annehmen, zumal Stina echt sympathisch war und es mir guttun konnte, mit jemandem gemeinsam das Chaos in meinem Kopf zu sortieren und vielleicht einen Plan zu machen. Auch wenn ich nicht unbedingt die Planungsmeisterin war, mochte das zu diesem Zeitpunkt eine gute Idee sein. Deshalb begann ich zu erzählen. Erst etwas verhalten, eben weil wir uns erst so kurz kannten, und dann blubberte alles aus mir raus. Wie ich im letzten Jahr die Geschichte meiner Familie erfahren hatte, die Sache mit Neil und wie es mich deshalb letztendlich nach Hamburg verschlagen hatte. Ich erzählte Stina, wie groß der Konflikt für mich war, so nah bei meiner Cousine zu wohnen.

„Ich mag sie echt gern und Cate gibt sich Mühe, mich zu unterstützen. Aber ich merke unterschwellig, wie schwer ihr das Familienthema fällt, und will sie nicht mehr als nötig belasten. Deshalb hatte ich die Idee mit einer WG, Couchsurfing, Zwischenmiete oder so“, erklärte ich, „denn es würde mir ein besseres Gefühl geben, hier auf eigenen Beinen stehen zu können.“

Dann erzählte ich von dem Dating-Dschungel, in den ich mich kopflos begeben hatte, um mich abzulenken, und wie verwirrend ich das Date mit Chris im Nachgang fand. Als Stina mir eine Serviette hinhielt, nahm ich wahr, dass ich angefangen hatte zu weinen.

„Den ersten Schritt hast du erfolgreich gemeistert und du kannst hier arbeiten. Ab jetzt sollte gelten: eins nach dem anderen. Du hast genug Zeit.“

Damit hatte Stina recht, auch wenn sich das leicht sagte.

„Gerade weiß ich einfach nicht, was das Richtige ist. Aber danke dir fürs Zuhören. Ist gut, mal über das zu sprechen, was mich überfordert, wenn ich mir allein den Kopf darüber zerbreche“, schniefte ich.

„Und noch besser ist, wenn wir das Chaos jetzt aufräumen. Ich habe ein paar Ideen.“

Kapitel 15

Meine neue Bleibe war ein kleines Zimmer, das weitestgehend funktionell eingerichtet war. Durch unzählige Fotos, Postkarten und Bilder, die sich an den Wänden befanden, bekam es trotzdem eine persönliche Note. Auf den meisten Fotos waren feiernde Leute zu sehen oder Motive, die nach Asien und Südamerika aussahen. Viel Platz für meine Sachen hatte ich hier nicht, also sollte ich dieses Mal versuchen, Ordnung zu halten. So sorgfältig es ging, verstaute ich meine Klamotten in dem Sideboard, in welchem Aline für mich ein paar Fächer freigeräumt hatte. Nachdem ich alles untergebracht hatte, loggte ich mich mit dem WLAN-Schlüssel ein. Zum Glück funktionierte die Internetverbindung auf Anhieb, so dass ich den vereinbarten Betrag für diesen Monat direkt auf das WG-Konto überweisen konnte. Anschließend lief ich nach draußen, um einen Einkauf zu tätigen. Es war praktisch, direkt hier auf der Langen Reihe unterzukommen und sämtliche Läden in kürzester Zeit erreichen zu können. Weil ich mich bei Aline für diese schnelle Lösung bedanken wollte, besorgte ich Zutaten für eine bunt gemixte Gemüsepfanne, die ich anschließend zubereitete. Ein Wohnzimmer hatten wir nicht, dafür aber eine sehr geräumige Küche.

Der kleine Umzug hat geklappt. Ich komme euch bald besuchen. Kisses.

Die Nachricht an Cate musste sein. Obwohl ich ihr wieder ihren gewohnten Freiraum geben wollte, hatte ich den Eindruck gehabt, dass sie von meinem Auszug ein bisschen enttäuscht gewesen war. Kein Wunder, denn ebenso wie meine Ankunft war dieser Umzug nun sehr plötzlich gekommen. Stina war – anders als ich – gut organisiert und es mangelte ihr nicht an Entscheidungsfreude. Sie hatte am Vortag kurzerhand Aline angerufen, die wiederum mit ihrer Mitbewohnerin geskypt hatte, und so war der Deal mit der Zwischenmiete schnell in trockenen Tüchern gewesen. Ob Aline das Zeug zu einer guten Freundin hatte, konnte ich noch nicht absehen. Immerhin war sie mir außerhalb ihrer Arbeitszeit deutlich netter vorgekommen. Für eine WG, die auf Zeit begrenzt war, würde das schon passen. Sie hieß schließlich nicht Keeva!

Darüber hinaus hatten Stina und ich schließlich einen Arbeitsvertrag abgeschlossen und den ersten Dienstplan besprochen. Damit war eine Last von mir gefallen, denn jetzt gab es wieder eine Struktur in meinem Leben und als Bedingung für meinen neuen Nebenjob hatte ich versprechen müssen, die Sache mit meiner Mutter nicht länger aufzuschieben. Ein bisschen nett gemeinter Druck von außen war wohl das, was ich derzeit brauchte. Ich würde den Sommer, der hoffentlich noch ein paar Wochen andauerte, also endlich nutzen und mir erst nach dieser Zeit Gedanken darum machen, wie es für mich weitergehen sollte. Es fühlte sich an, als sei ich erst jetzt richtig in Hamburg angekommen. Ein paar Mal atmete ich befreit aus. Das, was ich tat, kam mir endlich richtig vor. Noch während ich mir bewusst machte, dass Struktur in mein Leben kam, hörte ich mein Handy klingeln. Meine frühere Kollegin Fiona wurde mir auf dem Display angezeigt. Mist, ich hatte vergessen, mich bei Fiona oder Cillian zu melden, obwohl ich es ihnen versprochen hatte.

„Hi Fiona. Tut mir so leid, dass ich gar nichts von mir hab hören lassen“, nahm ich das Telefonat entgegen.

Einige Minuten hielten wir Small Talk, dann erzählte ich, wie es mir bislang ergangen war, hatte jedoch das komische Gefühl, dass Fiona nicht nur angerufen hatte, um mit mir über mein neues Leben in Hamburg zu plaudern.

„Ich wollte dir noch etwas sagen. Na ja, weil du so gut mit Frau Flanagan konntest und ich dachte, deshalb …“, stammelte Fiona am anderen Ende der Leitung.

Ich hörte, dass sie betroffen war, und eine ungute Vorahnung überkam mich. Hoffentlich ging es Frau Flanagan nicht schlecht. In ihrem Alter war ein Schlaganfall denkbar oder ein Herzinfarkt. Sie sollte nicht leiden müssen. Ich dachte an ihre positive Lebenseinstellung und an die Erdbeeren, die sie so gern aß.

„Sag es bitte einfach", murmelte ich, weil ich diese Ungewissheit nicht aushalten konnte.

„Sie ist heute Nacht gestorben. Friedlich und ohne zu leiden. Ich habe sie gestern Abend in ihr Bett gebracht, da war sie schon sehr schwach und ziemlich irritiert. Aber sie konnte sich an dich erinnern. Sie fragte, was mit dem Erdbeermädchen ist, und dann fiel ihr dein Name auch wieder ein."

Fionas Stimme zitterte und meine Lippen fingen an zu beben.

„Das Letzte, was sie gestern Abend gesagt hat, war, dass ich dir alles Gute wünschen soll."

Jetzt brachen bei mir sämtliche Schleusentore und ich schluchzte laut auf. Denn es war einerseits so rührend, dass Frau Flanagan in ihren letzten Stunden an mich gedacht hatte, und zugleich auch unendlich traurig. Ihre Familie hätte bei ihr sein sollen. Das wäre richtig gewesen.

„Joanne? – Du hast ihr viel gegeben."

„So wahnsinnig viel war das nicht …"

„Du hast ihr gutgetan und ihr oft schöne Momente beschert. Du hast geholfen, dass sie bis zum Schluss glücklich war."

Ich nickte tapfer, auch wenn Fiona das nicht sehen konnte und es in diesem Moment nur ein schwacher Trost war.

„Sie hat mir auch sehr geholfen. – Ich muss das erstmal verdauen."

Deshalb verabschiedete ich mich von Fiona und konnte nach dem Auflegen nur noch hemmungslos weinen. Frau Flanagan war eine besondere Person gewesen und letztendlich hatte sie mir den Mut dazu gegeben, endlich aufzubrechen. Sie hatte mir im entscheidenden Moment zugehört und mich motiviert, meinen Weg zu gehen. Das würde ich ihr nie vergessen. Auch wenn ich ihr nun niemals würde erzählen können, dass ich mich wirklich auf den Weg gemacht hatte. Obwohl es noch nicht viele Erfolgserlebnisse zu verzeichnen gab, war ich jetzt umso entschlossener, mein Leben in den Griff zu bekommen. Ich wollte herausfinden, wo ich hingehörte. Jetzt war es an der Zeit, das Ruder rumzureißen. Wieder schluchzte ich auf und brauchte eine neue Rolle Küchenpapier, die ich vollheulte.

„Ich gebe ein paar Wochen Vollgas, und wenn's nicht erfolgreich ist, hake ich meine Vorhaben ab, trauer der Vergangenheit nicht länger nach und lasse mich nicht unterkriegen, egal was ich von meiner Mutter geerbt habe, ob ich sie finde oder nicht und was auch immer sonst noch passiert", sprach ich meine Gedanken laut aus, obwohl ich allein hier war.

Wenn ich es mir nicht selbst versprechen konnte, dann versprach ich es damit Frau Flanagan. Ich wollte keine Zeit mehr verlieren.

Kapitel 16

„Kann ich hier ein Tretboot ausleihen? Ich würde gerne ein bisschen aufs Wasser."

Die Hamburger Außenalster vom Wasser aus zu erkunden erschien mir spannender, als an einem Sonntagnachmittag zwischen all den Menschen den überfüllten Weg ums Ufer entlangzutrotten. Dabei hatte ich nicht beachtet, dass all die Boote auf der Gurlittinsel über Masten verfügten. Es handelte sich folglich um Segelboote. Keine Tretboote.

„Ich merk's schon selbst", fügte ich hinzu.

„Da du hier in einer Segelschule gelandet bist, könntest du hier segeln lernen. Das macht sowieso viel mehr Spaß."

Segeln.

War ich deshalb intuitiv hier gelandet?

Meine Mutter hatte mich damals segelnd verlassen. So viel hatte ich rausgefunden, als ich am Vortag die Fotos der Postkarten von damals erneut durchgesehen hatte. Schwarz auf weiß stand es auf der Karte, die ich zu meinem zweiten

Geburtstag hätte bekommen sollen. Wenn ich anfangen würde zu segeln, hätten wir eine Gemeinsamkeit. Wenn es Spaß machte, konnte ich zumindest diese Faszination, die meine Mutter aufs Wasser geführt hatte, nachvollziehen. Wollte ich das?

„Ich bin nicht sicher. Eigentlich wollte ich nur mal schauen, wie Hamburg vom Wasser aus aussieht, und nicht direkt segeln lernen."

Allerdings sahen die Leute, die hier am Steg entlangliefen, alle ziemlich glücklich aus. Wasser hatte mich zudem schon immer angezogen und ich mochte Schiffe gern. Reizvoll war es durchaus, nicht nur vom Land aus zu beobachten, wie andere Menschen Spaß auf dem Wasser hatten.

„Wie läuft das denn so ab?", fragte ich, um nicht länger wie eine unschlüssige Idiotin herumzustehen und Zeit zu gewinnen.

In den nächsten Minuten ließ ich mir das Konzept erklären und blickte derweil auf das quirlige Treiben im Hafenbecken. Wenn nicht jetzt mit dem Wassersport anfangen, wann dann? Die Segelboote sahen auch cooler aus als die Tretboote, die etwas weiter hinten vor sich hindümpelten. Und was wäre so schlimm, wenn es mir genauso gut gefiel, wie das offensichtlich bei meiner Mutter der Fall sein musste? Nur weil es dann eine Gemeinsamkeit gab, bedeutete das sonst gar nichts.

„Ich bin dabei!", verkündete ich.

Hatte ich das wirklich so geäußert?

„Willkommen an Bord. Du wirst es nicht bereuen."

Offensichtlich hatte ich mich entschieden und das verbal geäußert und das war okay, denn spontane Entscheidungen waren meistens die besten. Um keine Zweifel daran aufkommen zu lassen, buchte ich somit den kompletten Segelkurs und vereinbarte meine ersten Unterrichtsstunden.

*

Dass die Außenalster es in sich hatte, wurde mir in den folgenden beiden Stunden bewusst. Riesig war sie nicht, doch der Wind sorgte aufgrund der vielen Winddreher und Fallwinde dafür, dass es eine echte Herausforderung war. Mit diesem Naturelement hatte ich mich bislang noch nie so richtig auseinandergesetzt und war ihm nun gewissermaßen ausgeliefert. Ich würde also lernen müssen, damit umzugehen, und laut Aussage der Trainerin war das in diesem Revier besonders anspruchsvoll.

„Wer hier segeln kann, kann es auf jedem Binnengewässer", hatte sie mit einem verschmitzten Lächeln erklärt und mir einige Informationen zu den ganzen Besonderheiten hinsichtlich der Windbedingungen und des regen Verkehrs auf dem Gewässer gegeben, ehe direkt die erste Praxiseinheit losging.

Das Boot legte sich dabei manchmal ziemlich auf die Seite. Krängung nannte man das, lernte ich. Und es sollte nicht weiter gefährlich sein, weil dieses Boot einen Kiel habe und anders als kleinere Jollen nicht kentern würde. Hier – mitten auf dem Wasser – fühlte sich das Leben plötzlich anders an. Das hatte ich vom Land aus betrachtet völlig unterschätzt, wohingegen ich meine Fähigkeiten und meine Abenteuerlust zumindest heute überschätzt hatte. Weit war es nicht bis zum Ufer. Trotzdem war es ein fremdes Gefühl und vor allem musste ich der Segellehrerin vertrauen, weil mir vor lauter neuen Eindrücken der Kopf schwirrte.

„Das andere Boot ist so nah!“, stieß ich hektisch aus, während meine Trainerin absolute Ruhe ausstrahlte.

Bluffte sie oder hatte sie die Situation wirklich unter Kontrolle? Mein Puls beschleunigte sich und ich fühlte mich unfähig, mit der Pinne in die korrekte Richtung zu steuern. Doch sie half mir und wich dem anderen Boot souverän und mit großer Ruhe aus. Das erhöhte mein Vertrauen in ihre Kenntnisse deutlich. Trotzdem war es mir noch nicht ganz geheuer, dieses Boot, in dem ich saß, selbst zu steuern.

„Was ist, wenn ich einen Unfall verursache?“

„Ich kann jederzeit mit in die Pinne greifen und dir beim Steuern helfen und auch auf die Segel habe ich Zugriff. Wir fangen langsam auf Halbwind an. Versuch einfach mal, dorthin zu steuern“, entgegnete sie und zeigte auf ein paar auffällig gleich aussehende Hochhäuser.

Weil ich mich nicht als solchen Feigling kannte und nun nicht aufgeben wollte, hielt ich den Pinnenausleger des Bootes so, wie sie es mir zeigte, und machte mich mit dem Steuern vertraut. Als das funktionierte, wurde ich wieder ein bisschen entspannter. Weil sämtliche Manöver und Begriffe neu waren und wir die sogenannten Wenden übten, blieb im weiteren Verlauf meines Trainings keine Zeit mehr, um zu viel über mein komisches Verhalten nachzudenken, denn meine Konzentration war aufs Steuern gelenkt. Trotz anfänglicher Zurückhaltung wurde ich deshalb entspannter und musste zufrieden grinsen, als mir das Manöver im nächsten Versuch einigermaßen gut gelang. Es gab mir Sicherheit, mehr zu verstehen und unter Anleitung umsetzen zu können. Ich verstand zumindest in Ansätzen, was es mit den verschiedenen Windrichtungen zu tun hatte und wie man jeweils agierte. Auch wenn das nur die Anfänge waren, denn dieser Segelsport war deutlich komplexer, als ich es von außen betrachtet gedacht hatte. Jetzt, wo die ersten Manöver funktionierten, fing es an, Spaß zu machen. Die restliche Zeit meines Trainings verging wie im Flug und ich bekam nach dem Anlegen im kleinen Hafen noch ein paar Erklärungen, was mich in den nächsten Stunden erwarten würde.

„Jetzt fehlt nur noch das wichtigste Manöver“, zwinkerte ein gutaussehender Trainer, der am Steg stand, „nämlich das Anlegebier.“

„Das was?“, lachte ich auf.

„Das Anlegebier. Wenn du Lust hast, setz dich gerne noch mit uns an den Steg. Wir haben gekühlte Getränke parat, und da ich Feierabend habe, steht einem Bier nichts im Wege."

Das ließ ich mir nicht zweimal sagen. Denn es klang reizvoll, hier noch eine Weile in der abendlichen Sonne zu sitzen und den Beginn meines kleinen Abenteuers auf diese Art und Weise ausklingen zu lassen. Außerdem hatte jemand eine Musikbox hergebracht. Mit sommerlicher Musik, einem fast kitschigen Sonnenuntergang, viel Lachen und ein paar Drinks endete der Tag im sogenannten „Hafenkino". Das bedeutete, am Steg zu sitzen und zu beobachten, was andere auf dem Wasser so trieben. Insbesondere die Hafenmanöver waren dabei spannend und ich beobachtete nochmal genau, wie das mit dem An- und Ablegen so klappte. Einige Hintergründe bekam ich dazu noch erzählt. Während wir hier saßen, erfuhr ich leider auch, dass der hübsche Trainer, der mich auf das Bier eingeladen hatte, fest liiert war. Letztendlich war das nach diesem Tag nur eine Randnotiz. So eilig hatte ich es mit einer neuen Beziehung derzeit schließlich nicht, und weil ich aufhörte, ihn die ganze Zeit anzusehen, ließ ich mich auf die anderen Trainer und Segelschüler ein, die gemeinsam mit uns hier saßen. Ich konnte nicht allen Gesprächen komplett folgen, denn offensichtlich redeten Segler auch an Land ständig von Segelbooten und verschiedenen Törns, aber die Leute waren sympathisch und meine Neugierde war geweckt. Vielleicht konnte ich hier auch ein paar Tipps bekommen, was die Reisen und Törns meiner Mutter anging. Die Segelszene schien deutlich vernetzter zu sein, als ich bislang angenommen hatte. So oder so freute ich mich auf meine nächsten Segelstunden. Meine anfängliche Skepsis und die mir ungewohnte Ängstlichkeit waren verflogen. Ich wollte viel mehr über das Segeln lernen und Teil dieser netten Truppe werden. Wer hätte gedacht, dass ich so schnell begeistert von alldem war? Ich am allerwenigsten!

*

„Hey, was hast du heute so gemacht?", begrüßte Aline mich gut gelaunt, als ich zurück nach Hause kam.

Sie stand in der Küche und es roch wunderbar nach selbstgemachter Pizza, wie ich schnell feststellte. Zum Glück musste ich nicht lange futterneidisch bleiben, denn der Aufforderung, mir mindestens ein Stück vom Blech zu nehmen, kam ich gleich nach.

„Lecker", kommentierte ich.

Das Segeln hatte hungriger gemacht als angenommen. Während ich noch ein zweites Stück Pizza verschlang, ließ ich Aline von ihrem Tag erzählen. Sie hatte für ihr Maschinenbau-Studium gelernt, weil bald eine wichtige Klausur anstand, und sich mit zwei Freundinnen auf einen Kaffee getroffen.

„Nicht spektakulär, aber gefeiert wird erst wieder, wenn diese Klausur rum ist. Zum Glück ist das bald", endete sie ihren Bericht.

Spektakulär klang das tatsächlich nicht. Kein Wunder, denn wie sollte bei solch einem komplexen Studium samt Nebenjob noch Zeit für actionreiche Tage bleiben? Abgesehen davon war das nicht der Lifestyle für jeden. So oder so war ich in erster Linie froh, dass sie hier zu Hause deutlich offener und entspannter war, als es meinem ersten Eindruck auf der Arbeit entsprochen hatte. Dass sie genug Essen für uns beide zubereitet hatte, war auch nicht selbstverständlich. Wenn das so weiterging, würde unsere gemeinsame WG-Zeit besser werden als zunächst angenommen und cooler sein als eine erzwungene Zwischenlösung. Als ich Aline von meinem neuen kleinen Segelabenteuer samt gebuchtem Kurs erzählte, war sie begeistert.

„Oh Mann, ich würde wahnsinnig gern mitmachen. Jetzt wohne ich schon seit vier Jahren in Hamburg und da gehört ein Segelschein eigentlich dazu. Das muss ich echt mal in Angriff nehmen. Aber erzähl mal mehr, von dieser Suche nach deiner Mum."

Heute hatte ich das Thema nicht mehr aufgreifen wollen, doch jetzt, wo ich mich so über diese WG auf Zeit freute und Aline viel gesprächiger war als zuvor, wollte ich sie nicht abweisen. Deshalb berichtete ich etwas detaillierter von den Hintergründen, ebenso wie von meiner heutigen Erfahrung, dass es mir anfangs schwergefallen war, der Trainerin trotz ihrer Kompetenz zu vertrauen, und ich eine Weile gebraucht hatte, um in diese Situation hineinzukommen. Wir tauschten ein paar küchenpsychologische

Weisheiten aus und versuchten gemeinsam zu interpretieren, inwiefern das mit meinen familiären Themen zu tun hatte. Wut kribbelte in mir hoch.

„Ich dachte immer, ich sei glücklich und nichts kann mich umhauen. Aber seitdem ich erfahren habe, dass meine Mutter mich damals im Stich gelassen hat und bewusst weggegangen ist, sind so viele Fragen in mir aufgetaucht, die mich fertigmachen. Ich kann einfach nicht verstehen, was eine Mutter dazu bringt, ihr Kind im Stich zu lassen. Was wäre aus mir geworden, wenn das nicht passiert wäre? Kein Wunder, dass ich es mit Beziehungen einfach nicht hinbekomme! Hätte ich mich sonst auf eine Affäre mit einem Prof eingelassen? Vielleicht wäre das gar nicht erst passiert und hätte mir so einiges an Ärger erspart!"

„Es tut mir leid, dass die Geschichte deiner Mutter dich so runterzieht. Fast jeder weiß natürlich, wie sich gescheiterte Beziehungen anfühlen, egal, wie man groß geworden ist. Aber es hat bestimmt einen Einfluss auf dich, dass deine Mum nicht da war. Früher unbewusst, und seitdem du die Wahrheit kennst, lässt es dir wohl keine Ruhe, und das klingt absolut plausibel."

„Wahrscheinlich werde ich nie genau herausfinden, welchen Anteil meine Mutter daran hat oder ob ich jetzt nur versuche, meinen Frust damit zu erklären. Ist auf jeden Fall eine neue Erfahrung, sich auf diese Art und Weise mit der eigenen Geschichte zu beschäftigen. Mir war bis heute nicht klar, dass es mir so schwerfallen kann, jemandem zu vertrauen.

„Wie sagt man so schön? Die besten Erfahrungen macht man, wenn man seine Komfortzone verlässt. Also ist dein Weg zum Segelschein eine coole Sache und schöne Ablenkung. Da kannst du wohl neue Seiten an dir entdecken und abgesehen davon scheint es ja viel Spaß zu machen“, beendete Aline unsere hobbypsychologischen Überlegungen.

Damit hatte sie definitiv recht.

„Sag mal, Joanne, hast du eigentlich schonmal Instagram probiert?“, warf sie ein anderes Thema in den Raum.

Irritiert schaute ich sie an. Natürlich hatte ich einen Instagram-Account. Unregelmäßig postete ich ein paar Schnappschüsse auf meinem privaten Profil und schaute ab und zu, was meine früheren Unifreunde derweil so trieben. Besonders aktiv war ich auf der Plattform aber nicht.

„Wegen deiner Mum, meine ich.“

„Wie jetzt?“

„Es gibt zu allen Themen Accounts dort. Zum Segeln bestimmt auch. Vielleicht nutzt sie es.“

Ich sollte meine Mutter auf Instagram suchen? Auf diese Idee war ich noch nicht gekommen.

„Ich habe auf Facebook gesucht. Sie ist neunundvierzig, das dürfte eher ihre Plattform sein.“

Daraufhin lachte Aline auf: „Insta ist nun auch nicht TikTok und neunundvierzig ist echt kein Alter. Deine Mum ist jung, wenn man so will.“

Da hatte Aline allerdings recht. Wieso war ich nicht längst auf die Idee gekommen, mehrere Social-Media-Plattformen mit in die Suche zu integrieren? Wobei ich mir, was das anging, keinen Vorwurf machen konnte. Ich hatte willkürliche Suchen angestellt, jedoch ohne genaue Anhaltspunkte geschweige denn mit System. Wenn die Segelwelt wirklich so gut vernetzt war und ich damit auch ein konkretes Thema hatte, ergab das durchaus neue Möglichkeiten bei meiner Online-Suche.

Kapitel 17

„Wie wäre es denn mit *frau.jolle*?“, schlug Stina mir am nächsten Tag vor, während wir die Bar für den Abend vorbereiteten.

Die Instagram-Idee von Aline war bei ihr direkt gut angekommen, also musste ein Profil her. Witzig sollte es sein, auch wenn ich es prinzipiell ja nur brauchte, um meine Suchen anzustellen. Mein eigenes privates Profil zu nutzen, war mir zu blöd erschienen.

„Frau Jolle, wie Frau Holle im Deutschen? Das ist fantastisch!“

Lachend legte ich mir also innerhalb weniger Minuten einen neuen Account zu, ehe ich das Handy weglegte und mit meiner Arbeit fortfuhr. Die Terrasse musste noch aufgesperrt werden und die Tische warteten noch auf Dekoration – inklusive der bunten Flaschen mit den QR-Codes für die Menükarten. Für die nächste halbe Stunde war ich somit hinreichend abgelenkt und gab viel Gas, so dass vor der Öffnungszeit tatsächlich noch Zeit für eine Pause blieb und ich nochmal zum Handy greifen konnte. Schnell waren ein paar Fotos auf meinem neuen Profil hochgeladen, die ich heute nach meiner zweiten und ebenfalls schönen Segelstunde an der Alster aufgenommen hatte. Stina half mir dabei, lauter Segelaccounts rauszusuchen, denen ich nun folgte. Dabei bekam ich spannende Segelbilder und Videos zu sehen und hätte mir diese Eindrücke ewig anschauen können. Nur weil die Zeit bis zur Öffnung der Bar drängte, konnte ich mich nicht länger durch die Fotos klicken.

„Es ist und bleibt die Suche nach der Nadel im Heuhaufen", seufzte ich.

„Hey, gib nicht gleich auf. Wir fangen schließlich erst an!"

„Stimmt auch wieder. Wenn ich jeden Versuch so schnell aufgebe, wie er mir in den Sinn kommt, könnte ich mir die Mühe auch gleich sparen."

Wenige Minuten blieben uns noch, in denen wir weitere coole Segelaccounts raussuchten, und dann war es an der Zeit, die Bar zu öffnen.

*

Heute steckte der Wurm drin. Erst flog mir ein Aperol Spritz auf den Boden und ich musste die Sauerei beseitigen. Anschließend gab es gleich zwei Beschwerden von einer Gruppe. Somit konnte ich den Nachbartisch erst viel zu spät bedienen und bekam auch dort die schlechte Laune eines Paares ab. Heute waren wir genug Leute im Service und hinter der Bar, was jedoch nichts daran änderte, dass es einfach nicht richtig lief und mir diese Schicht meine Laune vermieste. Trotzdem versuchte ich, höflich zu bleiben und mir nicht anmerken zu lassen, wie viel unnötigen Zeitaufwand die Abrechnung der nörgelnden Gruppe kostete. Bar oder mit Karte? Weder noch. Der eine so, die andere so. Natürlich mussten alle einzeln zahlen, mit mickrigen Trinkgeldbeträgen, die ich mir trotzdem alle auswendig behalten musste, um sie regelkonform ins Kassensystem zu tippen. Der Tag hatte so schön angefangen mit der Segelstunde und … – wurde noch schlimmer, als er gerade ohnehin schon gewesen war.

„Einen Ingwertee und einen Latte Macchiato, bitte."

Beides hatten wir im Angebot, für beides hätte ich trotzdem eher ein Café gewählt und keine Cocktailbar.

„Und ein Stück Schwarzwälder Kirsch dazu?", kam mir etwas zu frech über die Lippen.

„Das ist ja unerhört!"

Die Frau nestelte ungeduldig an ihren kitschigen Armbändern herum und wirkte so, als wolle sie sofort aufspringen und gehen, ohne jedoch den Mut dazu zu haben, das in die Tat umzusetzen. Das konnte ein Spaß werden mit diesem Tisch. Nach den Patzern, die mir heute unterlaufen waren, sowie manch ungerechtfertigter Beschwerden – einmal war der Eiswürfel im Glas zu groß, ein anderes Mal hatte der Untersetzer die falsche Farbe – wollte ich nicht noch das Worst-Case-Szenario aufrufen und jemanden vergraulen – auch wenn mein Kommentar nicht die größte Katastrophe auf Erden war.

„War nicht so gemeint. Sorry. Der Latte Macchiato geht aufs Haus."

„Na okay", gab die Frau sich großzügig und ergänzte noch, dass sie ihren Latte Macchiato gerne ohne Milch serviert haben wollte.

Ob sie Kuhmilch meinte und lieber die vegane Alternative haben wollte, fragte ich und musste mich sehr anstrengen, seriös zu bleiben, als sie all das ablehnte. Dass ich ihr nach kurzer Diskussion einen simplen normalen Kaffee, jedoch mit ein bisschen extra Milch andrehen konnte, stimmte mich fassungslos. Wahrscheinlich war das von all den Geschichten, die man in der Gastronomie erlebte, noch eine der harmloseren. Trotzdem konnte ich mir das Lachen nicht mehr verkneifen, als ich von der Terrasse reinging, um diese denkbar komische Bestellung weiterzugeben. Prompt stieß ich dabei mit jemandem zusammen. Verflixt, das war echt nicht mein Tag hier.

„'tschuldigung!"

„Schon okay, es ist nichts passiert."

Die Stimme kannte ich.

Ich schaute auf.

„Chris?"

Das durfte nicht wahr sein! Wieso kam er ausgerechnet in diese Bar? Oder hatte er nur mal kurz auf Toilette gewollt und war hier gar nicht Gast?

„Du erinnerst dich noch an meinen Namen, wow“, entgegnete er.

Scheiße, seine Grübchen waren selbst jetzt echt niedlich. Sein Tonfall ließ hingegen darauf deuten, dass er von mir enttäuscht war. Ich hatte ihn schließlich kontaktieren wollen, so wie wir es vereinbart hatten, und es war ja auch mein Plan gewesen – wäre seine Nummer nur nicht unauffindbar gewesen!

„Ich wollte … es war ein Missgeschick … mit deiner Nummer und …“

„Und dem Blockieren meines Profils?“, hakte er nach. „Aber lass gut sein. Ich muss jetzt wieder raus zu meiner Begleitung.“

Noch bevor ich erklären konnte, dass ich ihn nicht blockiert, sondern mein Profil voreilig gelöscht und seine Nummer eben verlegt oder verloren hatte, war er an mir vorbeigegangen und strebte exakt auf den Tisch zu, von dem ich gerade kam.

Das durfte unmöglich wahr sein!

Welche Bestellung war wohl für Chris? Der Ingwertee oder der Latte Macchiato ohne Milch, stattdessen also Kaffee mit ein bisschen Milch?

Heute sah Chris deutlich entspannter aus und wirkte im Umgang mit der Frau ziemlich natürlich. Das wievielte Date mit ihr durfte das wohl sein? Zärtlichkeiten gab es keine, einfach nur langweilige Getränke. Wiederholt warf ich möglichst unauffällige Blicke zu Chris samt seiner Begleitung rüber und konnte mir keinen Reim darauf machen, wie weit die beiden waren. So richtig Sinn ergab deren Date nicht. Doch an diesem chaotischen Tag konnte ich es mir nicht erlauben, noch mehr Fehler zu machen. Deshalb versuchte ich mich, so gut es ging, auf die anderen Gäste zu konzentrieren. Als ich dann jedoch mitbekam, dass Aline den Tisch von Chris und seiner Begleitung abkassieren wollte, musste ich schnell eine Lösung finden. Hastig kritzelte ich meine Nummer auf den kleinen Block, den ich bei mir trug, und ergänzte den Kommentar:

Der Bierdeckel ist verloren gegangen. Bitte melde dich nochmal.

Das durfte viel zu verzweifelt wirken, war aber meine letzte Chance und etwas Besseres fiel mir auf die Schnelle nicht ein.

„Bitte gib ihm das mit, wenn du die beiden abkassierst“, flüsterte ich Aline zu und verschwand wieder drinnen in der Bar.

Obwohl Stina sonst für sämtliche Witze offen und locker drauf war, bekam ich von ihr einen kleinen Rüffel für meine heutige Kopflosigkeit. Leider hatte sie damit gar nicht so unrecht. Nicht alle Meckereien waren gerechtfertigt, aber sonderlich geschickt hatte ich mich heute eben nicht angestellt. Selbst als Einsteigerin in der Gastronomie hätte der ein oder andere Fehler ausbleiben sollen. Ich musste mir eingestehen, dass Chris mich zusätzlich zu all den Ungeschicklichkeiten abgelenkt hatte. Noch schlimmer war das Eingeständnis, dass ich eifersüchtig auf die Frau war, die ihn begleitet hatte. Eifersucht konnte ich prinzipiell nicht leiden. Doch es half nichts, weil ich sie eben auch nicht abschalten konnte. Verflixt nochmal, was sollte dieses Theater in meinem Kopf denn bloß? Wir hatten abgesehen von unserer kurzen Begegnung im Flugzeug schließlich nur ein Date gehabt und Chris war mir anfangs langweilig und bieder vorgekommen.

„Zerbrich dir nicht den Kopf, manchmal läuft's nicht. Das sind eben diese Arschlochtage, die wir alle mal haben. So streng war mein Kommentar jetzt nicht gemeint“, machte Stina auf sich aufmerksam und fing an zu grinsen. „Aber jetzt mal Butter bei die Fische. Was viel interessanter ist als ein paar Beschwerden: Ist da etwa jemand verknallt?“

„Verknallt?!“

Empört blickte ich sie an.

„Ich bitte dich. Natürlich nicht!“

Kapitel 18

Zweimal hatte jemand am Vorabend versucht, mich telefonisch zu erreichen. Mit unterdrückter Nummer, oder besser gesagt, privater Nummer, wie es inzwischen angezeigt wurde. Das machte mich völlig kirre. War das mein Telefonnetzanbieter, der mit einem unseriösen Sonderangebot lockte? Hatten die Zeugen Jehovas das Telefon für sich entdeckt? Oder war das Chris gewesen?

„Mist, so ein Mist", schimpfte ich vor mich hin, während ich mich langsam aus dem Bett bequemte.

Anders als während meiner Schicht würde ich mein Handy heute tagsüber nicht mehr aus den Augen lassen. Bloß für den Fall, dass es einen weiteren Anruf gab. Auch wenn mir bewusst war, dass das wohl völliges Wunschdenken war. Wenn Chris meine Nachricht gelesen hatte, wusste er schließlich, dass ich seine Nummer nicht mehr hatte und ein Anruf mit unterdrückter Nummer daher wenig Sinn ergab. Es sei denn, er wollte gar nicht erneut auf sich aufmerksam machen, sondern mir die Leviten lesen und mich darum bitten, ihn nicht mehr zu kontaktieren. In dem Fall machte es hingegen wenig Sinn, dass er ausgerechnet ins Toxic gekommen war. Es musste sich also um meinen Netzanbieter, die Zeugen Jehovas oder sonst wen handeln, schlussfolgerte ich resigniert. Wieso hatte ich überhaupt mit diesem Dating-Kram begonnen und warum um alles in der Welt ging mir dieser nette IT-ler nicht aus dem Kopf? Kurz überlegte ich, Lars oder Tom anzurufen und mich über diesen Frust zu beschweren. Die beiden hatten mir das ja irgendwie eingebrockt, wenn man so wollte. Andererseits hatten sie es gut gemeint mit mir und dank den beiden hatte ich einen Nebenjob ergattert, den ich trotz des chaotischen gestrigen Abends gern mochte. Ich hatte angefangen, hier Fuß zu fassen. Nein, beschweren konnte ich mich bei den beiden keinesfalls.

Wrumm, wrumm, wrumm.

Mein Handy!

Private Nummer.

Wie gebannt starrte ich auf das Display und die Synapsen in meinem Kopf arbeiteten ein paar Sekunden lang, bis mein Finger endlich auf das grüne Anruf-Symbol klickte.

„Chris, hallo, hier ist Joanne. Bist du das?“, überschlug ich mich fast.

Am anderen Ende der Leitung ertönte eine computergesteuerte Stimme. Es ging um eine Umfrage. Oder ein

Gewinnspiel. Oder um ein Zeitschriftenabo. Oder welchen Blödsinn auch immer. Diese bescheuerte künstliche Intelligenz! Sofern man von Intelligenz sprechen konnte. Jedenfalls war die Stimme künstlich und weit entfernt von dem Anruf, auf den ich gewartet hatte. Frustriert legte ich auf, ohne ein Wort zu sagen. Damit ich den Roboter bloß nicht noch mit persönlichen Daten fütterte.

*

Als ich aus lauter Frust schon etwas Gesundes kochen wollte, vibrierte mein Handy erneut. Dieses Mal war es eine Nachricht – gesendet von einer Nummer, die normal angezeigt wurde – und ich musste ein paar Mal blinzeln:

*Hi Joanne,
mit deinem neuen Job hat es geklappt.
Das freut mich für dich.
Wie ich den Rest zu verstehen habe, weiß ich
nicht genau.
Wenn du möchtest, erkläre es mir.
Habe nun Zeit, denn meine Schwester ist wieder
auf dem Weg zurück nach Hause.
Chris*

Seine Schwester?!

Sollte das gestern tatsächlich seine Schwester gewesen sein?

So abwegig war das nicht. Wie hatte ich derart blind sein können? Natürlich! Wie ein Date hatte das nicht gewirkt, Chris war erstaunlich locker gewesen, während er sich bei mir viel reservierter gezeigt hatte. Ich war also eifersüchtig auf seine Schwester gewesen. Ganz großes Kino! Aber diese Regieanweisung hatte mir halt niemand mitgeteilt. Schnell speicherte ich die Nummer von Chris ab und notierte sie mir sicherheitshalber auf einem Zettel. Nur für den Fall, dass mein Handy mal in der Alster baden ging und meine Cloud zeitgleich den Geist aufgeben würde oder mir wieder einmal ein sonstiges Missgeschick passierte. Meine Cousine würde stolz auf mich sein, wenn sie so viel Weitsicht bei mir entdecken würde. Bevor ich mich darauf konzentrieren konnte, war erstmal Chris an der Reihe. Wie wild tippte ich nun auf mein Handy ein und verstrickte mich mehrfach in dem Versuch, das Schlamassel aufzuklären. Dabei rutschte ich mit dem Finger ab und plötzlich ertönte das vertraute Tuten von WhatsApp, weil ich einen Sprachanruf gestartet hatte. Wo war noch der Button, um den Anruf zu unterbrechen? Wieso war meine Reaktion als Kind, als ich Mario Kart gespielt hatte, noch intakt gewesen, während ich nun nicht in der Lage war, einen simplen roten Knopf zu drücken?

„Joanne?“

Unbestreitbar lief es nicht gewohnt erfolgreich mit meinem Reaktionsvermögen.

„Hi, ich bin nur auf diesen Anrufknopf gekommen. Weil ich dir eigentlich schreiben wollte", stammelte ich.

Welch grandiose Meisterleistung war das nun wieder? Wenn meine Finger schon zu langsam zu einer Reaktion waren, sollte mein Sprachzentrum zumindest in der Lage sein, vernünftig zu reagieren.

„Möchtest du lieber auflegen und mir schreiben?"

„Nein!"

„Willst du mir erklären, was deine Nachricht hinsichtlich des Bierdeckels zu bedeuten hatte?"

Ich nickte.

Doch weil ich versehentlich die Anruffunktion und nicht die Videochat-Funktion gedrückt hatte, konnte Chris das natürlich nicht sehen.

„Ich habe ihn verloren. Also ich habe ihn überall gesucht, aber er war weg. Nachdem ich dachte, dass ich ihn in meinen Rucksack gesteckt hatte, aber da war er nicht. Er muss im Müll der Bar gelandet sein. Bevor ich das realisiert habe, habe ich mein Tinder-Profil gelöscht, weil mir diese App und viele unmögliche Eindrücke von manchen Herren so auf den Keks gingen. Tut mir leid, ich wollte dich damit nicht verwirren. Eigentlich wollte ich dich kontaktieren und nochmal sehen – auch wenn ich nicht ganz verstehe, wieso ich das will."

Hoppla, meine Flirtkenntnisse waren in diesem Leben auch schon besser gewesen. „Ich will dich wiedersehen, verstehe aber nicht, wieso", war nicht der Inbegriff dessen, was man sich als Date-Feedback erhoffen konnte. Doch wider Erwarten fing Chris herzhaft an zu lachen.

„Das könnte daran liegen, dass wir auf den ersten Blick grundverschieden sind, aber trotzdem aneinander denken?“, warf er ein. Das war eine Theorie, die ich nicht abstreiten konnte und die mich verlegen stammeln ließ:

„Schon, ja. Ich suche nur aktuell auch gar nicht. Tinder war eine blöde Idee von zwei Kumpels. Momentan sind andere Dinge wichtig. Aber du warst so nett und …“

„Richtig verstehe ich noch nicht, was jetzt wo und wie bei dir an der Reihe ist. Aber hast du zufällig Lust, den netten IT-ler nochmal zu treffen, jetzt, wo wir das mit der Nummer geklärt hätten?“

„Natürlich, sonst hätte ich dich ja nicht versehentlich angerufen“, versuchte ich zu überzeugen.

„Klingt plausibel. Worauf hast du denn Lust?“

Worauf hatte ich Lust?

„Kennst du diese kleinen Schiffe, die auf der Elbe durch den Hafen fahren und gute Stimmung verbreiten? Da würde ich gern mal mitfahren. Ich könnte aber auch ein bisschen Nachhilfe in Sachen Algorithmus bei verschiedenen Internetplattformen gebrauchen, vielleicht magst du das lieber?“

„Die Kombi klingt spannend“, hörte ich Chris schmunzeln, „dann machen wir beides. In genau dieser Reihenfolge, denn nach einer kleinen Partytour werden sämtliche Algorithmen spannender für Laien, denke ich.“

Nahm er mich auf den Arm damit? Vermutlich schon. Oder nicht? Er brachte mich so oder so zum Lachen. Als Chris mir nach kurzer Online-Recherche noch für heute einen Zeitpunkt und einen Ort zum Treffen nannte, wusste ich, dass er nicht scherzte. Wir würden uns also in wenigen Stunden für eine kleine Party-Rundfahrt treffen und anschließend über IT sprechen. Nachdem ich ihm vergewissert hatte, dass ich die richtige Stelle an den Landungsbrücken finden würde, und mir die Uhrzeit notiert hatte, legte ich auf. Die nächsten zwei Stunden verbrachte ich damit, mir ein geeignetes Outfit rauszusuchen, obwohl ich sonst nicht lange über solche Fragestellungen philosophierte. Letztendlich entschied ich mich für einen Jeansrock mit einem grünen Top und packte sicherheitshalber noch einen Hoodie ein. Rechtzeitig kam mir in den Sinn, dass ich etwas essen sollte, bevor der Spaß am späten Nachmittag losging. Ein Döner war perfekt geeignet, um eine gute Grundlage zu schaffen und die Tagesordnungspunkte Frühstück, Mittagessen und verfrühtes Abendessen zugleich abzudecken. Nun war ich perfekt vorbereitet, zumal ich sogar im letzten Moment daran gedacht hatte, auf den Atemkiller Zwiebeln zu verzichten und Cocktailsoße statt Zaziki zu wählen.

*

Die Begrüßung an den Landungsbrücken war recht verhalten und schüchtern. Fast hätte ich begonnen, über das

Wetter zu sprechen, und war deshalb froh, dass Chris ein bisschen was über seine Schwester erzählte, auch wenn er sich auf deren Rückreise zu sich nach Hause und die Probleme mit der Deutschen Bahn beschränkte, was nicht zu den besonders brennenden Themen gehörte. Der Versuch, krampfhaft ein Gesprächsthema zu finden, erübrigte sich jedoch, als wir die Barkasse betreten durften, die uns quer durch den Hafen schippern sollte. Mit lauter Musik ging es elbabwärts. Die Menschen an Bord waren eng aneinandergedrängt, und weil Chris die Tickets besorgt hatte, kämpfte ich mich durch die Masse und kümmerte mich um Getränke, ehe wir zusammen versuchten, eine gute Figur auf der Tanzfläche abzugeben. Von Land aus hatte diese Tour spaßiger gewirkt. Hier an Bord war es enger als vermutet. Es war wenig Platz zum Feiern, es waren zu viele Menschen, um nochmal Drinks nachzuholen, und weil man kaum etwas von der Umgebung jenseits des Gedränges mitbekam, war die Tour nicht als Hafenrundfahrt geeignet. Trotzdem versuchte ich, mir die Enttäuschung nicht anmerken zu lassen, und konzentrierte mich auf Chris. Eine Unterhaltung war bei den Hintergrundgeräuschen jedoch kaum möglich. Dafür war der Bass zu laut eingestellt. Somit blieb uns in der nächsten Stunde nichts anderes übrig, als mehr oder weniger gezwungenermaßen zu der mittelmäßig guten Musik zu tanzen, die überwiegend aus einem lauten „*bumm bumm bumm*“ bestand und den Namen Musik meines Erachtens nicht verdiente. Trotzdem tanzten wir, bis ich aufgrund einer Drehung stolperte und geradezu in Chris' Arme fiel.

„Gute Reaktion", grinste ich ihn an.

Seine tiefblauen Augen ließen mich das quirlige Durcheinander um uns herum vergessen. Ich konnte meinen Blick nicht von ihnen abwenden und Chris schien ebenfalls wie eingefroren zu sein. So lange, bis er mir einen Kuss auf die Stirn hauchte und mich in eine Umarmung zog, die sich verdammt gut anfühlte. Das war das, was ich gerade ganz dringend gebrauchen konnte.

Kapitel 19

Die Sandkörner, die in mein Gesicht flogen, fühlten sich fast wie Hagelkörner an und meine Haare wirbelten unkontrolliert um meinen Kopf herum. Es war ein heißer und wolkenloser Sommertag, der hier an der Nordsee dank des starken Windes angenehm und im wahrsten Sinne des Wortes fast stürmisch war.

„Herrlich!“, lachte ich auf.

„Es scheint dir zu gefallen.“

Das tat es wirklich. Ich genoss den Tagesausflug nach Sankt-Peter-Ording, zu dem Chris mich eingeladen hatte, jetzt schon. Natürlich hätte er sich für die Hafentour nicht entschuldigen müssen, schließlich war das ganze Programm meine Idee gewesen und zugleich hatte ich mich ziemlich über diese Einladung gefreut und direkt zugesagt. Es ging schließlich nichts über einen Tag am Strand und die Nordseeküste hatte es mir angetan. Der warme Sandstrand, den ich unter meinen Füßen spürte, war hier viele Hundert

Meter breit, so dass sich die Menschen trotz Hochsaison gut verteilten und man die Natur genießen konnte.

„Ja, es gefällt mir und das möchte ich irgendwann auch mal lernen."

Fasziniert zeigte ich in Richtung Wasser, denn aufgrund des Starkwindes waren zahlreiche Kitesurfer unterwegs, die ihr sportliches Können unter Beweis stellten. Ganz eins mit Wind, Wasser und Wellen zu werden, musste sich toll anfühlen. Überhaupt entwickelte ich so langsam immer mehr Affinität zum Wassersport, was nicht überraschte, da meine Liebe zum Meer schon immer groß gewesen war.

„Du könntest einen Surfkurs belegen und das lernen. Sportlich genug bist du doch."

„Bist du denn mit dabei? Das könnte echt mal eine Idee sein!"

Kurz schloss ich die Augen und stellte mir vor, wie es sich anfühlen könnte, tage- oder gleich wochenlang in Strandnähe zu wohnen, jeden Morgen von der Sonne geweckt zu werden und die Tage durch Wind und Wetter bestimmen zu lassen. Ein Sommer am Meer, bevorzugt auf dem Wasser, gehalten durch den Wind. Ein Lächeln huschte über mein Gesicht.

„Wenn du so lächelst, sollte ich wohl mal darüber nachdenken", schmunzelte Chris.

„Dann könnten wir mal darüber nachdenken?", wagte ich einen Vorstoß, ohne eine Idee zu haben, wann, wo und wie sich das umsetzen lassen konnte.

„Das sollten und könnten wir tun. – Auch wenn sich ein bisschen zu viel Konjunktiv hinter unseren Aussagen verbirgt."

„Zu viel …?"

„Konjunktiv, ja."

Kurz musste ich überlegen, bis ich auflachte und hastig nickte.

„Stimmt. Mit sollte und könnte und würde und täte kommt man nicht voran", warf ich nachdenklich ein.

Chris schnappte sich meine Hand, zwinkerte mir zu und breitete eine Decke auf dem Strand aus. So gut das bei dem Wind möglich war. Obwohl ich ihm half, wehte uns die Picknickdecke immer wieder um die Ohren und war voller Sand, als wir endlich darauf saßen.

„Vergiss meinen Einwand mit dem Konjunktiv, das sollte kein Vorwurf sein. Du musst ja nicht gleich einen Surfkurs buchen. Und trotzdem lässt einen sowas ja träumen. Wovon träumst du? Du bist unternehmungslustig, kontaktfreudig, sportlich, attraktiv, supernett und …"

Ich starrte in Chris' Augen, die mit der Sonne um die Wette glitzerten, und ahnte zugleich, dass meine Wangen aufgrund all der Komplimente rot wie ein Krebs wurden und ich besser kein Wort sprechen sollte, um nicht hilflos zu stottern.

„Ich wollte dich nicht in Verlegenheit bringen, Joanne."

„Oh ähm, das … ne … Bin ich ja gar … nicht. Das ist, ähm …, auch mal was Neues."

Klar, ich war nervös. Aber grundsätzlich fühlte ich mich in seiner Nähe pudelwohl, so viel stand fest! Die Idee von einem Surf-Urlaub hatte auch seinen Reiz, auch wenn solche warmen, sonnigen und zugleich windigen Tage wie dieser an der deutschen Nordseeküste vermutlich nicht einen ganzen Sommer über anhalten durften. Doch man konnte schließlich mal träumen und es tat gut, den Nachmittag über mit Chris über Surf-Kurse, Sommertage, Strandbesuche und Reisen zu reden und dabei auf die Nordsee zu schauen, die sich von ihrer besten Seite zeigte. Es war eine herrliche Flucht aus dem wahren Leben, die wir beide so lange genossen, bis die Sonne unterging und es trotz Sommertag und Windjacken zu frisch am Strand wurde. Schade eigentlich, dass wir kein Zelt oder dergleichen eingepackt hatten, denn ich hätte noch so viel länger mit Chris hier sitzen und diesen Tag genießen können. So verschlug es uns langsam Richtung Parkplatz, und dass ich während der Autofahrt zurück gen Hamburg eingeschlafen war, wurde mir erst bewusst, als er mich sanft weckte. Gähnend tapste ich mit in Chris' Wohnung, wo ich es mir auf seiner Couch bequem machte und von ganz viel Strand und Wellen träumte.

*

Was das war, was Chris und ich seit unserem gemeinsamen Ausflug vor einigen Tagen teilten, konnte und wollte ich nicht definieren. Nachdem ich ihn völlig unterschätzt hatte, hatte er sich als hervorragender Küsser herausgestellt, und nachdem er seine anfängliche Zurückhaltung abgelegt hatte, war er durchaus humorvoll. Auch bei der Suche nach meiner Mutter hatte er sich als hilfreich erwiesen, denn mit seinen IT-Fähigkeiten durchsuchte er das Internet sehr viel effizienter. Und es war bequem, meine Freizeit mit ihm kuschelnd auf seinem cool eingerichteten Balkon zu verbringen. Selbstgebaute Palettenmöbel sah man heutzutage zwar nicht mehr oft, doch hier hatten sie Stil und die Polster waren geeignet für entspannte Stunden. Für Zärtlichkeiten, die darüber hinausgingen, entpuppte sich sein Schlafzimmer als perfekt geeignet. Sobald ich also weder Segelstunden nahm noch in der Cocktailbar arbeitete, verbrachte ich meine Zeit bei ihm. Begleitet von einem schlechten Gewissen, weil ich spürte, dass Chris langfristiger dachte als ich. Für mich war das Hier und Jetzt entscheidend und tat mir gut. Weiter konnte ich nicht planen. Ab und zu deutete ich das zwischendurch an, blieb allerdings sehr vage damit. Es war, als wollten wir beide der Tatsache, dass wir unterschiedliche Vorstellungen hinsichtlich unserer „Beziehung“ hatten, nicht ins Auge schauen und uns unabhängig voneinander die Welt schön malen. Die sah für mich neben meinem familiären Projekt eben diesen Sommer in Hamburg vor. Weiter denken konnte ich noch nicht, wollte aber für Chris nicht nur eine Affäre sein. Ich würde ehrlich mit ihm reden müssen, sobald ich einen Schritt weiter war.

*

„Wir könnten Lars und Tom heute Abend treffen und mit ihnen Pizza essen gehen“, schlug ich vor, während ich meinen Kopf auf Chris’ Schulter legte und mein Gesicht Richtung Sonne streckte.

„Erde an Chris, hörst du mich?“

Dem schien nicht so zu sein. Stattdessen starrte er gebannt auf seinen Laptop. Dass er zwischendurch immer mal etwas programmierte, war ich inzwischen gewohnt. So irritiert und fast schon erschreckt hatte ich ihn jedoch noch nicht erlebt. Ich räusperte mich, um nochmal auf mich aufmerksam zu machen.

„Ich glaube, das könnte sie sein!“

„Was?“

„Joanne, schau mal! Sie sieht deiner Mutter verdammt ähnlich. Entschuldige bitte den Ausdruck.“

Nun war ich hellwach und der Gedanke an einen Pizzaabend mit Freunden verflog.

„Du, du meinst … du hast …?“

„Nicht sicher, aber diese Frau sieht dem Foto so ähnlich, das du mir gezeigt hast. Vor allen Dingen sieht sie dir ähnlich.“

Mein Puls beschleunigte sich, meine Handinnenflächen wurden schwitzig und mein Mund fühlte sich plötzlich extrem trocken an. Wir hatten Instagram in den letzten Tagen quasi auf den Kopf gestellt, Segelforen durchsucht, Artikel gelesen und in Büchern recherchiert. Gemeinsam mit Chris hatte ich ungefähr das halbe Internet durchgeschaut, einiges über Algorithmen und künstliche Intelligenz gelernt, bloß um jedes Mal erneut enttäuscht zu werden. Sämtliche Versuche und Ideen waren vergeblich gewesen. Jetzt glaubte er, einen Treffer gelandet zu haben – und ich konnte kaum auf den Bildschirm schauen.

„Ich hab Angst", flüsterte ich.

Angst davor, dass sie es nicht war und dass wieder eine Suche ins Leere verlief. Angst davor, dass sie es war und wir eine Spur zu ihr bekamen. Angst vor jedem möglichen Szenario.

Behutsam küsste Chris mich auf meine bebenden Lippen, streichelte über meine Wangen und drehte seinen Laptop dann so hin, dass ich quasi gezwungen war, mir das Foto anzuschauen. Der Bruchteil einer Sekunde reichte, um ein eindeutiges Gefühl in mir hervorzurufen. Um das zu fassen, schaute ich trotzdem viel länger hin. Es war eindeutig …

„Mailin O'Reilly."

„Der Artikel ist unter dem Namen Anne Walsh erschienen. Wir haben einen Namen – und den Verlag des Buches, zu dem sie einen Teil beigetragen hat."

„Scheiße …"

„Ganz ruhig, wir gehen das langsam an, in deinem Tempo."

Was war denn mein Tempo?

Ich verharrte noch mit dem Blick auf den Namen.

Anne Walsh.

„Sie hat mir meinen halben Namen geklaut, sogar zwei Drittel davon! Anne kommt von Joanne! Was glaubt sie, wer sie ist?!"

Ein Kloß bildete sich in meinem Hals, Tränen rannen mir übers Gesicht.

„Sie kann das nicht getan haben! Sie hat mich im Stich gelassen und mir meinen Namen geklaut und sich nie gemeldet und ist nie gekommen und schreibt einen Artikel, in einem Buch, das alle lesen können und das ich nie hatte und …", schniefte ich auf.

Sternchen flackerten vor meinen Augen. Dann wurde es plötzlich schwarz um mich herum.

Kapitel 20

Der Artikel, den meine Mutter vor vielen Jahren geschrieben hatte, lag ausgedruckt vor uns. Gemeinsam mit dem Bild von ihr. Ungläubig starrten Cate und ich auf die Ausdrucke. Ich konnte es immer noch nicht glauben und meine Cousine hatte sichtlich Schwierigkeiten, das zu verdauen. So interpretierte ich jedenfalls ihr bleiches Gesicht und ihre sehr knappe Ausdrucksweise. Erneut griff sie nach Matthis' Hand und brauchte einige Zeit, um den Text zu lesen. Dabei besaß sie sonst eine extrem hohe Auffassungsgabe. Wie gut, dass Matthis einen ruhigen Gegenpol zu uns bildete. Während Cate und ich beide recht unsicher über dem Artikel gebrütet hatten, hatte er die Suche fortgeführt und legte seine Arme um uns beide, als ein Instagram-Profil von meiner Mutter auf seinem Handydisplay erschien.

„Krass. Du hast sie gefunden …"

„Mit ihrem aktuellen Namen war das jetzt ein Kinderspiel. Diesen Erfolg hast du Chris zu verdanken", erwiderte Matthis, „willst du ihn nicht doch anrufen?"

„Ich weiß nicht. Das ist so viel auf einmal gerade."

„Schatz, gib Joanne ein bisschen Zeit. Das mit Chris renkt sich schon wieder ein. Das ist zu überwältigend."

Ich nickte Cate dankbar zu, weil ich froh war, dass sie mich verstehen konnte. Natürlich erschien es auf den ersten Blick gemein von mir, dass ich – nachdem ich ein paar Sekunden komplett weggebeamt gewesen war und nur noch ein schwarzes Rauschen um mich wahrgenommen hatte – mit einem Taxi von Chris weggefahren war. Er hatte Mailin O'Reilly alias Anne Walsh gefunden, nach der ich so dringend gesucht hatte. Er hatte mich nach meinem kleinen Zusammenbruch wieder stabilisiert, indem er mir sofort Cola für den Kreislauf geholt und mich liebevoll im Arm gehalten hatte. Chris hatte mir jede Art von Hilfe angeboten. Anstatt diese anzunehmen, war ich nach Oevelgönne gefahren. Selbstredend war das, was Chris anbelangte, nicht die beste Reaktion meinerseits, gelinde gesagt. Doch was hätte ich tun sollen? Ich brauchte meine Familie, und es war für mich das Wichtigste gewesen, das nun mit Cate zu teilen.

„Könntest du ihn anrufen und ihm erklären, dass es nicht an ihm liegt, dass ich hergekommen bin?", bat ich Matthis und setzte gewissermaßen voraus, dass er meine restlichen Gedanken lesen konnte.

Ohne eine Antwort abzuwarten, entsperrte ich mein Handy, klickte Chris' Nummer an und reichte das tutende Telefon an Matthis weiter. Ich wusste, dass ich mich auf ihn verlassen konnte. Wenn einer in der Lage war, diese Situation jetzt zu meistern, war das Matthis. Glücklicherweise nahm er mein Handy entgegen, und während er sich vom Wohnzimmer entfernte, bekam ich mit, dass Chris das Telefonat entgegennahm. Und dass die beiden Männer miteinander sprachen. Chris hatte also nicht gleich aufgelegt und den Rest würde Matthis für mich schon hinbiegen.

*

„Was empfindest du für ihn?“, frage mich Cate, als Matthis losgefahren war.

Er hatte mir vergewissert, dass Chris nicht sauer auf mich sei, und war nun auf dem Weg, um ihn abzuholen. Derweil hätten Cate und ich alle Zeit gehabt, um das Profil meiner Mutter ausgiebig anzuschauen, wozu sich keine von uns beiden überwinden konnte. Dagegen war ein Gespräch über meinen neuen Freund, sofern man ihn so nennen konnte, geradezu entspannt. Nur die Frage von Cate ließ sich gar nicht so leicht beantworten. Was empfand ich für Chris? Ich mochte ihn. Er war sympathisch, hatte durchaus Humor, war absolut zuverlässig und ein toller Kerl. Es tat mir gut, in seinen Armen zu liegen, ich vertraute ihm und nebenbei hatten wir guten Sex. Es könnte perfekt sein oder es war „zu“ perfekt.

„Er ist wunderbar.“

„Aber?“

Wieso fragte Cate nach? Wieso verstand sie das nicht einfach so, ohne dass ich das aussprechen musste, was ich mir selbst gegenüber kaum eingestehen wollte?

„Matthis war letztes Jahr auch schon wunderbar für dich und du konntest dich zunächst nicht auf ihn einlassen, weil da zu viel familiäre Geschichte im Weg stand. Was glaubst du, wie es mir gerade geht?“, fauchte ich meine Cousine zu unfreundlich an und schickte ein „sorry“ hinterher.

Für einen kurzen Moment kam es mir vor, als wolle Cate zu einer Gegenrede ansetzen. Stattdessen ließ sie einige Sekunden verstreichen, in denen sie aus dem Fenster starrte und so aussah, als versuche sie, ihre Muskeln zu entspannen, und dabei zunehmend verkrampfter wirkte.

„Schon okay. Ich wollte dir nicht zu nahe treten mit meiner Frage.“

„Das bist du ja auch gar nicht. Das Ding ist nur, dass ich deine Frage momentan nicht beantworten kann, und diese Tatsache macht mich fertig. Weil Chris eben so toll ist und weil ich von allem anderen so überreizt bin, dass ich ihm gar nicht gerecht werden kann, und das tut mir so leid für ihn. In vielen Momenten kann ich das genießen, was wir derzeit haben, aber gleichzeitig ist mein Kopf zu voll, um mich richtig auf ihn einlassen zu können, obwohl er Aufmerksamkeit verdient. Denn er sollte eine Freundin haben, die sich voll und ganz auf ihn einlassen kann, anstatt sich nicht festlegen zu wollen, wie es weitergeht“, sprach ich letztendlich das aus, was ich ursprünglich mit mir selbst hatte klären wollen.

Deshalb bereute ich, dass ich Chris direkt angerufen und mein Telefon an Matthis weitergereicht hatte und dass der nun unterwegs war, um ihn abzuholen. Wie sollte ich das Chaos in meinem Kopf ordnen, das inzwischen entstanden war? Doch ohne Chris wäre dieses Chaos nicht entstanden, weil wir Mailin – Anne … – sonst gar nicht erst online gefunden hätten. Wie sollte ich da bitte noch durchblicken? Etwas in mir löste schon wieder diesen Fluchtinstinkt aus, den ich in der letzten Zeit zu oft verspürt hatte. Glücklicherweise kam ich ihm nicht nach, sondern blieb tapfer auf meinem Stuhl sitzen.

„Man nennt mich zwar nicht gerade Fräulein Supergeduldig, aber es fällt mir natürlich leicht, anderen Ratschläge zu erteilen und so“, ging Cate auf meine Zweifel ein, „deshalb finde ich das völlig verständlich. Natürlich bist du überreizt von allem, was mit deiner Mum zu tun hat, und ich weiß ja auch nicht, wie ich damit umgehen soll. Jetzt geht es aber erstmal um dich. Es ist ein riesiges Thema, verständlicherweise. Wie wäre es, wenn du dir die Zeit nimmst, die du brauchst, um zu überlegen, ob und wie du Mailin kennenlernen möchtest. Und dann konzentrierst du dich danach auf Chris, wenn du bereit für ihn bist? Es hört sich an, als sei er ein guter Typ.“

Damit hatte Cate recht. Vielleicht wäre es sogar klug, das ehrlich zu kommunizieren und Chris um Verständnis zu bitten. Damit hätte ich die Möglichkeit, in Ruhe meine Herkunft zu erkunden, und würde danach anders für ihn da sein können oder zumindest mit offenen Karten spielen, was eine mögliche Zukunft anging.

„So mache ich es!"

Doch ich hatte nicht damit gerechnet, dass sich die Wohnzimmertür in diesem Moment öffnete und Matthis mit Chris hereinspazierte.

„Du machst was?", fragte Chris und richtete einen so unfassbar liebevollen Blick auf mich, der diese neue Idee innerhalb kürzester Zeit zunichtemachte. Auch wenn ich es gut mit ihm meinte, konnte ich ihm unmöglich in diese treuen Augen sehen und ihm mitteilen, dass ich nach unseren letzten drei Wochen bereits eine Pause brauchte. Ganz gleich, dass ich es gut für ihn meinte, weil ich ihn nicht ausnutzen wollte. Er sollte sich nicht zu viele Hoffnungen machen, wenn ich nicht wusste, wie berechtigt diese waren. Aber nichts davon sprach ich aus. Es war der falsche Moment, weshalb ich auf das andere Thema zurückkam:

„Recherche. Es, ähm … geht um das Profil … und Ideen und überhaupt …"

*

Das war sie also. Meine Mutter, von deren Existenz ich fünfundzwanzig Jahre lang nichts gewusst hatte und die ich nun seit einem guten Jahr suchte. Plötzlich war sie da, zumindest online. Ihre Homepage war nicht mehr auf dem neusten Stand, dafür postete sie seit Jahren regelmäßig auf Insta. Lebenslust und Sympathie dürften ihren Follower wohl in den Sinn kommen, wenn die ihren Account entdeckten. Wir scrollten uns durch zahlreiche Fotos, die sowohl meine Mutter selbst als auch verschiedene Segelschiffe und eine Vielzahl schöner Urlaubsorte zeigten. Die Texte unter ihren Bildern waren kurz gehalten, kamen bei der Zielgruppe aber gut an. Riesig war der Account nicht, doch wenn man die Kommentare anschaute, ließ das auf ein gutes Engagement in den sozialen Medien schließen. In ihrem persönlichen sozialen Kontext war dieses Engagement ausgeblieben, schoss es mir durch den Kopf. Das tat weh. Anne – wie sie sich nannte – war gut darin, fremde Menschen zu motivieren. Andere bekamen das, was ich als Tochter hätte gebrauchen können. Mailin hatte meine Familie durcheinandergebracht, war für uns alle verschollen und zelebrierte hier ihre Freiheit, ihre Reisen und ihre Überzeugungen. Sie zu finden hatte Zeit gekostet und zugleich hätte ein komischer Zufall vor Monaten oder vielleicht sogar Jahren gereicht, um all diese Informationen zu finden, die einfach online verfügbar waren. Was dachte sie sich überhaupt dabei oder hatte sie mich, Dad und uns alle vergessen? Wieso hatte sie aufgehört, diese Postkarten zu meinen Geburtstagen zu schicken? Kurz war ich versucht, mit meinem frau.jolle-Account eine ihrer Tausenden

Followerinnen zu werden. Weil es mir widerstrebte, zog ich rechtzeitig meine Hand vom Handy zurück.

„Scheiße", zischte ich.

Chris, auf dessen Schoß ich saß, legte seine Arme fester um mich und spendete mir Halt. Cate lächelte verkrampft, trotzdem sah ich, dass sie der Situation nicht gewachsen war, und war gewissermaßen erleichtert darüber, dass Matthis mit ihr an die frische Luft ging. Somit blieben Chris und ich mit dem Instagram-Profil meiner Mutter allein.

„Ich könnte sie innerhalb eines Klicks abonnieren, ihr Nachrichten schreiben oder was auch immer. Wie kann es sein, dass sie nicht eine Sekunde daran gedacht hat, mich zu erreichen? Sie denkt sich nette Texte und Motivationssprüche für ihre Follower aus, aber als Tochter bin ich ihr egal oder was?"

Andererseits wusste ich nicht, was meine Mutter zu all diesen Schritten bewegt und wie sie ihre Zeit verbracht hatte. Der Artikel, der uns zu ihrem Namen und Profil geführt hatte, war uralt und ziemlich allgemein gehalten. Persönliche Informationen waren darin kaum zu finden. Wenn ich nun das vor einigen Jahren eingerichtete Instagram-Profil durchsah, erschloss sich mir ein ähnliches Bild. Es gab viele Fotos und kurze Texte. Auf den ersten Blick wirkten die Eindrücke super nahbar und motivierend, zugleich konnte ich nichts finden, was mir ein echtes Bild meiner Mutter gab. Eins mit einem tieferen Einblick. Wie sie aussah, wusste ich nun, hatte aber keine Ahnung, was sie persönlich ausmachte. War sie glücklich? War sie tief in sich motiviert? Sie liebte das Wasser und das Segeln, aber wer war Mailin O'Reilly oder Anne Walsh? Möglicherweise hatte sie gute Gründe gehabt, um damals alles stehen und liegen zu lassen, und keinen Ausweg gefunden. Die wenigen Erzählungen meines Vaters deuteten schließlich darauf hin. Versuchte ich jetzt, sie zu verstehen und in Schutz zu nehmen oder sie möglicherweise sogar zu idealisieren, weil wir verwandt waren? Nichts davon wäre angemessen, denn sie hatte uns allein gelassen. Trotz diesen Wissens und trotz aller Enttäuschung und Überforderung konnte ich nicht anders, als auch eine Art von Begeisterung für Mailin zu empfinden. Ich kannte sie noch weniger, als ihre Follower sie kannten, und trotzdem schaffte sie es, mich in ihren Bann zu ziehen. Was war, wenn sie verständliche Gründe hatte für all das, was sie getan hatte? Menschen konnten lügen wie gedruckt, doch ihre Augen wirkten so offen und so ehrlich auf den Fotos. Möglicherweise war sie auch live und in Farbe so. Es war verdammt viel Zeit vergangen, seit sie als Anfang Zwanzigjährige aus Irland abgehauen war. War die neunundvierzigjährige Anne überhaupt noch die Frau, die mich damals in die Welt gesetzt hatte? Konnte ein Mensch sich komplett ändern? War es möglich, dass ich ihr all meine Fragen stellte und endlich verstand, was es mit meiner Herkunft auf sich hatte?

„Joanne?"

Ich schreckte auf. Meine Gedanken waren abgeschweift.

„Hast du was gesagt?"

„Ich wollte dir diesen Post nochmal zeigen. Aber ich bin nicht sicher, ob er uns etwas sagen sollte."

Konzentriert blickte ich wieder auf das Handydisplay. Abgesehen davon, dass ich die Möglichkeit hatte, meine Mutter dank ihrer Reiseberichte und Posts auch persönlich zu finden, gab es einen viel direkteren Weg. Seit einiger Zeit war meine Mutter als Skipperin auf der Ostsee tätig und gemäß diesen Posts bot sie derzeit Nordseetörns an. Von allen Orten auf dieser Welt, die sie schon besucht hatte, war das verflixt nah an meinem derzeitigen Zuhause. Bereits in einer guten Woche könnte ich meine Chance nutzen und von Cuxhaven mit nach Helgoland segeln – und mich dabei unauffällig unter die kleine Crew mischen. Das war die perfekte Idee! Auf einer Segelyacht würde man mit wenigen Menschen auf engem Raum leben. Doch wieso schloss das ein anonymes Kennenlernen aus? Ich könnte diesen Törn buchen, der laut ihres Instagram-Profils noch zwei freie Plätze hatte, und in einer Realsituation schauen, wie meine Mutter so tickte. Um all meine Fragen beantwortet zu bekommen, würde ich mich zu erkennen geben müssen. Vor einem solchen Gespräch gründlich zu recherchieren, ohne dass sie wusste, wer ich war, eröffnete mir ganz neue Möglichkeiten. Was konnte da schon schiefgehen?

Kapitel 21

Inzwischen kannte ich den Artikel, den Mum damals geschrieben hatte, fast auswendig. Ich hatte ihren kompletten Instagram-Account durchgesehen, mir jedes einzelne Foto angeschaut und dabei handelte es sich um mehrere Hundert Bilder im Feed und zahlreiche Story-Highlights. Außerdem hatte ich die letzten Tage genutzt, um in Höchstgeschwindigkeit zu recherchieren und mir neues Segellatein anzueignen. Zumindest in der Theorie kannte ich nun die verschiedenen Segelreviere auf dieser Welt, die meine Mutter alle bereist hatte, und mein Fachwissen über Segelboote und Törns war zumindest ein bisschen besser geworden. Ich wollte ihre Welt verstehen und ließ mich von niemandem davon abhalten. Chris hatte vergeblich versucht, mich zu einer Date-Night zu überreden. Cate hatte ich am Telefon mehrfach versichert, dass alles in Ordnung war und ich mich nicht in irgendetwas verrannte. Das Bild, das ich von meiner Mutter bekam, war positiv. Sie kam gut an bei den Leuten und machte einen netten

Eindruck. Ihr Abenteuergeist imponierte mir. Mailin schien sich nicht von negativen Menschen beeinflussen zu lassen, sondern zog ihr Ding durch. Auf den Fotos sah sie relaxt aus und strahlte. Dank ihrer gesträhnten hellbraunen Haare hatte sie fast einen Surferlook. Sie sah frei aus. Für mich war völlig klar, dass ich sie kennenlernen musste. Mehrfach hatte ich dem Versuch widerstanden, ihr eine Nachricht zu schreiben. Nach wie vor fand ich es besser, direkt einen Törn zu buchen, denn nichts ging über „Real Life".

*

„Können wir nochmal den Dienstplan anpassen? Tut mir total leid, aber ich brauche hier ein paar freie Tage", murmelte ich, als ich am frühen Nachmittag mit Stina im Toxic stand und die Bar für den Abend vorbereitete.

Am Vortag hatte ich ihr den Zeitraum, den ich gerne freinehmen wollte, per WhatsApp mitgeteilt, mich in der Aufregung mit den Wochentagen vertan. Um den gleichen Fehler nicht erneut zu machen, glich ich den Dienstplan nun akribisch genau mit meiner Notiz ab, die ich eigens auf ein Post-it geschrieben hatte.

„Praktisch ist es nicht, aber klar, wir kriegen das hin. Das war ja der Deal", nickte Stina.

Während sie ein paar Notizen auf dem ausgedruckten Plan vermerkte, wollte ich die Terrasse vorbereiten. Doch

Stina hielt mich zurück und schaute mir in die Augen, ohne ein Wort zu sagen.

„Was denn?"

„Willst du nicht erzählen, was los ist? Aline hat zwar etwas angedeutet gestern, aber meinte, du willst selbst mit mir reden, weil es um wichtige Dinge geht. Demzufolge um das Thema mit deiner Mum. Oder steckt der liebe und gute Chris hinter allem?"

„Mhm, ursprünglich wollte ich auch dir alle Details erzählen. Es ist nur so, dass alle mir sagen, dass die Idee total bescheuert ist und ich nicht noch mehr Gegenwind gebrauchen kann", nuschelte ich unsicher.

„Wer sind denn alle?"

„Chris auf jeden Fall."

„Also geht es nicht um ihn?"

„In dem Fall nicht. Er versucht, mich von meiner Idee abzuhalten, weil er es gut mit mir meint, und ist mir damit keine besonders große Hilfe."

„Und weiter?", drängelte Stina fast.

Nicht in einem unfreundlichen oder ungeduldigen Ton. Sondern vielmehr, weil sie interessiert wirkte an dem, was gerade los war, und ich wohl mal zum Punkt kommen sollte, anstatt abzulenken. Da das nicht so einfach war, konnte ich nicht anders, als die Aufzählung der Personen, die mir meine Idee ausreden wollten, fortzusetzen:

„Cate ist noch zurückhaltender und selbst Matthis, der sonst für viele Ideen offen ist, zeigt sich skeptisch. Aline ist nicht so sehr im Thema drin, hat mir aber auch zur Vorsicht geraten und Lars und Tom waren ebenfalls nicht besonders euphorisch, auch wenn ich nur kurz Kontakt mit ihnen hatte."

„Möchtest du mir denn jetzt auch mal erzählen, um welche Idee es genau geht?", schmunzelte Stina.

So langsam gab es keinen Grund mehr, länger um den heißen Brei herumzureden. Weshalb ich nun auch ihr einen kurzen Einblick in die letzten Geschehnisse gab – insbesondere was meine Undercover-Idee mit dem Nordseetörn anbelangte.

„Wenn du mir jetzt auch noch weismachen willst, dass ich meine Mutter nicht auf dem Törn kennenlernen soll, werde ich langsam, aber sicher verrückt", schloss ich meine Schilderung.

„Dafür gibt es keinen Grund. Bestimmt haben die anderen berechtigte Gedanken, was ihre Vorsicht und Warnungen angeht – aber du bist absolut nicht nullachtfünfzehn und solltest auf dein Gefühl hören, auch wenn deine Idee unkonventionell sein mag. Erzähl mir mal in Ruhe ein paar Details über diesen Törn. Wo soll es denn überhaupt hingehen?"

Ich ging hinter den Tresen, um uns frischen Eiskaffee zuzubereiten, und nutzte das gleichzeitig aus, um mich zu sammeln, während Stina mich erwartungsvoll anschaute. Immerhin jetzt war das Glück auf meiner Seite, denn das Telefon klingelte, und während ein Vertreter einer neuen Gin-Sorte versuchte, Stina von einem Termin zu überzeugen, hatte ich genug Zeit, um unsere Eiskaffees zuzubereiten und um mal kurz durchzuatmen.

„Diese Vertriebler können so nervig sein, du glaubst es kaum … – sorry, das ist jetzt echt nicht das Thema."

Kurz war ich versucht, mich auf die Gin-Vertriebler-Thematik einzulassen. Aber Stina hatte Fragen gestellt und war die einzige Person, die mein Vorhaben noch moralisch unterstützen könnte. Deshalb ließ ich mich nicht ablenken, sondern schilderte ihr die Eindrücke, die ich über meine Mutter gewonnen hatte, ausführlich und war überrascht, wie akribisch genau ich den geplanten Törn nach Helgoland beschreiben konnte. Als ich damit geendet hatte, schwiegen wir beide. Diese Stille war fast unerträglich und ich war geradezu dankbar für die Geräusche der Geschirrspülmaschine, die im Hintergrund gluckerte.

„Du, ähm, du findest meinen Plan mit dem Törn genauso bescheuert wie die anderen, oder? Sonst hättest du längst was gesagt, anstatt mich sprachlos anzugucken", seufzte ich.

„Die Idee finde ich überhaupt nicht bescheuert … ich will nur nicht, dass sie dich verletzt. Deshalb verstehe ich, warum die anderen skeptisch sind, sie wollen dich nur beschützen. Vielleicht idealisierst du deine Mutter momentan ein bisschen zu stark. Vielleicht ist sie aber auch echt cool drauf. Sie soll dir aber nicht mehr weh tun und da spreche ich wohl für uns alle. Gar nicht so einfach, das in Worte zu fassen. Was auch immer passiert, niemand möchte, dass sie dich enttäuscht, wenn du sie kennenlernst."

„Wie sollte sie das tun, wenn ich mich anonym anmelde und einfach mal schaue, was sie so tut?"

„Vielleicht indem ...", setzte Stina an.

„Indem was?"

„Ach, ich weiß nicht."

Tat sie doch. Ich jedenfalls konnte nicht leugnen, dass mir zahlreiche Möglichkeiten einfielen, wie meine Mutter mich enttäuschen könnte. Vermutlich hatte die Skepsis, welche ich in den letzten Tagen aus meinem Umfeld erhalten hatte, durchaus ihre Berechtigung.

„Ich muss das jetzt tun, weil ich sonst nie abschalten kann, und trotzdem hindert mich etwas."

Stina war gewissermaßen skeptisch, was das Kennenlernen anging, und ich kannte sie inzwischen gut genug, um zu merken, dass sie sich meinetwegen zurückhielt. Sie wollten alle nicht, dass ich mir zu viele Hoffnungen machte, das war klar. Irgendwie konnte ich das ja auch verstehen, denn mir war durchaus bewusst, dass hinter meiner Idee eine große Enttäuschung stehen könnte.

„Es tut mir leid, Stina. Ich wollte eine Bestätigung von dir und von allen anderen und es tut so gut zu wissen, dass ihr für mich da seid – aber dieses Mal muss ich meine Unsicherheit mit mir selbst ausmachen. Die Entscheidung muss ich allein verantworten. Aber wenn ich falsch entscheide, dann heul ich mich bei euch aus, ja?"

„Du wirst die richtige Entscheidung treffen und ja, natürlich sind wir alle für dich da.“

*

Musste ich die richtige Entscheidung wirklich allein treffen? Konnte ich es? Nachdem ich Stina umarmt hatte, war ich rausgegangen, in der Hoffnung, dass ein bisschen frische Luft mir beim Nachdenken half. Es zog mich an die Alster, deren Ufer dank spätabendlicher Dunkelheit und leichtem Nieselregen menschenleer waren. Obwohl ich hier hätte durchatmen können, hatte ich erst in dem Moment das Gefühl, wieder Luft holen zu können, als ich die Nummer meines Vaters wählte. Dad war der einzige Mensch, der mir jetzt helfen konnte, einen klaren Kopf zu bekommen, und ich war heilfroh darüber, dass er trotz später Stunde ans Telefon ging. So froh, dass ich vor Erleichterung in mein Handy schluchzte, ihm zwischendurch vermitteln konnte, dass kein Notfall eingetreten und ich bei bester Gesundheit war, ehe ich mich nach einigen Minuten fing.

„Meine Kleine, du weißt hoffentlich, wie gern ich dich jetzt im Arm halten würde?“

Ich nickte: „Hmm, ja.“

„Was ist passiert, Joanne? Bist du noch in Hamburg? Wenn du möchtest, fahre ich sofort los zum Flughafen und komme zu dir.“

Das trieb mir noch mehr Tränen in die Augen, denn es tat so gut, diesen Rückhalt zu spüren, der an keinerlei Bedingungen geknüpft war. Dad würde herkommen, wenn ich es wollte, obwohl ich mir in den letzten Tagen nicht die Zeit genommen hatte, mit ihm zu sprechen. Egal was passierte, er würde immer für mich da sein.

„Ich hab dich so dermaßen lieb", schniefte ich, während ich auf die dunkle Außenalster starrte und versuchte, mich zu beruhigen, „und du musst nicht nach Hamburg kommen. Dass du es tun würdest, ohne Fragen zu stellen, das hilft mir schon so sehr."

Weil ich wusste und hörte, dass Dad vor Sorgen fast platzte, kämpfte ich gegen meine Tränen an und schaffte endlich, ihm zu erzählen, was sich ereignet hatte. Dabei zitterte ich so sehr, dass mein Handy fast auf den Boden fiel und ich es im letzten Moment wieder auffangen konnte. Es tat weh, meinem Vater die Details zu erzählen, und ich redete ungewollt um den heißen Brei herum, bis ich die Worte „ich habe sie gefunden" aussprechen konnte. Sekundenlang schwiegen wir beide.

„Dad, ich wollte dich nicht anrufen, weil ich weiß, dass es dir weh tut und weil …"

„Joanne. Es ist genau richtig, dass du mich angerufen hast. Es geht um dich, es geht um deine Geschichte und es ist gut, dass du Mailin gefunden hast. Die Wahrheit ist besser als das Schweigen, das ich mir vorzuwerfen habe."

Widersprechen konnte ich ihm, was das anging, nicht. Zugleich spürte ich in jedem Wort und in jeder Sekunde des Schweigens, wie gut er es mit mir meinte, obwohl es so viele alte Verletzungen in ihm triggerte. Um etwas Ruhe für mich selbst reinzubringen, erzählte ich ihm davon, wie ich mich bislang in Hamburg eingelebt hatte, und brauchte eine Weile, um wieder auf unsere familiäre Situation zu sprechen zu kommen. Immerhin fiel es mir leichter, die Geschehnisse auszudrücken, nachdem ich mich erstmal „warmgeredet" hatte. Nach anfänglichem Stottern blubberten die Worte nach und nach aus mir heraus, wobei jedes Wort eine kleine Befreiung war. Bis ich schließlich von dem Törn und meinen Überlegungen samt jeglicher Zweifel berichten konnte.

„Und alle lassen durchblicken, dass sie mir Enttäuschungen ersparen möchten, weshalb ich noch weniger weiß, was zu tun ist", endete ich meine Erzählungen.

Wieder blieb unsere Leitung still. Für einen kurzen Moment dachte ich sogar, dass ich nur vor mich hingeredet hatte und die Verbindung längst unterbrochen worden war, doch dann hörte ich das vertraute Räuspern meines Vaters.

„Ich wünschte so sehr, dass ich dir die Angst vor einer Enttäuschung abnehmen könnte. Wir wissen wohl beide, dass das nicht geht, und ich weiß nicht, wie Mailin sich in all den Jahren entwickelt hat. Damals war ich selbst noch so jung – was jetzt auch egal ist. Wen interessieren all die Antworten auf Fragen, die ich dir nicht beantworten könnte?"

„Mich", wollte ich ihm entgegenhalten, doch da sprach Dad schon weiter:

„Geh deinen Weg und lern sie kennen. Den Ausgang davon kann ich nicht vorhersehen, aber ich kenne dich gut und lang genug, um zu wissen, dass du es dir selbst nie verzeihen könntest, wenn du diese Chance verstreichen ließest."

Ich nickte in die Dunkelheit hinein. Ich musste die nächsten Schritte gehen und meine Mutter selbst erleben. Auch wenn meine Freunde vielleicht alle recht hatten und die Gefahr bestand, dass ich in eine bittere Enttäuschung rannte, so gab es letztendlich nur diesen direkten Weg. Was ich tief in mir gewusst hatte, bestätigte er mir und stärkte mich in diesem Entschluss: Ich musste diesen Törn buchen. Ich wollte meine Mutter kennenlernen und wusste, dass ich es bereuen würde, wenn ich diese Gelegenheit nicht ergriff.

„Du hast recht. Ich muss das einfach tun", flüsterte ich und war mir nun ganz sicher, dass ich den Törn buchen würde, und zwar noch heute.

„Ich bin stolz auf dich, meine Kleine, und du weißt hoffentlich, dass ich dir das Beste wünsche. Und egal was passiert, ich bin für dich da, immer und überall."

Immer und überall. So hatte er es früher schon ausdrückt, als ich noch ein kleines Mädchen gewesen war, und damit hatte Dad mich nie im Stich gelassen. Mailin war eine Blackbox für mich, doch Dad würde da sein und das gab mir genug Kraft.

„Danke …“

*

Jana war der Name, mit dem ich mich für den Törn angemeldet hatte, um diese Undercover-Nummer durchzuziehen. Hoffentlich ging das gut, denn ich wollte unter allen Umständen diesen Live-Eindruck bekommen, und zwar unverstellt. Auch wenn Mailin mich damals zurückgelassen hatte, würde sie sich wohl noch an meinen Namen Joanne erinnern. Der war zu auffällig, zumal ich zwar fließend Deutsch sprach, meinen leichten irischen Akzent trotz aller Bemühungen aber nie ganz verbergen konnte.

„Vielleicht sollte ich mir zusätzlich die Haare anders färben, damit ich diese Undercover-Nummer professionell durchführen kann?“

Doch die waren ja ohnehin noch lila gefärbt und somit weit genug entfernt von meiner Naturhaarfarbe, so dass sie kein Erkennungsmerkmal darstellen konnten.

„Ich komme einfach mit“, unterbrach Chris mich in meinen Überlegungen, die ich in den letzten Tagen mindestens tausendfach angestellt hatte.

„Wohin?“

Ziemlich süß sah es aus, wie er seine Augen verdrehte.

„In dein Sabbatical nach Neuseeland oder auf den Mond. Was denkst du denn? – Natürlich auf den Törn. Du redest seit Tagen davon und ja, ich mache mir Gedanken darüber, dass du enttäuscht sein wirst, weil deine Mutter vielleicht keinen Heiligenschein trägt. Also melde ich mich an, damit du das nicht allein durchstehen musst."

So energisch war Chris selten, weshalb es mir für einen Moment die Sprache verschlug. Er war skeptisch, was meinen Plan betraf, und hatte mehrfach seine Bedenken geäußert. Irgendwie war es süß, dass er nun mitkommen wollte, um für mich da zu sein, sofern das nötig war. Wieder und wieder hatte ich die Instagram-Aktivitäten meiner Mutter verfolgt und konnte mir nicht vorstellen, dass ich moralische Unterstützung brauchte. Aber dass mein Freund, sofern es mein Freund war, für mich da sein würde, war durchaus nett. Oder war das sein Versuch, näher an mich ranzukommen? Wir würden uns eine Koje teilen müssen und einige Tage auf ziemlich engem Raum verbringen müssen. War das eine gute Idee, wenn ohnehin so viele verrückte Schwingungen in der Luft hingen? Seinem Blick zufolge ging es ihm wirklich darum, für mich da zu sein und mir den Rücken zu stärken, und wenn schon alle Menschen in meinem aktuellen Umfeld so skeptisch waren, konnte ein wenig Rückhalt vor Ort nicht schaden.

„Supercool von dir, also das meine ich ernst. Tut mir auch leid, dass ich grad kein anderes Thema habe. Das ist alles so verrückt und neu. Ich weiß gar nicht, wie ich das beschreiben soll."

„Das musst du auch nicht. Ich versteh dich auch so."

Tat er das?

Zumindest gab er sich redlich Mühe mit dem Verständnis und buchte den letzten noch freien Platz des Törns direkt, ohne weiter darüber nachzudenken. Und der Kuss, den er mir aufhauchte, war ebenfalls liebevoll. Es gab also kein Zurück mehr. In wenigen Tagen würde ich das verrückteste Experiment meines Lebens starten, und wenn etwas schiefging, würde Chris an meiner Seite sein. Auch wenn ich gedanklich völlig bei dem Kennenlernen festhing und alle Möglichkeiten durchging, schaffte er es, mich zumindest ein bisschen zu beruhigen und für Ablenkung zu sorgen. Viel Action gab es nicht mehr an diesem Abend, doch gemeinsam auf dem Sofa zu kuscheln war gerade genau das Richtige für mich.

Kapitel 22

Die Fahrt bis nach Cuxhaven fühlte sich an wie eine Ewigkeit. Anders als sonst war ich nicht sonderlich gesprächig, sondern starrte aus dem Fenster hinaus. Chris schob das auf die Müdigkeit, weil wir heute so früh aufgestanden waren, aber ich musste mir eingestehen, dass ich tierisch nervös war. Zum Glück war Chris mit dabei. Er strahlte Ruhe aus, entpuppte sich als guter Autofahrer und hatte sich um alle logistischen Dinge gekümmert, die mir sonst durch die Lappen gegangen wären. Er hatte entsprechende Segelkleidung für uns organisiert und die Packliste akribisch genau abgearbeitet. So war auch sichergestellt, dass wir mit Reisetaschen ankamen und keinen Hartschalenkoffer im Gepäck hatten, die uns definitiv als Anfänger geoutet hätten. Chris hatte zudem die Route bis nach Helgoland genauer recherchiert, als ich es zuvor getan hatte. Die Nordsee war nicht unbedingt ein Anfängerrevier, zumal recht viel Wind angesagt war. Gemütlich würde dieses Experiment bestimmt nicht und die Aussicht darauf, von der Tide abhängig zu sein und den Schlafrhythmus an die Gezeiten anzupassen, war nicht besonders reizvoll. Doch ich hatte mir fest vorgenommen, meine Mutter auf diese Art und Weise anonym kennenzulernen, und jetzt war es zu spät, um das Vorhaben abzubrechen, allen skeptischen Meinungen meiner Freunde und allen unangenehmen Segelvorstellungen zum Trotze.

„Du bist nervös“, murmelte Chris, als wir Cuxhaven erreichten und an einer roten Ampel standen.

„Nein.“

„Wäre ich auch nicht, wenn ich in deiner Lage wäre. Wieso solltest du nervös sein, nach der langen Suche? Ach Joanne.“

„Okay ja, ich bin nervös. Aber auch froh, dass ich sie endlich kennenlernen kann nach all der Zeit. Ich hoffe, dass sie cool ist. So wie auf Instagram. Sie muss einfach eine gute Person sein.“

Dass Chris dazu schwieg, war nett von ihm. Denn ich kannte seine Skepsis. Da er nicht lügen würde, war es gut, dass er einfach gar nichts dazu sagte und sich stattdessen auf die Parkplatzsuche konzentrierte. Schwungvoll nahm ich unsere beiden Taschen aus dem Kofferraum, nachdem das Auto geparkt war, und überließ es Chris, den vereinbarten Treffpunkt zu finden. Die Stege der Marina waren ausgeschildert und die Liegeplätze nummeriert. Noch zehn Boote weiter … noch fünf … noch vier … noch drei …

Mein Puls beschleunigte sich. Gleich hatten wir die Segelyacht erreicht, die alles verändern sollte. In wenigen Sekunden würde ich meiner Mutter gegenüberstehen, zum ersten Mal in meinem Leben – abgesehen von meinen ersten Säuglingstagen.

„Norris", sah ich den Schriftzug am Heck des Bootes. Das war es. Unser Urlaubsdomizil für die nächsten Tage.

„Vorsichtig mit dem Stromkabel!", ertönte irgendwo hinter uns eine hektische Stimme, ohne dass ich sehen konnte, wem diese gehörte.

Mist, fast wäre ich über eines der Stromkabel gestolpert, die hier überall auf diesem Steg lagen und zu den verschiedenen Schiffen führten. Bei diesen Stolperfallen musste man ständig aufpassen, das bemerkte ich jetzt schon. Glücklicherweise war ich nur beinahe hängen geblieben und konnte die letzten Meter zum Schiff unbeschadet zurücklegen.

„Und was nun?", murmelte ich.

Hier war niemand zu sehen. Da die Segelyacht mit dem Heck zum Steg lag und der Niedergang verschlossen aussah, war Mailin wohl noch unterwegs. Gut, wir waren ein bisschen zu früh, weil Chris so viel Sicherheitspuffer eingeplant hatte. Trotzdem hatte ich gehofft, nicht warten zu müssen. Bis zum vereinbarten Zeitpunkt waren es noch fünfundzwanzig Minuten. Vor Ort und Stelle zu stehen und so lange auf Mailin warten zu müssen, würde ein neues Level an Geduld erfordern.

„Sie kommt bestimmt bald, wir sind früh dran", erinnerte Chris mich, obwohl mir das durchaus bewusst war.

„Sie ist auch früh dran, auch wenn Geduld beim Segeln dazugehört! Sie steht nämlich bereits hier!"

Das war die gleiche Stimme, die auch die Warnung vor dem Stromkabel ausgesprochen hatte. Ein Kloß bildete sich in meinem Hals. Erfolglos versuchte ich, ruhig durchzuatmen, wobei ich mich auf das Meeresrauschen und den Nordseegeruch konzentrierte. Immerhin gehorchte der Rest meines Körpers, indem er sich langsam, wie in Zeitlupe umdrehte.

Mailin.

Das war sie also.

Ihre kurzgeschnittenen rotblonden Haare glichen ihren Instagram-Fotos keineswegs und waren demzufolge ein neuer Look. Meine grünen Augen hatte ich jedoch definitiv von ihr geerbt und leider sah vieles an ihr vertraut aus – abgesehen von der neuen Frisur. Mein Eindruck ließ keine Zweifel zu, das hier war meine Mutter. Auch wenn ihre Stimme auf den wenigen Instagram-Videos, die sie hochgeladen hatte, deutlich sympathischer klang und nichts mit diesem Befehlston gemein hatte.

„Ma... Mai...", stammelte ich.

Mama. Mailin. Beides würde mich augenblicklich verraten.

„Das ist super. Wir sind hier für den Törn nach Helgoland angemeldet und können natürlich noch warten, falls wir zu früh sind", rettete Chris mich mit einem gekonnten strahlenden Lächeln aus der Situation.

Freundlich reichte er meiner Mutter eine Hand: „Ich bin Chris und das ist meine Freundin Jana."

„Schön, kommt mit an Bord. Ich bin Anne, eure Skipperin."

Ich starrte sie an, doch keine von uns rührte sich, um ebenfalls ein Händeschütteln zu initiieren. Die Zeit reichte nur für einen kurzen, aber intensiven Blick, den ich nicht einschätzen konnte. Dann schwang meine Mutter sich elegant aufs Heck des Schiffes. Jede Bewegung saß, was nicht verwunderlich war, denn sie segelte seit zweieinhalb Jahrzehnten. Auch wenn es keine große sportliche Herausforderung war, auf das Boot zu klettern, so sah die Bewegung bei mir garantiert nicht so fließend aus. Zudem hatte ich kürzere Beine. Aber das war gerade das kleinste Problem – im wahrsten Sinne des Wortes. Verflixt nochmal, dachte ich gerade allen Ernstes darüber nach, dass meine Mutter genauso zierlich wie ich war, aber etwas größer? Ich sollte mir lieber Gedanken darüber machen, wie dieser Törn werden sollte, wenn diese Kälte jetzt schon in der Luft lag. Was beabsichtigte sie damit? Auf ihrem Instagram-Account gab sie sich als sympathische und souveräne Skipperin. Letzteres mochte den Tatsachen entsprechen, während von Sympathie jegliche Spur fehlte. Dabei waren wir zahlende Kunden und sie wusste ja nicht, weshalb ich in Wahrheit hier war.

„Wird schon“, flüsterte Chris, während er mir unsere Taschen anreichte, die ich ins Cockpit der Segelyacht hievte. Denn meine Mutter machte keine Anstalten, uns dabei zu helfen, sondern schloss in Ruhe den Niedergang auf und verschwand unten im Salon, dem Inneren des Schiffes. Vorsichtig wagte ich einen Blick dort hinein. Zumindest das Schiff sah so aus wie auf den Fotos, die wir gesehen hatten. Aber was half das schon? Lieber würde ich auf einem Schlauchboot nach Helgoland paddeln, solange meine Mutter so sympathisch war, wie sie sich in der Scheinwelt von Social Media gab.

„Ihr könnt euch aussuchen, ob ihr die achterliche Kabine backbords oder steuerbords haben wollt. Es kommen noch zwei Gäste, die bekommen die andere Kabine. Ich selbst schlafe vorn.“

Achterlich war hinten, fiel mir rechtzeitig wieder ein, bevor ich eine möglicherweise blöde Frage stellen konnte. Wobei dieses Segellatein so umfassend war, dass ich solche Fragen nicht als blöd bezeichnen würde. Wobei ich mir da bei Anne nicht so sicher war. Backbord und Steuerbord konnte ich auseinanderhalten, auch wenn das für die Wahl der Kabine irrelevant war. Die taten sich nichts, denn beide bestanden aus einer Koje, die Platz genug für zwei Personen bot, und einem kleinen Schrank. Schulterzuckend schob ich unsere Taschen in die Kabine auf der Steuerbordseite und überließ es Chris, zumindest die nötigsten Schritte zu unternehmen. Er bezog die Matratze, holte unsere

Schlafsäcke raus und räumte den Inhalt seiner Tasche in die seefesten Schrankfächer. Ich selbst würde gar nichts ausräumen für die wenigen Tage.

*

„Hey, komm her", flüsterte Chris und ich krabbelte neben ihn in die Koje, obwohl ich noch gar nicht umgezogen war.

Ich ließ mich in eine sanfte Umarmung ziehen und vergrub mein Gesicht an seiner Schulter, während ich ein zaghaftes „Danke" nuschelte. Es fühlte sich gut an, von Chris gehalten zu werden, und zugleich hatte ich keinerlei Ambitionen, die Enge der Koje für weitere körperliche Annäherungen zu nutzen. Dafür wirbelte zu viel in meinem Kopf herum, was Chris ganz offensichtlich bemerkte:

„Ich würde ja ‚entspann dich' sagen, aber ich weiß, dass es nicht so einfach ist. Vielleicht kannst du zumindest ein kleines bisschen abschalten, und wenn es nur für ein paar Minuten ist."

Allein weil er so liebevoll war, versuchte ich die Sache mit dem Abschalten und es gelang mir tatsächlich, seine sanfte Schultermassage zu genießen. So lange, bis Chris – der im Entspannen definitiv talentierter war als ich – ganz ruhig atmete und schließlich einschlief.

„Du bist ein Schatz", flüsterte ich, hauchte einen Kuss auf seine Wange und rutschte aus der Koje, damit ich mich für die kurze Nacht umziehen konnte.

Chris seufzte in seinen Schlafsack hinein, während ich meine Reisetasche durchwühlte, wachte aber glücklicherweise nicht auf. Es wäre praktisch gewesen, wenn ich meinen Kram sortiert hätte, auch wenn diese Erkenntnis nun zu spät kam. Immerhin fand ich meine Schlafsachen, bevor ich ihn endgültig aufweckte. Ob ich die wirklich brauchte, stand in den Sternen. Bereits in fünf Stunden mussten wir alle aufstehen, um die richtige Strömung mitzunehmen für die erste Etappe nach Helgoland. Als ob ich bis dahin auch nur ein Auge zumachen würde! Lediglich einem kleinen verkümmerten Vernunftsanteil hatte ich zu verdanken, dass ich es zumindest versuchen wollte. Ein paar Stunden Schlaf auf engstem Raum in diesem semi-hübschen Hafen sollten drin sein, bevor das Abenteuer morgen – oder sollte ich sagen, heute – begann. Normalerweise würde ich durchmachen, doch wir hatten von meiner unsympathischen Mutter eine ausgiebige Information über das Wetter und sämtliche nautische Hintergründe bekommen. Trotz all der seglerischen Fragezeichen in meinem Kopf war mir klar, dass der nächste Tag oder besser gesagt der gesamte Törn anstrengend werden würde, und nur deshalb war Schlaf wohl angebracht.

„Wenn euch das nicht passt, solltet ihr besser auf der Ostsee segeln, dort gibt es keine Gezeiten.“

Wieder hallte diese giftige Aussage in meinen Ohren. Ging man so mit Kunden um? Gegenüber Julia und Jan war sie freundlicher aufgetreten. Die beiden waren kurz nach Chris und mir an Bord gekommen und hatten unsere Crew vervollständigt. Dieses farblose Segel-Ehepaar langweilte mich zwar, sorgte jedoch dafür, dass ich mich bei den Fachgesprächen zurückhalten konnte. Beide waren überambitioniert, wenn man mich fragte – was keiner tat –, und würden diese Sache mit den Wachablösungen schon packen. Während der Sicherheitseinweisung hatten diese beiden langweiligen Personen immerhin geglänzt. Selbst Chris, der noch weniger Segelerfahrung hatte als ich, war in den technischen Dingen aufgegangen. Ich hatte mir gar nicht erst die Mühe gemacht zu verstehen, wie die Komponenten des Motors miteinander arbeiteten, was man bei dem Funkgerät zu beachten hatte oder wie die Feuerlöscher an Bord genau funktionierten. Ich hatte genickt und war damit davongekommen, weil meine Mutter wohl nicht durchschaute, dass mich diese Dinge einerseits überforderten und andererseits nicht sonderlich interessierten. Die korrekte Toilettenbenutzung hatte ich mir anschließend nochmal von Chris erklären lassen, denn anders als ich hatte er bei allen Punkten zugehört und mir somit zeigen können, wie man Frischwasser und Abwasser pumpte und wo man das Toilettenpapier entsorgen musste. Bei seiner kurzen Einführung hatte ich genau zugehört, aber leider vergessen, ob man den Hebel auf neunzig oder hundertneunzig Grad stellen musste, wenn es ums Nachpumpen ging.

Ich seufzte tief auf, denn ein Toilettenbesuch war gerade unumgänglich. Chris jetzt aufzuwecken kam hingegen nicht in Frage. Wenn ich schon nicht schlafen konnte, sollte zumindest er diese wenigen Stunden Ruhe bekommen. Da wir noch in der Marina lagen, konnte ich schließlich auch schlaflos in Cuxhaven die sanitären Anlagen an Land besuchen. Sofern ich den Code für das Toilettenhäuschen fand.

„Scheiße nochmal!", fluchte ich.

Wo war dieses blöde Licht, um den „Salon" zu beleuchten, und wo war der Vollmond, wenn man ihn mal brauchte? Wieso hatte ich mein Handy nicht aufgeladen und was hatte es nochmal mit der Taschenlampe auf sich, die irgendwo hier verstaut war?

Ein paar Prozent Akku hatte ich immerhin noch, so dass ich auf meinem Smartphone die Taschenlampe anschalten konnte, um mich auf diesem wenigen Platz in der Mitte des Segelboots zurechtfinden zu können.

„Suchst du was?", kam eine Stimme von vorn.

Meine Mutter.

Die Stimme gehörte meiner Mutter. Und diese suchte ich.

„Ich suche was, was ich längst gefunden habe", grummelte ich, „ist nicht so wichtig."

„Klingt philosophisch."

„Geht so. Eigentlich brauche ich nur … – den Zettel, wo der Code für das Klo draufsteht. Oder ähm … nochmal etwas Hilfe dabei, wie man das Ding hier auf dem Boot bedient. Segelyacht klingt so, als ob man Cocktails in die Hand bekommt, und stattdessen muss ich lernen, wie man dieses campingartige komische Ding dazu bringt, dass man nur mal kurz pinkeln kann!"

War ich noch ganz bei Sinnen? Ich hatte einen Segelkurs auf der Alster begonnen, um dem nahe zu sein, was meine Mutter liebte. Außerdem hatte ich den Plan gefasst, hier einigermaßen souverän aufzutreten und mich nicht wie eine Anfängerin zu benehmen. Jetzt gab es den ersten Kontakt zu meiner Mutter, bei dem ich sie allein für mich hatte, und mir fiel nichts Besseres ein, als verpeilt nach dem Klo-Code zu suchen und so zu tun, als würde ich mir unter einer Segelyacht einen Luxusurlaub vorstellen, bloß weil das Wort „Yacht" darin vorkam? Dann hätte ich ja gleich einen Kaffeeklatsch unter irgendeinem Vorwand organisieren können, anstatt mich auf diesen nur wenige Tage kurzen, aber intensiven Törn einzulassen.

„War nicht ernst gemeint mit den Cocktails", schob ich schnell hinterher, weil meine Mutter weiterhin schwieg, „aber ich müsste echt mal aufs Klo. Wie geht das hier nochmal?"

Der Code für die sanitären Anlagen an Land war sowieso unerheblich, weil ich diese winzige Nasszelle während der Fahrt nach Helgoland ohnehin brauchte. Dann konnte ich mir jetzt auch gleich die Blöße geben und mir das System nochmal erklären lassen.

„J… Jana, wieso bist du eigentlich hier?"

Was?

„Weil ich mal pinkeln muss, sorry."

„Ich meinte eher, wieso du hier bist, an Bord."

„Fragst du das all deine Kunden?"

„Nein, ich dachte bloß …"

„Was?"

Was dachte sie bloß?

Fast hätte ich laut aufgelacht, weil diese Situation so skurril war. Da stand ich meiner Mutter gegenüber, die keine Ahnung hatte, wer ich war, und wir sprachen über die Benutzung von Toiletten auf „Segelyachten". Währenddessen fragte sie mich aus dem Nichts heraus, was ich hier wollte.

„Kannste dir nicht ausdenken", flüsterte ich so leise, dass sie es nicht verstehen konnte.

Meine Finger zuckten. Sollte jetzt bereits der Moment sein, um meine Tarnung auffliegen und sie wissen zu lassen, dass ich Joanne war und nicht Jana? Dass ich sie gefunden hatte? Sollte ich jetzt auf den Tisch hauen und all das rausschreien, was mich innerlich zerdrückte?

„Kann ich mal kurz vorbei?"

Jan!

Scheiße, was wollte der denn jetzt?

Meine Mutter verfolgte ihn mit ihrem Blick genau, als ob sie sich selbst ablenken wollte. Dabei war es absolut nicht spannend zu beobachten, wie der supertolle Segler in der Nasszelle verschwand und kurze Zeit später – nachdem er das Klo garantiert fachgerecht abgepumpt hatte – wieder in seine Koje schlüpfte. So oder so war der Moment verflogen, in dem ich kurz davor gewesen war, meine Undercover-Nummer aufzugeben.

„Was immer du bloß dachtest – erklär mir jetzt bitte einfach dieses bescheuerte Klo nochmal oder sag mir, wo ich den Code fürs Häuschen dahinten finde, denn ich muss echt mal!"

Es war der falsche Zeitpunkt, um tiefsinnigere Gespräche zu führen, egal wie sehr es in mir brodelte. Somit bestand das erste Vieraugengespräch, das ich mit meiner Mutter führen durfte, aus der doppelt wiederholten Anweisung, wie man dieses blöde Klo auf dieser Segelyacht, die den Namen Yacht nicht verdiente, zu bedienen hatte. Auch wenn meine Blase anschließend erleichtert war, fühlte ich mich kein Stück leichter. Ich schlüpfte sofort zurück in meine Koje und ließ die Chance verstreichen, mir meine Mutter direkt vorzuknöpfen, weil ich die Idee gehabt hatte, sie auf diese Art und Weise live und unverfälscht kennenzulernen. Reichte ihr blödes Verhalten nicht? Musste ich mir diesen Törn jetzt noch antun? Auf beide Fragen müssten die Antworten anders lauten als von mir beschlossen. Ihr Verhalten war enttäuschend und schmerzhaft und trotzdem konnte ich nicht anders, als weiterhin an dem Törn festzuhalten. Gemeinsam mit ihr. Vielleicht würde ich positive Seiten an ihr entdecken oder aber noch mehr auf den Boden der Tatsachen geholt werden, so dass selbst ich verstand, dass ich das Kapitel ein für alle Mal schließen sollte. Diese Verwirrtheit, die jetzt in mir herrschte, war aber alles andere als zufriedenstellend. Da gab es die Anne, die auf Instagram positive Vibes ausstrahlte und sich hilfsbereit gab. Da war die Anne, die Julia und Jan begeistert begrüßt hatte und durchaus Leidenschaft fürs Segeln versprühte. Vermutlich mochte sie Chris sogar gern. Bloß passte die Chemie zwischen uns beiden überhaupt nicht und das zu akzeptieren war für mich kein leichtes Unterfangen. Es gab also keine andere Wahl, ich musste mich weiterhin auf dieses bescheuerte Abenteuer einlassen, wenn ich hinter die Fassade meiner Mutter blicken wollte. Zu diesem Zeitpunkt war ich also weder in der Lage, mich zu erkennen zu geben, noch konnte ich diese Eindrücke als gegeben hinnehmen und die Flucht ergreifen. Einzig weil ich diese blöde Hoffnung in mir hatte, dass sich alles zum Guten wenden würde. Es war ein verflixtes Ding mit solchen Hoffnungen, bei denen allen bereits klar war, dass sie zum Scheitern verurteilt waren. Selbst mir war das bewusst, bloß konnte ich es nicht hinnehmen. Deshalb gab es nur diesen einen Weg: versuchen zu schlafen und mich innerlich auf die nächsten Tage einstellen.

Kapitel 23

Alles um mich herum war nass, kalt und äußerst schauklig. Wir mussten der Nordsee-Tide folgen, so viel hatte ich verstanden. Leider war der Wind gegen uns und sorgte für ungemütliche Wellen, gegen die dieses Boot mit ordentlicher Schräglage gen Helgoland ankämpfte. Ständig spritzte Wasser über den Bug, manchmal bis zu uns nach hinten durch. Spätestens jetzt verstand ich, warum wir dieses hochwertige Ölzeug ausgeliehen hatten. Ohne wasserdichte Kleidung wären wir völlig verloren und ausgekühlt und das mitten im sonst sommerlichen August! Es war ungemütlich, auch wenn dieses Erlebnis nicht so nervig war wie die Art und Weise, mit welcher meine Mutter mit uns umging. Als ob sie im letzten Jahrtausend stehen geblieben war, hatte sie Jan damit beauftragt, das Steuer zu übernehmen. Julia himmelte ihren Mann an und kümmerte sich um Schnittchen, die wir gemeinsam aßen. Ein Hoch auf diese Rollenklischees. Ich hätte meine Mutter für moderner gehalten. Allerdings hatte ich viele falsche Vorstellungen gehabt, wie mir umso mehr bewusst wurde an diesem sehr frühen Vormittag. Meine

Motivation, mich dem Umgang mit dieser Segelyacht zu stellen, war inzwischen nahezu inexistent. Während mir der Unterricht auf der Alster Spaß gemacht hatte, wollte ich mit dem Segel-Thema bereits jetzt nichts mehr zu tun haben, weil sich das irgendwie wie Versagen angefühlt hätte. Wenn meine Mutter derart unfreundlich und grantig war, wollte ich mich ihr nicht anpassen, indem ich ihre Leidenschaft teilte. Vielleicht glich das der Einstellung einer fünfzehnjährigen Teenie-Tochter, doch wie sollte ich auch anders mit dieser komischen Situation umgehen, in die ich mich leider selbst reinmanövriert hatte? Um von Bord zu gehen, war es ein paar Stunden zu spät. Durchhalten bis Helgoland war angesagt. Dann wollte ich Anne mit der Wahrheit konfrontieren und mich zu erkennen geben. Bereits jetzt war mir klar, dass es mich sehr viel Kraft und Geduld kosten würde, um mir ihre Geschichte anzuhören. Wie es danach weiterging, wusste der Himmel. Gute Chancen malte ich mir nicht aus, ganz im Gegenteil. Meine Freunde hatten mich vor einer Enttäuschung gewarnt und ich hatte nicht darauf hören wollen.

„Ich geh mal kurz runter", weckte Chris mich aus meinen negativen Tagträumen.

„Okay."

Ich nickte ihm zu und verschränkte meine Arme, als Anne zu mir sah.

„Nimm die Genua dichter!", blaffte sie mich fast an.

Kurz musste ich mich sortieren. Genua. Das war das Vorsegel. Mit viel Kraft schaffte ich es, die dazugehörige

Schot aus der Winsch zu zerren, und dann wurde es laut. Das Vorsegel schlug wie wild um sich, weil ich es gelöst hatte, anstatt fester zu ziehen.

„Jana! Du sollst die Genua dichter nehmen und nicht lösen! Laut Anmeldung verfügst du über Segelerfahrung. Was soll das?!“

Meine Knie fingen an zu zittern. Wortlos starrte ich meine Mutter an, die mit einem großen Satz neben mir war und viel Kraft aufwendete, um die Schot der Genua wieder auf die Winsch zu legen, zunächst festzuziehen und mit der Winschkurbel dicht zu ziehen. Dass ich diesen Schritt verwechselt hatte, war mir egal. Das war kein Drama. Dass meine Mutter mich für unfähig hielt und so anblaffte, stand auf einem anderen Blatt. Sie schwirrte die gesamte Zeit um Julia und Jan herum, während sie mich mit Verachtung strafte. Oder war ich zu sensibel, weil mich das Segeln in dieser Umgebung überforderte?

„J… Jana?“, hörte ich von unten rufen, bevor ich mir eine Taktik überlegen konnte, was nun zu tun war.

Das war Chris und der klang gar nicht gut. Deshalb war meine Aufmerksamkeit für den Moment weggelenkt von meiner Mutter. Sollte sie so lange an den Segeln herumzerren, wie sie wollte. Ich verließ meinen Platz, um den Niedergang runterzugehen. Scheiße, Chris war fast grün im Gesicht!

„Die Tabletten, Joanne …“

Tabletten?

Ach ja, irgendwo hatte er ein kleines Notfallset deponiert. Vermutlich befand es sich in meiner Tasche, sonst hätte er es gefunden, denn sein Zeug war schließlich ordentlich sortiert. Hektisch zerrte ich an meiner Tasche und warf deren Inhalt auf die Matratze. Irgendwo mussten diese blöden Reisetabletten doch sein. Auch wenn ich bezweifelte, dass die jetzt noch halfen, denn Chris sah echt nicht gut aus. Vielleicht sollte ich mich zuerst um ihn kümmern und dann nach der Medizin suchen. Als ich mich umdrehte, stand er nicht mehr im Salon. Hoffentlich ging da nichts schief, wenn er auf Toilette war. So oder so – ich musste meine Mutter um Hilfe bitten. Viel Freude bereitete mir dieser Gedanke nicht gerade, aber jetzt ging es nicht um mich selbst, sondern um Chris, der für das Schlamassel nichts konnte. Als ich nach oben ins Cockpit schaute, stutzte ich. Chris war gar nicht auf der Toilette, sondern stand am Steuerrad!

„Was gibt das denn hier?! Ihm geht es nicht gut, er sollte sich lieber hinlegen!", fauchte ich härter als gewollt in die Richtung meiner Mutter.

„Steuern ist die beste Medizin gegen Seekrankheit."

War sie nun endgültig durchgedreht?

Wobei sie gegenüber Chris noch nicht so fies gewesen war, wie es bei mir der Fall war. Ich konnte nur hoffen, dass es tatsächlich irgendeinen Hintergrund gab, der mir unbekannt war. Fragend blickte ich Anne an und rutschte dann weiter nach hinten durch, um möglichst nahe bei Chris zu sein, falls er meine Hilfe brauchte. Erstaunlicherweise sah er tatsächlich nicht mehr so grün im Gesicht aus.

„Das Steuern kostet Konzentration. Das ist das beste Mittel gegen Seekrankheit, weil der Fokus auf etwas völlig anderes gerichtet wird", erläuterte Jan.

Schönen Dank auch, von ihm wollte ich nun keinen Vortrag hören. Immerhin klang das plausibel und der Erfolg war sichtbar. Somit begann allerdings auch das lange Warten. Die Segel waren für den aktuellen Kurs gut eingestellt, für mich gab es keine weiteren Aufgaben. Jan war damit beschäftigt, seiner Frau in mehreren Monologen verschiedene navigatorische Besonderheiten auf diesem Revier zu erläutern, und meine Mutter half Chris mit ihren Tipps hinsichtlich des Steuerns. Zum Glück war sie nett zu ihm, andernfalls wäre ich aus der Haut gefahren. So saß ich nur im Cockpit herum, obwohl ich mich am liebsten aus der Situation zurückgezogen hätte. Unter Deck zu gehen kam jedoch nicht in Frage. Mit verschränkten Armen blieb ich also hier oben sitzen und starrte aufs Wasser, das um uns herum tobte. Wenigstens das beruhigte mich innerlich ein bisschen, weil mein Fokus sich nach und nach auf die Wellen richtete und alles andere in den Hintergrund rückte. So gut es eben in dieser Lage ging. Eine Weile war das auszuhalten und die Realität klopfte erst wieder an, als meine Mutter mal unter Deck musste. Bekam Chris das mit dem Steuern auch alleine hin? Es machte mich nervös, weil er das noch gar nicht konnte.

„Du kannst ihn nicht einfach allein lassen!", rief ich nach unten.

„Jan ist doch da."

Natürlich war der tolle Jan da und hatte seine Chance wohl gleich gewittert, denn er stand prompt neben Chris am Steuerrad. Jetzt kam mein Freund in den Genuss einiger Monologe. Das tat mir leid für ihn, aber solange ihm nicht wieder schlecht wurde, war das vermutlich das kleinere Übel.

*

„Der Törn samt dieser Undercover-Nummer war ein riesiger Fehler. Ich will nicht hier sein", flüsterte ich Chris zu.

Dabei war Flüstern kaum notwendig, denn Jan hatte das Steuer übernommen und unterhielt sich angeregt mit Anne, während Julia mal wieder für Schnittchen sorgte.

„Wir sind da, bevor es dunkel wird. Bis dahin hältst du durch und dann sehen wir weiter."

„Wieso bist du so viel tapferer als ich, obwohl du fast seekrank geworden bist vorhin?"

„Frag nicht so, Joanne. Es ist deine Mutter und du bist sehr tapfer. Dass dieser Auftritt hier eine Enttäuschung ist, das ist nicht verwunderlich. Natürlich nimmt dich das mit", kam ebenso leise von Chris zurück, während er mir meine Haare aus dem Gesicht strich und mir einen liebevollen Kuss auf die Nasenspitze hauchte.

Er tat mir gut mit seiner ruhigen und besonnenen Art. Ohne Chris wäre ich vermutlich längst durchgedreht. Auch wenn ich tief in mir drinnen spürte, dass ich meine riesige Enttäuschung über meine Mutter und all diese

Emotionen nur kurzfristig verbergen konnte, so half es mir dabei, zumindest diesen bescheuerten Törn zu überstehen. Chris hatte recht, wenn wir erstmal auf Helgoland waren, konnten wir überlegen, was zu tun war. Schließlich waren dort zwei Übernachtungen auf dieser Segelyacht eingeplant, bevor zurückgesegelt werden sollte.

„Ich kann nicht warten, bis wir zurück in Cuxhaven sind … morgen spreche ich mit ihr, komme, was wolle …“, überlegte ich laut und wurde hellhörig, weil einige Gesprächsfetzen von Jan und Anne zu mir drangen.

„Warte mal, das könnte interessant sein“, murmelte ich, schmiegte mich weiterhin an Chris und starrte aufs Wasser, während sich meine Ohren auf das konzentrierten, was hinten am Steuerrad gesprochen wurde. Dass diese Segelcommunity nur zwei Themen kannte, nämlich Segeln und Segelpartys feiern, war mir schon zuvor an der Alster aufgefallen. Bei meiner Mutter und Jan beschränkte es sich auf ein einziges Thema, nämlich das Segeln an sich. Da fehlte eindeutig der Spaß an all diesen Dingen, zumal die beiden nun versuchten, sich mit ihren Erlebnissen zu übertrumpfen. Dass Jan dabei total arrogant war, wunderte mich nicht. Seinen Berichten zufolge hatte er schon den ein oder anderen Törn hinter sich, war aber längst nicht so erfahren wie meine Mutter.

„Den Atlantik hast du also mit der ARC überquert? Das ist nicht mehr als betreutes Segeln“, entgegnete die schnippisch.

Wow!

Bislang war Jan ihr Liebling gewesen hier an Bord, jetzt versuchte sie sich ihm gegenüber zu profilieren. Ein bisschen Schadenfreude überkam mich, denn endlich herrschte nahezu Gleichberechtigung an Bord, weil meine Mutter allen gegenüber genervt auftrat und ich keine Ausnahme mehr darstellte. Der Besserwisser-Jan konnte diese Abfuhr definitiv gebrauchen, auch wenn ich keine Ahnung hatte, was ARC bedeutete. Natürlich ging das dann aus seinem Redeschwall hervor. Zweihundert Boote waren also zeitgleich gestartet, jedes jedoch auf sich gestellt, und hatten den Atlantik überquert. Eine richtige Regatta war diese „Atlantic Rally for Cruisers" nicht, das hörte ich raus. Obwohl meine Mutter das als Tourismus-Segeln herunterstufte, fand ich die Vorstellung, mit einem Segelboot über den Atlantik zu gelangen, leider aufregend.

Dabei wollte ich nichts von ihrer Segelwelt mögen!

Wieso war das plötzlich spannend, was die beiden dahinten über den Atlantik sprachen?

Shit!

„Das mit dem betreuten Segeln war vielleicht übertrieben. Es ist ja durchaus eine gute Möglichkeit, um erste Erfahrungen auf dem Gebiet zu sammeln", hörte ich Anne einlenken.

Frieden im Paradies zwischen der tollen Skipperin und ihrem Liebling an Bord, dem sie sogleich etwas aus ihrem Leben preisgab:

„Ich bin damals ins kalte Wasser geworfen worden – oder habe mich selbst reingestürzt – und durch Zufälle an Bord gelandet. Damals war ich Anfang zwanzig und seitdem lebe ich auf Schiffen oder jobbe auch mal an Land. Das Meer ist mein Zuhause."

„Und wieso bist du dann so eine bescheuerte Skipperin?", mischte ich mich vorwurfsvoll in diese Unterhaltung ein.

Für einige Momente verfielen nun alle ins Schweigen. Selbst der redselige Jan bekam seinen Mund nicht mehr auf. Dabei war meine Frage einfach nur berechtigt. Meine Mutter mochte eine noch so tolle und erfahrene Seglerin sein, bloß machte das lange noch keine gute Skipperin aus ihr. Denn zu diesem Job gehörten Empathie und Freundlichkeit, sollte man meinen. Beides konnte sie definitiv nicht aufweisen.

„Schluss mit dem Small Talk! Wir kümmern uns jetzt um die Ansteuerung nach Helgoland!"

„Bescheuert! Sag ich doch!", grollte ich und umklammerte Chris' Hand.

Ungefähr zwei Stunden noch, antwortete er mir auf meine Frage, wann wir endlich auf Helgoland ankommen würden. Wie er das ausrechnete, ohne den Blick auf diese komischen Navigationsinstrumente samt Plotter zu werfen, war mir ein Rätsel. Er hatte entweder ein gutes Gespür für diesen Kram oder nutzte behelfsmäßig Google Maps. Irgendetwas hatte er mit seinem Smartphone rausgefunden.

Leider war das Ergebnis nicht sonderlich erfreulich, denn zwei Stunden konnten eine verflixt lange Zeit sein.

*

„Vorsicht, JOANNE!"

Der Wind machte irgendetwas, was er nicht tun sollte. Er kam von der Seite, was das Anlegen erschwerte, so viel hatte ich verstanden. Da war jedenfalls dieser Pfahl, der plötzlich so nahe kam, während wir diesen blöden Helgoländer Hafen nach gefühlten Ewigkeiten endlich erreicht hatten. Fast wäre meine rechte Hand zwischen Pfahl und Seezaunstütze geraten. Aufgrund des Schreis meiner Mutter zog ich meine Hand erschreckt zurück. Das wäre fast schiefgegangen und hätte weh getan, definitiv. Mein Herz schlug in Rekordgeschwindigkeit, während der Rest meines Körpers gar nicht reagierte. Was nicht sonderlich schlimm war, denn ich hatte ohnehin keine Ahnung, wie das mit diesem Anlegemanöver funktionieren sollte. Meine Mutter stand dafür selbst am Steuer, Jan hatte eine Leine festgemacht, die wichtig zu sein schien, und Schnittchen-Julia war plötzlich auch auf Zack. Die ganze Zeit hatte sie sich seglerisch zurückgehalten und nun sorgte sie zuverlässig dafür, dass die Fender, die außerhalb des Boots befestigt wurden, rechtzeitig ausgebracht wurden und verhinderten, dass wir gegen das Nachbarboot stießen. Während Jan hektisch wirkte, blieb Anne erstaunlich ruhig.

Abgesehen von der Warnung an mich gab es kein unnötiges lautes Wort und das Schiff war letztendlich sicher festgemacht. Das war meine Chance, um sofort von Bord zu gehen. Möglicherweise sollte ich zuvor noch meine Tasche packen und meinen Kram mitnehmen. Endlich waren wir hier auf dieser Insel, und auch wenn sie mitten in der Nordsee lag, würde es andere Möglichkeiten geben, von hier wegzukommen, als auf eine Rückreise mit dieser Segelyacht angewiesen zu sein.

„Sie hat Joanne gesagt …“, nahm ich Chris' Stimme plötzlich wahr.

„Was?“

„Na eben, als du fast zwischen Pfahl und Schiff hingst mit deiner Hand.“

„Was war da?“

„Sie hat dich mit deinem Namen angesprochen. Wir haben so gut aufgepasst. Jana. Du warst jedes Mal Jana, solange sie es hören konnte. Aber sie hat dich mit Joanne angesprochen, in dem Moment, in dem sie dachte, dass dir etwas passiert.“

Ich wollte Chris fragen, ob er sich zu einhundert Prozent sicher war, blieb aber stumm und hatte die Situation während des Anlegemanövers plötzlich wieder genau vor Augen. Joanne. Sie hatte mich in dem kritischen Moment so genannt. Das konnte nur eins bedeuten …

Kapitel 24

„MAILIN O'REILLY!"

Wie sehr sie es hasste, mit diesem Namen angesprochen zu werden, sah ich ihrem eiskalten Blick an. Noch nie hatte ich solch grüne Augen so dermaßen kalt wahrgenommen.

„Meinetwegen auch Anne Walsh", zischte ich ihr zu, „bist du deshalb so scheiße zu mir, weil du weißt, wer ich bin? – Ganz großes Kino, dein Auftritt, ich bin begeistert!"

Wenigstens bekam der Rest der Crew dieses Kino nicht mit, denn Jan und Julia hatten das Schiff bereits für ihre Helgoland-Erkundung verlassen. Chris lag unten in der Koje, um sich auszuruhen. Vielleicht hörte er doch, was nun hier los war, vielleicht auch nicht. Im Endeffekt war mir das gerade auch völlig egal.

„Natürlich weiß ich, wer du bist. Was glaubst du, wie ich mich auf dieser Überfahrt hierher gefühlt habe, wenn du einfach heimlich auftauchst und unter falschem Namen ankommst?", knallte meine Mutter mir ihren Vorwurf verbal ins Gesicht.

„Die ganze Zeit … du wusstest die ganze Zeit …?“

„Natürlich!“

„Und weiter?“

„Was meinst du mit weiter?“

Ich ballte meine Fäuste zusammen, die ich in die Taschen meiner Segeljacke steckte.

„Du bist verdammt nochmal meine Mutter und du hast von Anfang an gewusst, wer ich bin? War das Absicht, dass du mich so bescheuert behandelt hast, oder ist das so ein Familiending, von dem ich noch nichts weiß? Was soll das alles?“

„Was das alles soll? Denk einfach mal zwei Sekunden nach, Joanne! Ich habe dich nicht darum gebeten, bei mir an Bord zu kommen, und jetzt machst du mir Vorwürfe?“

Das war ja wohl die Höhe! Das konnte unmöglich ihr Ernst sein!

„Das glaub ich ja wohl nicht!“, schrie ich meine Enttäuschung heraus.

„Du bist abgehauen, als ich ein paar Tage alt war! Du hast dein eigenes Kind im Stich gelassen. Mein Leben lang habe ich geglaubt, dass du tot bist, und letztes Jahr – mit fünfundzwanzig Jahren – zufällig rausgefunden, dass du lebst! Dass dir völlig egal war, was aus mir wurde! Es hat mich seitdem über ein Jahr gekostet, dich zu finden. Und was tust du? Du skipperst hier einfach in Deutschland herum und interessierst dich nicht im Geringsten für dein eigenes Kind! Wie egoistisch kann man bitte sein?!“

„Joanne, warte, es war …“

„Anders? Ja? Du hast mich verlassen! Du hast alles kaputt gemacht! Cates Eltern sind ums Leben gekommen, als sie Dad zu Hilfe kommen wollten! Meine Cousine belastet das bis heute, dass sie ohne ihre Eltern aufgewachsen ist! Dad war völlig fertig, auch wenn er versuchte, tapfer zu sein. Und mich hast du auch kaputt gemacht, als ich die Wahrheit über dich rausgefunden habe! Was war also … WAS?!“

Inzwischen bekam wohl der gesamte Hafen meinen Ausbruch mit, aber ich konnte mich nicht bremsen. Ich wollte wissen, was hinter alldem steckte, auch wenn ich wusste, dass ich heute kein Wort meiner Mutter mehr aushalten konnte. Nicht nach diesem Törn, nach diesem Schmerz, nach diesem riesigen Schlag ins Gesicht. Deshalb war ich fast froh darüber, dass meine Mutter sich als Feigling entpuppte, einfach über den Bugkorb auf den Steg kletterte und verschwand. Darin war sie gut. Abhauen war schon immer ihre größte Kernkompetenz gewesen. So viel stand fest!

„Du bist die beschissenste Person, die mir je im Leben begegnet ist, und es war eine absolute Verschwendung, dich gesucht zu haben! Weißt du was?! Es ist mir so dermaßen egal, wie du drauf bist! Ich dachte, ich muss dich kennenlernen, um zu wissen, wer ich bin! Aber ich bin viel besser als du! Ich lasse Menschen nicht einfach im Stich! Du kannst mich mal! Du hast es nicht verdient, dass ich dich als meine Mutter bezeichne!“, schrie ich in die Dunkelheit und machte mir gar nicht erst die Mühe, die Tränenbäche aus meinem Gesicht zu wischen.

Ich schrie ins Leere und zuckte zusammen, als meine Mutter aus einer dunklen Ecke hervorkam. Sie war nicht so weit weggelaufen, wie ich vermutet hatte. Sie hatte alles gehört, was ich rausgebrüllt hatte.

„Ich will, dass du dieses Schiff verlässt und über deine Worte nachdenkst."

„Mehr hast du nicht zu sagen?"

Immerhin war es eindeutig, das musste man ihr lassen.

„Geh jetzt, Joanne! So hat ein Gespräch keinen Zweck. Wir können reden, irgendwann. Vielleicht. Aber nicht so. Nicht hier und nicht heute. Auch nicht morgen. Bitte verlass das Schiff, wir sollten uns eine Weile nicht sehen."

„Eine Weile? Was heißt für dich denn eine Weile? Die nächsten Jahrzehnte oder kannst du auch in anderen Zeitdimensionen denken?", warf ich ihr vor.

„Wie dem auch immer sei – Anne-Mailin –, ich will dich nie wiedersehen! Für mich bist du gestorben, so wie ich es den größten Teil meines Lebens ohnehin geglaubt habe!"

Ohne ein weiteres Wort drehte sie sich auf der Stelle um und verschwand. Dieses Mal beobachtete ich das genau und stellte sicher, dass sie wirklich außer Hör- und Sichtweite war. Minutenlang blieb ich auf dem Vorschiff stehen und starrte ihr hinterher, unfähig, irgendetwas zu tun. Hätte ich auf all die anderen hören sollen, die mir eine

Enttäuschung geradezu prognostiziert hatten? Nein, das hätte mir nicht geholfen. Das hier war so viel schlimmer, als ich mir den Worst Case ausgemalt hatte. Trotz allem hatte ich nun endlich Gewissheit. Vielleicht sollte ich sogar dankbar dafür sein, dass meine Mutter damals abgehauen war. Mit einer so egoistischen Person aufzuwachsen wäre wohl kaum gut für mich gewesen, dachte ich sarkastisch. Was hatte ich auch erwartet von der Aktion? Normalerweise war ich nicht so naiv und trotz aller Vorbehalte hatte ein Teil in mir an die Märchengeschichte geglaubt.

„Hier ist deine Tasche."

Ich schreckte auf, als Chris meine Tasche neben mir fallen ließ. Ihn hatte ich gar nicht kommen hören.

„Wieso?"

„Du willst weg und das ist für euch beide sicherlich das Beste. Ihr solltet miteinander reden, aber nach diesem Streit braucht ihr beiden erstmal etwas Zeit. Das kann unmöglich gut gehen auf diesem Boot."

In Teilen hatte er recht.

„Und wo ist deine Tasche?"

Keine Antwort von Chris. Wieso stand meine Tasche gepackt hier und seine nicht? Wieso machte er keine Anstalten, seine Tasche auch zu holen, wenn wir abreisen wollten? Wieso zuckte er nur so blöd mit den Schultern? Hieß das, dass er nicht mit mir mitkommen würde, sondern mich hinterging und sich noch länger mit meiner Mutter abgab? Das konnte er nicht tun, das durfte er nicht tun!

„Ich glaube, deine Mutter ist gerade echt durch den Wind. Deshalb sollte jemand hierbleiben."

„Du willst meiner Mutter helfen und ich soll das jetzt allein durchstehen?!"

„Ich lasse dich nicht allein, ich kläre bloß das, was hier vor Ort wichtig ist. Jetzt komm mal runter von deinem hohen Ross!"

Hohes Ross? Das wurde ja immer besser.

„Seid ihr alle verrückt geworden?! Ich sitze auf keinem hohen Ross. Und mir ist die Zeit egal. Meine Mutter hat all das verbockt. Das ist nicht wieder gutzumachen. Selbst du hast vermutet, dass es nicht gut geht, und das hier ist ein einziges Desaster. Ich rede nicht mit ihr. Nicht heute, nicht morgen, nie wieder! Alles, was ich wissen musste, habe ich rausgefunden und das reicht! Also pack deine Tasche und lass uns hier abhauen!", verlieh ich meinem Schmerz Ausdruck.

Chris musste zu mir halten. Er war meinetwegen mitgekommen, hatte sich trotz Beinahe-Seekrankheit durchgekämpft, obwohl er zuvor genauso viele Bedenken gehabt hatte wie meine Freunde. Wie konnte es sein, dass er ausgerechnet jetzt einknickte, nachdem meine Mutter mich so miserabel behandelt hatte? Anstatt nach unten zu gehen und seine Sachen zu holen, reichte er mir nur einen Zettel.

„Du kannst in dieser Pension unterkommen und das ist die Uhrzeit für deine Verbindung mit dem Katamaran, der morgen direkt bis Hamburg fährt. Ich habe alles für dich gebucht und dein Ticket ist in deinem Maileingang, mehr kann ich nicht tun."

Fassungslos starrte ich auf den Zettel. Chris hatte ohne mich beschlossen, dass ich allein abreisen sollte, und dafür entsprechende Vorbereitungen getroffen. Wenn es nicht so dermaßen absurd und unmöglich wäre, könnte das fast süß sein. Aber so …

„Ich kann nicht glauben, dass du mich im Stich lässt. Nicht nach alledem. Viel Spaß mit meiner ach so tollen Mutter. Es wird sicherlich ein wundervoller restlicher Törn. Besorg dir aber lieber noch ein paar Tabletten, falls dir wieder schlecht wird. Ich würde mich nicht darauf verlassen, dass sie dir nochmal hilft", schoss ich nochmal nach, weil es viel zu sehr weh tat und ich nicht fähig war, anders zu reagieren.

Am liebsten hätte ich mich dafür selbst geohrfeigt. Chris und ich waren uns nicht einig über das, was jetzt zu tun war, doch natürlich war mir bewusst, dass er Gutes für mich wollte. Bloß konnte ich jetzt nicht mehr über meinen eigenen Schatten springen. Stattdessen hackte ich auf ihm herum, obwohl er das nicht verdient hatte. Meinungsverschiedenheit hin oder her. Ich sollte mich an ihn schmiegen, mich ausheulen und klügere Entscheidungen treffen. All das wusste ich, aber ich konnte nichts Vernünftiges in die Tat umsetzen.

„Joanne? Ich habe geglaubt, dass du reflektierter bist und dass du besser reagierst als deine Mutter. Aber ganz ehrlich? Man könnte meinen, dass die einzige Reflexion, zu der du fähig bist, der Blick in den Badezimmerspiegel ist. So geht das nicht. Auch nicht jetzt."

Meinte er damit etwa, ich sei unreflektiert? Chris machte Ernst, denn er kletterte auf den Steg und zog meine Tasche an Land. Eine weitere Diskussion war demzufolge zwecklos. Meine Mutter war verschwunden und mein Freund hielt mich für so unfähig, dass er mich allein von Bord schickte. Auf die nette Art und Weise, indem er mir eine Unterkunft und eine Verbindung nach Hamburg gebucht hatte. Das sollte wohl sicherstellen, dass ich ging, während er blieb. Rein aus Prinzip wollte ich mich dagegen wehren. Leider hatte er mit einer Sache recht. Es würde nicht gut gehen, wenn ich mit meiner Mutter auch nur eine Minute länger auf diesem verfluchten Schiff bliebe. Deshalb kletterte ich auch auf den Bugkorb, um an Land zu gehen und diese Aktion zu beenden. Ich zitterte so sehr, dass Chris mir helfen musste, auf den Steg zu gelangen. Dass er mich dabei vorsichtig berührte, tat umso mehr weh. Es fühlte sich an wie eine Verabschiedung, die es letztendlich auch war.

„Melde dich, wenn du wieder klar im Kopf bist. Aber vorher nicht, bitte."

Das saß.

War das eine Trennung? Waren wir überhaupt ein richtiges Paar? Definiert hatten wir das schließlich nie. Also waren wir dann wohl nicht oder nicht mehr zusammen. Dabei hatte ich Chris liebgewonnen. Ich würde ihn vermissen. Wie gut, dass ich inzwischen routiniert darin war, verlassen zu werden. Wortlos starrte ich ihn an, doch mir war bewusst, dass ich die Situation jetzt nicht mehr retten konnte. Ich hatte auf jeder Ebene verloren. Demonstrativ zog ich meine Sicherheitsweste aus, die ich bis jetzt noch getragen hatte, legte sie auf den Steg, pellte mich aus dem Ölzeug, das Chris gemietet hatte, und legte es daneben. Einen Blick wagte ich noch in seine Augen, dann drehte ich mich um und ging den Steg entlang, Richtung Land. In der Pension würde ich garantiert nicht einchecken. Die Nacht konnte ich mir auch so um die Ohren hauen. Ich musste nur sicherstellen, dass ich meiner Mutter nicht nochmal über den Weg laufen würde. Denn das konnte ich heute unmöglich verkraften.

Kapitel 25

„Wenn es passt, dann ist es einfach leicht und locker. Nicht so eine gequirlte Kacke", sagte Lars.

Erklärte er mir jetzt die Zubereitung eines Pfannkuchenteigs? Ach nein, es war der Versuch, mich aufzumuntern.

Tom pflichtete ihm kopfnickend bei.

Die beiden waren kurz vor Ladenschluss ins Toxic gekommen und nun saßen wir zu dritt hier am Tresen, während Stina und Aline die Tür abschlossen und die letzten Reste wegräumten, ehe sie sich auch zu uns gesellten.

„Ist schon richtig. Bloß habe ich die gequirlte Kacke leider selbst zu verantworten. Zumindest was Chris anbelangt. Das war so richtig blöd von mir und jetzt meldet er sich nicht mehr", seufzte ich.

Den Streit mit meiner Mutter bereute ich kein bisschen. Aber dass ich Chris mit hineingezogen und mich so blöd verhalten hatte, stand auf einem anderen Blatt. Das hatte ich nach allen Regeln der Kunst vergeigt und in den letzten Tagen nicht wieder kitten können. Es war offensichtlich, dass er nichts von mir hören wollte, und deshalb hatte ich aufgegeben, mich per WhatsApp bei ihm zu entschuldigen.

„Ich hätte auf euch hören sollen. Ihr alle hattet recht. Wie konnte ich auch bloß erwarten, dass die Begegnung mit meiner Mutter gut werden könnte? Ich bin keine fünf Jahre mehr alt!"

„Schluss jetzt mit den Vorwürfen. Wir unterbrechen diese Dauerschleife jetzt mal", meldete Aline sich zu Wort.

Wie auf Kommando huschte Stina hinter den Tresen und stellte jedem von uns einen Mexikaner hin. Was auch immer die Menschen an diesem typischen Hamburger Shot fanden, jetzt gerade kam der wie gerufen. Scharfer Tomatenschnaps konnte in solchen Situationen ausgesprochen gut schmecken. Zumindest tat es gut, die erste Runde zu trinken, und auch die zweite Runde war ein Genuss. Natürlich änderten die Shots nichts an meiner ausweglosen Lage und Drinks waren keine Lösung für Probleme. Ein bisschen Zuspruch, der sich durch meine neuen Freunde in unserer geselligen Runde ergab, war trotzdem viel wert.

„Dann wechseln wir mal das Thema. Bitte. Ich möchte hören, was ihr die letzten Tage erlebt habt, und lasst bitte keine lustigen Geschichten aus", versuchte ich, fröhlich zu sein.

Ablenkung wäre durchaus hilfreich, denn Aline hatte die letzten Tage quasi nonstop die Geschichten rund um meinen misslungenen Segeltörn samt der einsamen Rückreise mit dem Katamaran gehört und meine Tränen getrocknet. Stina hatte ein paar kaputte Gläser zu verzeichnen, weil ich in Gedanken versunken auf dem Weg zu einem Tisch gestolpert war. Ein volles Tablett samt Getränken auf den Boden zu schmeißen war durchaus ein Kunststück. Glücklicherweise hatte mir das niemand übel genommen, doch es war für mich Zeichen genug gewesen, um wieder meinen Kampfgeist zu erwecken. Wobei mir das nicht so leichtfiel wie sonst. Die Enttäuschung über meine Mutter hallte nach, und dass ich es zeitgleich mit Chris vermasselt hatte, war nichts, was ich mal eben so abhaken konnte. So gesehen war der Abend jetzt eine gute Ablenkung, nicht mehr und nicht weniger. Nachdenklich drehte ich den Strohhalm des Drinks, den Stina nun hingestellt hatte, hin und her. Ich konzentrierte mich penibel genau auf die Drehung der Eiswürfel, bis mich Tom aus meinen Gedanken riss:

„Ich will mich nicht unbeliebt machen, aber ich finde, du solltest mit ihr reden."

„Mit ihm, meinst du?"

„Mit Chris meinetwegen auch. Aber ich rede jetzt von deiner Mutter."

Na bravo.

Ich hatte mir Ablenkung gewünscht und außerdem wollte ich nicht, dass meine Freunde ihren Feierabend ausschließlich mit meinen familiären Problemen und meiner misslungenen Beziehungsgeschichte verbrachten. Denn was gab es noch zu reden? Meine Eindrücke waren schmerzhaft genug gewesen.

„Ich weiß genug von dem, was ich wissen muss. Was soll ich da noch reden?", versuchte ich das abzuwehren.

„Ach komm, als ob du dich damit zufriedengibst. Es steht außer Frage, dass es ein No-Go war, wie sie dich behandelt hat. Aber wir alle sehen dir an, dass deine Fragen nicht beantwortet sind. Kann es noch schlimmer werden? Vermutlich nicht. Bring es hinter dich und lass sie einmal erzählen, was damals passiert ist. Dann kannst du sie ziehen lassen. Wir sind alle für dich da. Bloß das jetzt, das ist keine Lösung."

Was das anging, fiel mir kein Widerspruch mehr ein. Da hatte Tom leider völlig recht. Anders als vor dem Törn erwartete ich inzwischen nahezu nichts mehr, also würde ich nicht noch mehr verletzt werden können. Oder doch? Zumindest mein Kopf wusste, dass ich nichts erwarten sollte, weil das bloß weitere schmerzhafte Erkenntnisse mit sich bringen würde. Inwiefern meine Intuition das verstanden hatte, konnte ich nicht genau sagen. Vermutlich würde ich innerlich wieder hoffen, dass es noch ein Happy End gab, obwohl das sachlich betrachtet ausgeschlossen war. Vielleicht brauchte ich die Geschichte meiner Mutter, um dieses Kapitel endgültig schließen zu können. Jetzt war die Chance da, denn momentan war sie in greifbarer Nähe. So wie ich es aus ihrem Gespräch mit Jan rausgehört hatte, war sie ständig unterwegs und würde bestimmt nicht in Cuxhaven sesshaft werden. Bloß hatte ich keine Ahnung, wie ich das anstellen sollte, ohne wieder innerlich zu zerbrechen.

„Ich weiß, dass ihr recht habt, aber ich kann das nicht", seufzte ich.

„Sollen wir mal mit ihr reden? Gib mir dein Handy und ich rufe sie an, mache mir mal ein Bild von der Lage. Wenn's sein muss, lasse ich mir aus ihrer Sicht erklären, was da los war bei ihr, und filter die Infos für dich", bot Lars an.

Das war ein nettes Angebot. So hätte ich die Möglichkeit, zumindest die sachlichen Informationen zu bekommen, ohne mich dem Thema selbst stellen zu müssen. Eigentlich war die Idee gar nicht so schlecht. Aber es fühlte sich feige an, Lars vorauszuschicken. Überfordert griff ich nach meinem Handy, ohne zu wissen, was ich zuerst tun sollte. Chris anrufen und ihn um Verzeihung bitten war eine Möglichkeit. Meiner Mutter schreiben und sie um ein Gespräch zu bitten, könnte auch sinnvoll sein, schlugen meine Freunde vor. Alternativ konnte ich etwas völlig anderes tun und es nochmal mit Tinder versuchen und ein wenig swipen, um mich auf andere Gedanken zu bringen. Nichts davon passte mir jetzt in den Kram. Stattdessen tippte ich eine schnelle Nachricht an Cate:

Bist du noch wach?

„Cate schreibt …", wurde mir angezeigt.

Eine ganze Weile.

Bis mein Handy klingelte, meine Cousine am anderen Ende der Leitung war und mich mit einem „Was ist denn los?" begrüßte.

Was los war, hatte ich in den letzten Tagen zur Genüge rauf und runter besprochen, mir aber nicht überlegt, was ich Cate überhaupt sagen wollte. Von dem Törn hatte ich ihr nichts erzählt, sie war nicht auf dem aktuellen Stand und jetzt verspürte ich das dringende Gefühl, ihr von allem zu berichten.

„Ich, ähm … habe Mist gebaut. Glaube ich. Kann ich zu dir kommen? Das ist schwierig am Telefon."

*

Mit Whisky schnurrend auf dem Schoß fühlte ich mich schon wohler. Es tat gut, den schnurrenden Kater zu streicheln und mein Gesicht in sein Fell zu drücken. Ein paar Schmuseeinheiten mussten sein, auch wenn ich die nur mäßig vorhandene Geduld von Cate damit sehr strapazierte.

„Willst du mir nicht sagen, was passiert ist?"

„Doch, schon. Du wirst vor Begeisterung aber nicht gerade in die Luft springen."

„Na, komm schon."

Cate hob Whisky vorsichtig von meinem Schoß, schnappte meine Hand und führte mich raus an die frische Luft. Der Blick über den Hafen, der trotz der Dunkelheit aufgrund der vielen Lichter hell schimmerte, tat mir gut. Genauso wie Cate zog ich meine Schuhe aus, als wir unten am Elbstrand angekommen waren, und ließ meine Füße von den kleinen Elbwellen umspülen. Das erste Mal seit Tagen hatte ich das Gefühl, endlich mal wieder durchatmen zu können. Außer uns beiden war niemand mehr hier unten am Strand. Niemand hatte kluge Ratschläge für mich, niemand setzte ein mitleidiges Gesicht auf und niemand hinterfragte, was die letzten Tage passiert war. Ich war hergekommen, um Cate von meiner Mutter zu erzählen, und ich war dankbar dafür, dass meine Freunde sich alles angehört hatten, keine Frage. Trotzdem war es wertvoll, für ein paar Minuten diese Pause von dem zu bekommen, was mich die letzten Tage ununterbrochen beschäftigt hatte.

„Danke, dass du mir die Zeit gibst“, flüsterte ich Cate zu.

„Nimm dir so viel Zeit, wie du brauchst. Du musst keine Angst haben, mit mir zu reden. Ich weiß ja, weshalb du zurück nach Hamburg gekommen bist, und es ist okay für mich. Du solltest nicht das Gefühl haben, mich schonen zu müssen.“

Dankbar nahm ich die Umarmung an, die Cate mir anbot, und setzte mich gemeinsam mit ihr ein Stück entfernt vom Elbwasser auf den Strand. Dann brach es aus mir heraus:

„Ich … hab sie gefunden. Tatsächlich wollte ich dich schonen, vielleicht auch mich selbst. Alle haben mir eingeredet, dass ich nicht hinfahren soll, weil sie sich sicher waren, dass es eine einzige Enttäuschung werden kann. Dir habe ich nichts erzählt, weil ich Angst hatte, dass es dir zu sehr weh tut und … – ich war dort und … verflucht, wer ist das denn jetzt?!“

Mein Handy vibrierte in einem äußerst ungünstigen Moment. Die Nummer kannte ich nicht. Reflexartig nahm ich das Gespräch an.

„Joanne?"

Mailin?

Mum?

Anne?

Keine dieser Bezeichnungen davon fühlte sich auch nur ansatzweise passend für mich an. Ich sollte auflegen, anstatt mich überrumpeln zu lassen, aber das schaffte ich leider nicht.

„Ja?"

„Es tut mir leid, dass unser Törn so verlaufen ist. Ich war überfordert und ich würde gerne mit dir reden, in Ruhe. Es gibt so vieles, das wir zu besprechen hätten", druckste sie unsicher herum.

Sie wirkte völlig ausgetauscht. Da war nichts mehr von der ungerechten Skipperin, die ich kennengelernt hatte. Diese Frau – meine Mutter – klang äußerst unsicher. So als ob sie bereute, was auf dem Törn schiefgelaufen war. Für einen kurzen Augenblick war ich geneigt, ihr erneut eine Chance zu geben. Doch wozu sollte das gut sein? Wenn sie mich von Anfang an erkannt hatte, dann hatte sie genug Zeit gehabt, um sich eine Taktik zu überlegen, die freundlicher als das war, was sie an Bord geboten hatte. Jetzt war es zu spät, um auf diese Art und Weise anzukommen, selbst wenn mir meine Freunde ebenfalls zu einem Austausch mit ihr rieten.

„Leider fällt dir das zu spät ein!“

Schweigen am anderen Ende der Leitung. Was hatte sie erwartet? Dass ich mich über diesen Anruf freuen und sie zu mir einladen würde? Das war völlig absurd.

„Ich kann dich verstehen. Und ich verlange gar nicht, also ich würde niemals verlangen, dass du mir vergibst. Aber du hast mich gesucht und wolltest wissen, was hinter allem steckt. Ich war überfordert, aber ich würde gerne mit dir reden. Dir meine Perspektive erläutern, und wenn du danach entscheidest, dass du nie wieder mit mir zu tun haben möchtest, dann muss ich das akzeptieren. Ich werde es akzeptieren. Ich bitte dich nur darum, mir diese eine Chance zu geben. Ich möchte einmal in Ruhe mit dir reden.“

Meine Mutter klang verheult. Ich nahm ihr ab, dass sie wirklich mit mir reden wollte und dass es ihr momentan wichtig erschien. Diese Sätze waren nicht gelogen, das spürte ich. Nur leider kamen sie viel zu spät. Schließlich hatte sie damals beschlossen, Irland und ihre Familie zu verlassen mit all seinen Konsequenzen, und nun kein Recht darauf, sich mir zu erklären. Ganz gleich, dass ich sie gesucht hatte und scheinbar inkognito auf ihrem Törn erschienen war. Irgendwo tat sie mir leid und es fiel mir schwer, ihr diesen Wunsch auszuschlagen. Trotzdem musste ich mir bewusst machen, dass meine Mutter es selbst vermasselt hatte. Ich war ihre Tochter und ich war nicht für das verantwortlich, was sie entschieden hatte.

„Ich kann und möchte das jetzt nicht. Ruf mich nicht mehr an“, quetschte ich hervor, lauschte noch wenige Sekunden der Stille und dem Schweigen, ehe ich auf das rote Symbol tippte und das Telefonat beendete.

Immer wieder nahm ich etwas Sand in meine Hand und ließ ihn zurück auf den Strand rieseln, während mein Blick elbabwärts schweifte. Nur etwas mehr als fünfzig Seemeilen von hier saß meine Mutter vermutlich irgendwo an diesem blöden Hafen von Cuxhaven und es wäre fast ein Katzensprung, um selbst jetzt dorthin zu gelangen und ihr all die Fragen zu stellen, die mir auf dem Herzen brannten. Bloß ging es nicht. Ich konnte mich nicht überwinden, weder per Telefon noch im echten Leben.

„Joanne?“, machte sich Cate bemerkbar.

„Hmmmm …“

„Vieles kann ich mir zusammenreimen, aber bitte fang an zu reden. Diese Sandkörnchen sind klein genug, die musst du nicht weiter mit deinen Händen zerreiben.“

Dieser Spruch sorgte immerhin dafür, dass ich kurz grinsen musste. Es würde mich nicht wundern, wenn Cate genau wusste, wie der Durchschnittsumfang der Sandkörnchen am Elbstrand war.

„Ich würde lieber von dir, meinem liebsten Cousinen-Nerd, ein paar Fakten zu diesen Sandkörnchen erfahren. Kannst du mir nicht einfach eine Vorlesung dazu halten?“, lockerte ich die Situation und mich selbst ein bisschen auf. „Aber es hilft ja nichts. Also, das gerade war Mailin.

Ehrlicherweise weiß ich nicht, wie ich sie nennen soll. Jede mögliche Anrede fühlt sich falsch an. Ihr alter Name, ihr neuer Name und erst recht Mum oder Mama oder Mutter. Das ist so kompliziert. Außerdem ist es schwer, dir von den Geschehnissen zu erzählen. Dich hat unsere Familiengeschichte am meisten getroffen und ich will nicht, dass es dir schlecht geht."

„Das gerade ist deine Geschichte. Vergiss meine Geschichte mal. Jetzt geht es um dich. Du hast mir letztes Jahr so sehr geholfen, als ich in Schwierigkeiten steckte. Deshalb musst du jetzt keine Rücksicht auf mich nehmen. Vielleicht werde ich es nie schaffen, Mailin kennenzulernen. Aber das ist jetzt zweitrangig. Es darf jetzt mal um dich gehen, okay?"

Diese Worte ließ ich mir mehrfach durch den Kopf gehen. Vom letzten Jahr war ich gewohnt, dass ich lebensfroh war, stark und tapfer. Cate war aufgrund unserer Familiengeschichte damals am Boden zerstört gewesen. Gewissermaßen wollte ich noch auf meine Cousine aufpassen, aber vermutlich stimmte, was sie sagte. Ich musste nicht so tun, als sei ich momentan so stark, wie ich es sonst gewesen war. Cate hatte ihren Weg gefunden und ich musste sie nicht mehr als nötig beschützen. Das jetzt, das war die Geschichte von meiner Mutter und mir. Ich durfte überfordert sein, wütend sein. Es war okay, wenn ich ihr Vorwürfe machte und nicht verstand, was die letzten fünfundzwanzig Jahre lang passiert war. Ich durfte im Zwiespalt sein, weil ich die Perspektive meiner Mutter verstehen wollte und gleichzeitig das Gefühl hatte, sie gar nicht erst verstehen zu können. Sie war die Erwachsene gewesen, die falsche Entscheidungen getroffen hatte. Egal, was ihre Geschichte war, sie hätte mich nicht verlassen dürfen. Zumindest hätte sie sich später bei mir melden müssen, anstatt darauf zu warten, dass ich sie fand. Sie mochte ihre Gründe haben und trotzdem rechtfertigte es ihre Taten nicht. Und es tat weh, mir das bewusst zu machen, nachdem ich nun monatelang dieser Idealvorstellung von Mutter hinterhergejagt war. Mal mehr und mal weniger. Ich hatte tief in mir so sehr den Wunsch gehabt, diese Frau zu finden, mit der ich mich identifizieren konnte. Die alles erklärte, auf leichte Art und Weise. Ich war viel zu naiv gewesen, um diesen Zwiespalt vorherzusehen.

„Ich weiß einfach nicht mehr, was ich noch denken soll. Die gesamte Konstellation ist so viel schwerer, als ich je geglaubt hätte. Wie konnte ich nur so naiv sein?", schluchzte ich auf.

Noch mehr Elbsand wurde von mir zu noch kleineren Teilchen gerieben, weil ich jetzt nicht still sitzen bleiben konnte.

„Du hast sie gefunden und getroffen und jetzt hat sie angerufen?"

„Ja. Scheiße nochmal, ja. Tut mir leid, dass ich …"

„Du hast jedes Recht dieser Welt, um jetzt aufgewühlt zu sein. Lass dir Zeit, uns eilt hier niemand. Du kannst mir alles erzählen, aber denk dran, dass wir Menschen Sauerstoff benötigen, und versuch nochmal durchzuatmen."

Vorhin hatte das mit dem Durchatmen kurz geklappt, jetzt versuchte ich es wieder. So recht wollte es mir nicht gelingen, weil ich zu aufgebracht war.

„Es klappt gerade nicht. Weil ich die Geschichte meiner Mutter erfahren möchte, aber andererseits will ich sie gar nicht verstehen und ich weiß wiederum, dass es mich niemals in Ruhe lässt, wenn ich es nicht einmal anhöre und …", entgegnete ich hektisch.

„Dann ist völlig klar, dass du keine andere Wahl hast, als dir deine Fragen beantworten zu lassen, jetzt, wo du diese Möglichkeit hast. Ohne diese Geschichte wirst du nicht damit abschließen können."

Da war sie zurück, meine pragmatische Cousine, die die Dinge manchmal gut auf den Punkt bringen konnte und in diesem Fall völlig recht hatte. Ich musste mir anhören, was meine Mutter zu sagen hatte. Erst danach würde ich Abstand gewinnen können. Bloß tat allein der Gedanken an ein solches Treffen oder Telefonat viel zu sehr weh.

„Ich bin noch nicht bereit dazu", murmelte ich deshalb und dann fing ich an, die Ereignisse der letzten Woche zu verarbeiten, indem ich Cate alles ausführlich erzählte. Vom Auffinden meiner Mutter dank der Hilfe von Chris über den Törn hin bis zur „Trennung" von meinem Freund und eben der Geschichte, die meine Mutter und mich verband.

Kapitel 26

„Tinder kommt in Wellen", hatte Aline kürzlich prophezeit, nachdem ich felsenfest davon überzeugt gewesen war, mich nie wieder auf diesen Dating-Dschungel einzulassen.

Leider hatte sie mit ihrer Weisheit recht behalten. Blöd war es, dass ich mir aufgrund meines Frusts ein neues Profil erstellt hatte. Es hatte mich ablenken sollen. Da hätte ich auch gleich in die Alster springen können, in der Erwartung, mir damit ein frisches Bad zu gönnen. Wobei ich nichts gegen die Alster hatte. Allerdings hatte ein Gewässer, bei dem man bereits einen halben Meter unterhalb der Wasseroberfläche gar nichts mehr erkennen konnte, eben kaum etwas mit einer sauberen Erfrischung zu tun. Und eine Dating-App war ebenso wenig geeignet gegen Liebeskummer. Schon gar nicht, wenn man feststellen musste, dass der Kerl, um den es ging, weiterhin dort angemeldet war. Was um alles in der Welt stimmte nicht mit dem Algorithmus, dass er mir Chris so schnell vorschlug, obwohl es in Hamburg von Single-Männern nur so wimmelte? So oder so stellte ich fest, dass sein Profil – anders als meine neue Variante – noch exakt so aussah wie von Anfang an. Er hatte es also nie gelöscht, trotz unserer gemeinsamen Zeit. Von ihm hätte ich etwas anderes erwartet.

Wieso war er während unserer gemeinsamen Zeit auf der Suche gewesen? Besser gesagt, warum hatte ich mir Gedanken darum gemacht, dass er sich zu viel von mir erhofft, wenn er dieses Dating-Spiel zwischenzeitlich gar nicht aufgegeben hatte? Wobei die alleinige Existenz seines Profils natürlich nicht bedeutete, dass er es während unserer Zeit aktiv genutzt hatte. Ein Jammer, dass man sich über solche Dinge überhaupt den Kopf zerbrach und heutzutage so viel über diese Art des Kennenlernens laufen musste. Trotzdem blickte ich einige Minuten auf sein Profil. Garantiert hatte Chris als Datenprofi nicht einfach die App deinstalliert, ohne seine persönlichen Daten zu löschen. Die wesentlichen Informationen über sein Nutzungsverhalten konnte ich nicht herausfinden und es nervte mich, dass ich meine Eifersucht nicht unterdrücken konnte. Schließlich ging es mich nichts mehr an.

Ich hatte es vermasselt.

Was ich definitiv wusste, war nur, dass er meine Kontaktversuche via WhatsApp und Telefon ignoriert hatte. Lediglich eine kurze SMS hatte ich bekommen, die ich nun erneut aufrief:

Find dich erstmal selbst.

Dieser kurze Text tauschte einen Teil meiner Eifersucht und Traurigkeit gegen ein bisschen mehr Unverständnis aus. Denn was ging es Chris nach alldem noch an, ob meine Selbstfindung derzeit im Fokus stehen musste? Ich musste eine Idee davon bekommen, wie ich mit der Situation meiner Mutter umgehen sollte. Okay, vielleicht war ein bisschen Identitätsfindung mit im Spiel, wenn man es theatralisch ausdrücken wollte. Aber nur, weil ich gerade unschlüssig war, wie das alles laufen sollte, brauchte er mir nicht mit diesem scheinbar klugen Spruch zu kommen, ohne sich anderweitig bei mir zu melden. Lieber sollte er mir verzeihen, dass der Törn so blöd gelaufen und ich abgereist war. Natürlich hatte ich meinen Teil dazu beigetragen und hätte meinen Frust nicht an ihm auslassen sollen. Aber wie sollte ich den Konflikt mit ihm klären, wenn er mir aus dem Weg ging? Vermutlich sollte ich aufhören, mir einen Kopf darum zu machen, weil es keine Chance für uns gab. Dazu verband uns zu wenig. Es war im Grunde genommen nur eine kurze Zeit gewesen, die wir miteinander geteilt hatten. Weil Chris meine Mutter gefunden hatte, würde er trotzdem für immer eine besondere Rolle in meinem Leben spielen und zugleich sollte ich vermutlich mit diesem Kapitel abschließen. Wir waren nicht füreinander gemacht, passten nicht zusammen. Obwohl es so schön gewesen war, bei ihm zu sein …

*

Grundsätzlich schien ich bei Beziehungsfragen also gänzlich ungeeignet. Kein Wunder, wenn man meine Familienhistorie betrachtete. Während Chris mir aus dem Weg ging, tat ich Ähnliches mit meiner Mutter. In den letzten Tagen hatte sie mehrfach versucht, mich zu erreichen, und ich hatte ihre Versuche ignoriert. All die Fäden kamen hier in Hamburg zusammen. Ich hatte mir Klärung und einen Neustart erhofft, als ich hergekommen war. Wie gerne würde ich meine Sachen packen und weit weglaufen, um die schmerzhaften Erfahrungen hinter mir zu lassen. Einzig der Gedanke daran, dass ich es meiner Mutter dann irgendwie nachmachen würde, hielt mich davon ab.

„Na, komm schon, Kopf hoch", seufzte Aline, die sich dieser Tage alle Mühe gab, um mich auch außerhalb der Bar in unserer vorübergehenden WG abzulenken.

„Ich möchte nicht mehr hier bleiben. Damit meine ich nicht diese WG. Das ist echt cool hier und die Arbeit im Toxic macht Spaß. Stina und du, ihr seid tolle Kolleginnen, das restliche Team mag ich auch. Und Lars und Tom. Cate und Matthis … es ist nur so aussichtslos. Was soll das hier noch?"

„Stopp mal, Joanne. Natürlich geht es dir beschissen und das mit Chris tut mir echt leid. Vergiss den Kerl, versuch es zumindest. Aber reagier endlich auf die Nachrichten deiner Mutter. Du wirst sonst nie loslassen können."

Natürlich hatte sie recht damit. Wäre sie in meiner Situation, hätte ich ihr exakt die gleichen Ratschläge erteilt. Bloß dass ich gut darin war, anderen gute Ratschläge zu erteilen, hieß das eben noch lange nicht, dass ich gute Ratschläge anderer Personen annehmen konnte. Denn in der zweiten Disziplin hätte ich nicht unbedingt eine Goldmedaille verdient.

„Wenn ich nicht wüsste, dass du recht hast, könnte ich dir viel leichter widersprechen“, grummelte ich deshalb.

„Was brauchst du denn, um das, was du für richtig hältst, umsetzen zu können?“

Verflixte Kiste, Aline war gut mit diesen Fragen. Wie sollte ich darauf antworten? Was war nötig, damit ich mich nicht länger wie ein eingeschnappter Feigling verhielt? Das ließ sich gar nicht so einfach beantworten und brachte mich zum Nachdenken. Eigentlich wollte ich das Schlamassel mit Chris klären und Tinder erneut von meinem Handy löschen. Trotz allem Hin und Her gab es in mir Gefühle für diesen Mann. Was konnten Gefühle für eine miserable Angelegenheit sein!

„Meine Beziehung mit Chris zu klären wäre gut. Zwei Baustellen sind mindestens eine zu viel und ich kann ihn nicht vergessen, auch wenn er mir die kalte Schulter zeigt. Macht aber keinen Sinn. Um das mit ihm zu klären, müsste ich mit meiner Mutter reden. Das will ich aber nicht tun, nur um wieder bei Chris punkten zu können. Das würde sich falsch anfühlen.“

„Also kommt erst deine Mum dran.“

„Hmmm …"

„Du hast gesagt, ich habe recht mit der Idee, auf ihre Nachrichten zu reagieren. Dann machen wir jetzt einen Plan, wann du das tust", zeigte Aline sich weiterhin für mich kämpferisch und bestimmt.

Bloß war da irgendetwas in mir, das mich aufhielt. Egal wie sehr ich wusste, dass das der einzige Weg war, stand ich mir selbst im Weg. Ich hatte meine Mutter gesucht und gefunden und war jetzt nicht bereit, ihr zuzuhören, weil der Umgang mit ihr zu sehr schmerzte. Mir war bewusst, dass dieses Zögern es schlimmer machte.

„Ich würde mich am liebsten selbst kräftig durchschütteln, weil ich nicht fassen kann, wieso ich nicht endlich über meinen eigenen Schatten springe, aber so ist es jetzt. Wir machen den Plan, nur nicht heute. Vielleicht irgendwann. Also bestimmt."

„Nur weil ich gleich für die Toxic-Schicht eingeteilt bin, kommst du mir heute nochmal davon."

*

Zwei Tage später wendete sich das Blatt.

Ich habe dich immer geliebt.

Das stand auf der Postkarte, die ich anstarrte. Zahlreiche Fotos von mir lagen über den Tisch verstreut. Es war der

Inhalt eines Großbriefes, den ich von Mailin erhalten hatte. Sie hatte mich auf dem Törn also von Anfang an erkannt, weil sie mein Leben lang viel mehr von mir mitbekommen hatte, als ich es jemals gedacht hätte. Da war zum Beispiel der Zeitungsartikel kopiert, in dem damals nach dem Abitur die Namen alle Abiturienten abgedruckt waren. Mein Name war eingekreist. Dass wir damals in der siebten Klasse ein Projekt für wohnungslose Menschen unterstützt hatten, so gut es Kindern in dem Alter möglich war, hatte ich fast schon vergessen. Auch darüber hatte die Lokalpresse einen kleinen Artikel geschrieben, der nun in Kopie vor mir lag. Einige weitere Erinnerungen – ebenfalls in Kopie – hatte meine Mutter gesammelt. Sie hatte mein komplettes Leben verfolgt und es rührte mich, dass sie diese Nähe gesucht hatte. Jedoch nur für sich. Ich hatte nichts davon mitbekommen, nie davon profitiert.

Mit diesem kurzen und einzigen Satz, den sie zu den kopierten Artikeln geschrieben hatte, äußerte sie ihre Perspektive.

Ich habe dich immer geliebt.

Das zu lesen tat gut, war aber gleichzeitig auch eine riesige Enttäuschung. Familienzusammenhalt sollte niemals über solche Postkarten, Nachrichten und Kopien alter Zeitungsausschnitte entstehen. Ich hatte mich auf das Boot meiner Mutter gewagt, hatte versucht, sie kennenzulernen, und bereute meine harten Worte inzwischen. In emotionaler Überforderung war ich aus der Haut gefahren und hatte Dinge gesagt, die sie sicherlich verletzt hatten. Dass ich ihre Anrufe seitdem ignoriert hatte, bereute ich hingegen nicht, denn ich brauchte Zeit. Und meine Mutter brauchte die wohl auch. Zumindest ließ der Inhalt des Briefs darauf schließen. Trotz der Vergangenheit waren wir wohl beide bemüht, uns irgendwie zu erklären. Nur waren wir bislang beide daran gescheitert.

Mit zitternden Händen klickte ich die Nummer meiner Mutter an. Ein Gespräch noch länger hinauszuzögern war inzwischen keine Option mehr. Ich musste diesen Schritt jetzt gehen und die Themen mit Mum klären, anstatt mich selbst wieder und wieder im Kreis zu drehen.

...

„Joanne?"

Shit, sie hatte das Telefonat bereits entgegengenommen.

„Hmm, ja ..."

„Ist alles okay bei dir?"

Ob alles okay war? Natürlich war nichts okay!

Mein Blick fiel schon wieder auf die Karte meiner Mutter.

„Ich habe dich immer geliebt".

„Du meinst die Frage ernst, oder?“, versuchte ich mich zu vergewissern.

Es war mir inzwischen klar, dass sie es genauso meinte. Deshalb wartete ich ihre Antwort gar nicht erst ab, sondern versuchte, so ruhig es möglich war, weiterzusprechen:

„Ganz ehrlich? Überhaupt nichts ist okay. Weißt du, wie sich das anfühlt, wenn man sein Leben lang betrogen und belogen wurde, was die eigene Herkunft angeht? Wie es für mich war, dich nach langer Suche online zu finden und herausfinden zu wollen, wie du bist? Unverfälscht. Um dann mit einem Satz und ein paar kopierten Zeitungsartikeln zu lesen, du hättest mich immer geliebt. – Du hast mein ganzes Leben verfolgt. Ich weiß nicht, wie du das angestellt hast. Aber du hättest jede Sekunde meines Lebens protokollieren können – nichts hätte daran geändert, dass du nicht da gewesen bist und …“

„Joanne. Ich verstehe all deinen Schmerz und …“

Wow, meine Mutter sah es ein!

Anders als noch während unseres Streits auf Helgoland wurde meine Stimme nun ruhig. Ich schrie die Wut nicht mehr unkontrolliert aus mir heraus. Die unbändige Traurigkeit in mir drückte sich nun durch ein Flüstern aus:

„Ich komme einfach nicht klar darauf, dass du mich angeblich immer geliebt hast, aber mich derart lange in dem Glauben gelassen hast, du seist tot. Ich dachte, nur Dad hätte mich belogen. Dabei bist du die Lügnerin, weil du all die Jahre von mir mitbekommen und dich trotzdem niemals gemeldet hast. Ich habe dich gesucht, kontaktiert und wozu? Für nichts."

Mehr brachte meine inzwischen krächzende Stimme nicht hervor. Zumal alles gesagt war. Ich hatte oft genug mit meinen Freunden gesprochen, mit meiner Familie und nun auch mit meiner Mutter. Häufiger konnte und wollte ich nicht wiederholen, wie miserabel diese familiäre Beziehung war.

„Ich verstehe dich und ich verlange nicht, dass du mir vergeben kannst. Aber dass ich dich immer geliebt habe, ist wahr. Auch wenn ich dir das nie zeigen konnte. Ich weiß, dass ich gravierende Fehler gemacht habe. Vor allen Dingen in der Vergangenheit, aber auch auf unserem Törn. Nach allem, was passiert ist, darf ich mich nicht damit entschuldigen, dass ich überrumpelt von deiner Anreise war", erwiderte meine Mutter relativ ruhig.

Ein leichtes Beben in ihrer Stimme konnte sie nicht verbergen und das war gut so. Sie wirkte so anders als zuvor. Es war schwer, diese Worte zu verdauen, doch sie waren ehrlich, das spürte ich.

„Joanne, ich kann nichts, absolut gar nichts von dir verlangen. Noch weniger kann ich in Worte fassen, wie unfassbar leid mir meine Versäumnisse tun. Die Vergangenheit ist geschehen und hat ihre eigene Geschichte. Wenn es dir hilft, dann bin ich jederzeit für dich da und erzähle dir alles. Wenn du das nicht möchtest, dann ist es dein gutes Recht, und was den Törn angeht …"

„Lass den Mist mit dem Törn mal bleiben, ja?“

Damit wusste ich nicht, ob ich den Mist meinte, den ich verzapft hatte, oder die Leistung, die Mum erbracht hatte. Dieser Törn war in dieser Konstellation ohnehin das kleinste Problem. Schwieriger war unsere Familie an sich. Es tat gut zu hören und zu spüren, dass mehr Charakter hinter Mum steckte, als ich in der letzten Zeit erlebt hatte. Alles Weitere überforderte mich zu sehr. Ich wollte die Antworten wissen und jetzt, wo meine Mutter sich authentisch und verständlich zeigte, wusste ich, dass der richtige Zeitpunkt gekommen war.

„Wenn du bereit bist, mir alles zu erzählen, dann möchte ich mit dir sprechen. Aber nicht per Telefon. Komm vorbei und ich werde mir anhören, was du jetzt nur andeutest.“

Kapitel 27

Ein Freitagabend im August sollte einfach schön und entspannt sein. Obwohl das Wetter es selbst hier in Hamburg derzeit gut mit uns meinte, saß ich zitternd auf dem Poller am Hafen. Nicht mal die Touristen, die nach den Fähren zum König-der-Löwen-Musical fragten, konnten mich nerven. Doch ich hatte gehörigen Respekt vor dem Treffen mit meiner Mutter. Wäre ein Telefonat nicht die bessere Idee gewesen? Menschlich betrachtet war es durchaus besser, sie persönlich zu treffen, bloß fühlte ich mich absolut nicht bereit und …

„Joanne."

Jetzt war es zu spät, um die Idee zu hinterfragen. Wenigstens waren wir hier an der Elbe und plötzlich gefiel mir das touristische Treiben an den Landungsbrücken. Es war auch herrlich faszinierend zu sehen, wie die Möwen sich um heruntergefallene Fischbrötchenteile stritten. Jede Ablenkung war willkommen, um das Gespräch zu überstehen!

„Anne", begrüßte ich meine Mutter fast spöttisch. „Warum hast du dich eigentlich so genannt? Ist dir nichts Besseres eingefallen, als meinen halben Namen zu klauen?"

Bäm, herzlichen Glückwunsch – Joanne. Nachdem ich meine Mutter herbestellt hatte, hätte ich nicht innerhalb der ersten dreißig Sekunden verbal entgleisen müssen.

„Tut mir leid", stammelte ich deshalb hinterher und blickte ihr in die Augen.

Da war mehr Gefühl, als ich erwartet hätte. Sie wirkte aufrichtig und loyal. Es war ein spezieller Moment. Ich spürte, dass die Worte, die sie mir geschickt hatte, von Herzen gemeint waren. Trotz aller Fehler, die ihr unterlaufen waren, hatte sie mich immer geliebt. Das war nicht nur eine Floskel gewesen.

„Ich habe mich Anne genannt, weil ich damit einen Teil von dir mitnehmen konnte, und ja, das mag theatralisch klingen, aber es war mir wichtig. Und dir muss nichts leidtun. Du hast jedes Recht dieser Welt, sauer auf mich zu sein."

„Scheiße … also ich meine okay …"

Es wäre leichter, einer unreflektierten Person ein paar Vorwürfe zu machen. Doch ich hatte meine Mutter unterschätzt, was diese zwischenmenschliche Kommunikation anging.

„Können wir …", setzte sie an, während ich auch sprach.

„Können wir …"

„Das Telefonat und den Törn vergessen und …"

„Einfach darüber reden, was das alles bedeutet?"

Wir schienen wirklich miteinander verwandt zu sein!

„Erzähl du erstmal", sagte meine Mutter mit ziemlich weicher Stimme.

Behutsam legte sie einen Arm um meine Schultern. Tränen traten mir in die Augen, aber ich wollte jetzt nicht weinen und kämpfte innerlich dagegen an.

„Dad hat mir erzählt, dass du nach meiner Geburt gestorben seist. Ich habe nichts gewusst. Bis zum letzten Jahr. Da habe ich durch einen großen Zufall die Postkarten gefunden, die du mir jährlich geschickt hast und die Dad aufgehoben hat. Bloß hat er mir nie die Wahrheit erzählt. Und ich weiß auch nicht, warum du aufgehört hast, mir diese Karten zu meinen Geburtstagen zu schreiben. Hast du eine Vorstellung davon, wie es sich anfühlt, mit Mitte zwanzig zu erfahren, dass die totgeglaubte Mutter lebt und offensichtlich um die ganze Welt gesegelt ist? Warum warst du nie da? Warum hast du mich im Stich gelassen?"

Meine Stimme zitterte, war aber nicht mehr vorwurfsvoll. Ich wollte die Geschichte und die Gründe meiner Mutter verstehen. Das ging nur, wenn ich mich auf das einließ, was sie zu sagen hatte. Dazu musste ich ihr eine Chance geben und ihr zuhören. Weil uns das beiden nicht leichtfiel, waren wir aufgestanden und gingen ein Stück die Elbe entlang. Ein ruhigerer Ort als die Landungsbrücken konnte nicht schaden, und auch wenn der Fischmarkt ebenfalls gut frequentiert war, fanden wir dort einen Platz, an dem wir ungestört reden und unsere Blicke dabei übers Wasser schweifen lassen konnten. Ich ließ meine Beine an der Kaimauer baumeln und gab meiner Mutter einen kleinen Anstupser.

„Leg mal los, wir sollten es hinter uns bringen."

Sie nickte, atmete tief ein und fing dann an zu berichten: „Es ist wahr, dass ich dich immer geliebt habe, und ich bereue zutiefst, dass ich nie über meinen Schatten springen und dich besuchen konnte. Es gab Momente, in denen ich das versucht habe. Aber ich hatte den Eindruck, dass es dir ohne mich besser geht und ich dein Leben unnötig aufwirbeln würde. Das ist der Grund, warum ich mich ferngehalten habe. Ich habe so viele Fehler gemacht, wenn man es rückblickend betrachtet", stammelte sie unsicher, „wahrscheinlich sollte ich von vorn anfangen. Bitte entschuldige."

„Schon okay, lass dir Zeit. Das ist ja auch nicht so einfach."

„Ich war ziemlich jung, jünger, als du es jetzt bist …"

Mailin O'Reilly war an der Westküste südlich von Galway in einem kleinen erzkonservativen Dorf aufgewachsen und hatte dort nie sie selbst sein können. Schon als Teenie hatte sie sich von den Einschränkungen und der Erwartungshaltung ihrer Familie und ihres Umfeldes wie eingesperrt gefühlt. Entgegen ihren eigenen Vorstellungen hatte sie eine Beziehung mit meinem Vater Owen begonnen. Er war nett gewesen zu ihr, doch sie hatte schnell gespürt, dass sie sich verstellen musste, weil sie sich wie fehl am Platze vorkam. Um ihrem strengen Vater zu entfliehen, war sie trotzdem mit Owen zusammengezogen und hatte einer Hochzeit zugestimmt. Diesen Schritt hatte sie später bereut, weil sie Owen nie hatte ausnutzen wollen. Ein Neustart für sie beide war hingegen ausgeschlossen, denn sie hatte ihre Schwangerschaft mit mir bemerkt.

Nun kratzte meine Mutter auf dem Asphalt und schien nicht zu wissen, wie sie weitersprechen wollte.

„Es ist nicht sonderlich leicht, die Tatsachen zu hören. Dass ich kein Wunschkind war, ist mir völlig klar. So viel weiß ich längst von Dad. Es ändert ja nichts mehr. Du kannst trotzdem weiterreden."

„Das so anzuhören ist nicht einfach, denn du bist ein so wertvoller Mensch, Joanne."

„Ich komme damit zurecht. Erzähl mir also bitte, wie es weiterging."

Während der Schwangerschaft hatte sie sich also zusammengerissen und versucht, sich auf ihre neue Rolle vorzubereiten. Sie hatte niedliche Kinderkleidung gekauft, mein Zimmer eingerichtet und versucht, all das zu tun, was andere Frauen taten, die ein Kind erwarteten. Sie hatte sich Mühe gegeben, um sich irgendwie in das Schema zu pressen. Nach meiner Geburt war Mailin trotz all der guten Vorsätze schlichtweg nicht in der Lage gewesen, mich zu halten, mich zu stillen und ihre Rolle als Mutter anzunehmen. Ihre Wünsche und Sehnsüchte für immer aufgeben zu müssen, hatte sie ebenso erdrückt wie die Reaktionen ihrer Familie. Sie war nicht stark genug gewesen, um das mit ihren damals dreiundzwanzig Jahren auszuhalten.

„Es war die schwerste Entscheidung meines Lebens. Weil ich mich für dich verantwortlich gefühlt habe und weil ich dich nicht im Stich lassen wollte. Vielleicht war es auch eine Kurzschlussreaktion. Oft hört man von Wochenbettdepressionen, aber da war mehr. Ich konnte es einfach nicht. Ich habe mich kein Stück bereit gefühlt."

Ich nickte, und weil meine Mutter seit Minuten begonnen hatte zu heulen, war ich nun diejenige, die sie in den Arm nahm.

„Was war es denn, was dich so eingeengt hat?"

„Ein Mix aus vielem. Dein Vater ist ein guter Mensch, keine Frage. Er war mein erster Freund. Während alle anderen das längst hinter sich hatten, war ich unentschlossen. Owen war eine Vernunftsentscheidung, ich hatte Torschlusspanik. Dabei hat mich noch nie etwas so richtig zu Männern hingezogen. Keine leichte Sache, wenn man in einem erzkatholischen Dorf aufwächst."

Shit. Das erklärte tatsächlich so einiges. In den Neunzigern waren alle viel konservativer gewesen, und wie streng es teilweise selbst heute noch zuging, kannte ich ja auch aus Irland.

„Du hättest verdient, dass du einfach du selbst sein darfst“, flüsterte ich.

„Danke. Es ist … – da kommt alles zusammen, weißt du?“

„Ich glaube, dass ich es verstehe. Aber wie ging es dann weiter?“

Schon immer hatte das Meer sie gereizt. Es war Zufall gewesen, dass sie auf einem Segelboot gelandet war, welches noch Crewmitglieder suchte. Eine weitere helfende Hand für eine Überfahrt von Irland bis Portugal. Zunächst hatte sie die Funktion als Köchin an Bord übernommen, doch schnell die Freiheit des Meeres gespürt und Interesse an all dem gefunden, was mit dem Segeln zu tun hatte. Mum hatte sich gut angestellt und sich zügig in die verschiedenen Themen eingefuchst. Die Segelmanöver an sich, Navigation, Technik an Bord und alles, was dazugehörte. Es war das erste Mal in ihrem Leben, dass sie sich frei gefühlt hatte, und es war für sie völlig klar gewesen, dass das nur der Anfang sein sollte. Und so hatte sie ihren Namen symbolisch auf Anne Walsh geändert, um mit der Vergangenheit abzuschließen und gleichzeitig einen Teil meines Namens mit sich zu nehmen. Nachdem sie erst einmal in der Segelszene angekommen war, hatte sich ein Job nach dem anderen ergeben. Mal wurde Crew für Überführungen gesucht und mal gab es Jobs an Land. Stets in Hafennähe, immer maritim. Es war ihr nie ums Geld gegangen. Sie hatte einfach eine Möglichkeit gesucht, um frei zu sein und um Abenteuer zu erleben. Um etwas von der Welt zu sehen.

„Daher habe ich also dieses Reise-Gen und könnte gar nicht genug von all den Orten dieser Welt bekommen", unterbrach ich meine Mutter mit einem Schmunzeln.

Plötzlich gefiel es mir, dass es diese Gemeinsamkeiten zwischen uns gab, auch wenn ich mir das lange nicht hätte vorstellen können. Bloß gab es diesen einen entscheidenden Punkt:

„So vieles verstehe ich, aber ich frage mich besonders … – warum bist du nie zurückgekommen? Ich hätte dich nämlich gebraucht. Weglaufen und Fehler machen ist das eine. Aber du hättest nach den ersten Erfahrungen zumindest versuchen müssen, eine andere Lösung zu finden. Stattdessen bist du nie wiedergekommen."

„Ich bin zurückgekommen", entgegnete meine Mutter hastig.

Eine Weile schwiegen wir beide, weil diese Frage über uns beiden schwebte. Weil davon abhing, wie es zwischen uns weitergehen konnte. Die Stille auszuhalten war schwer, weshalb ich starr auf die Elbe blickte und versuchte, mich auf die Schiffe zu konzentrieren. Es war in Ordnung, dass meine Mutter auch kurz durchatmen musste, dennoch war ich froh, als sie endlich eine Antwort lieferte:

„Ich bin zurückgekommen“, wiederholte sie, „weil ich wusste, dass ich trotz allem, was mir guttat, eine Verantwortung hatte und weil ich dich sehen und für dich da sein wollte. Als ich wieder in Irland war, habe ich rausgefunden, dass du mit deinem Dad nach Galway gezogen bist. Ich wollte euch überraschen und musste mir eingestehen, dass das eine naive Idee war. Damals warst du drei Jahre alt. Ich bin zu deinem Kindergarten gelaufen und habe gesehen, wie Owen dich abgeholt hat. Du warst so glücklich und hast über den schönen Tag geplappert und auch Owen konnte ich ansehen, dass es ihm gut mit dir ging und vor allem, dass er ein guter Vater war. Ich wollte zu euch laufen, dich in den Arm nehmen und endlich für dich da sein, aber ich konnte nicht. Ich wusste, dass es zu spät war. Meine Schuldgefühle, einfach weggelaufen zu sein, waren zu überwältigend. Zumal ich gesehen habe, dass du ein glückliches Kind bist. Die Hauptsache für mich war, dass ich dich in guten Händen wusste. Ich bin zu spät zurückgekommen. Diese Erkenntnis hat mich erschüttert, wenn auch nicht überrascht.“

Puh, das war verflixt hart. Ich wollte mir kein Urteil darüber erlauben, ob das damals die richtige Entscheidung von ihr gewesen war. Wichtiger war, dass ich nun endlich verstehen konnte, was hinter dem Verschwinden und vor allem dem Nie-wieder-Auftauchen steckte. Es war keine Herzlosigkeit gewesen und kein Egoismus. Die Hintergründe waren viel tiefgehender als alles, was ich in der letzten Zeit vermutet hatte. Es würde einige Zeit dauern, bis ich meinen Frieden damit schließen konnte, doch tief in mir wusste ich bereits jetzt, dass ich meiner Mutter verzeihen wollte. Deshalb hörte ich ihr aufmerksam zu, als sie ihren Bericht fortsetzte.

Immer wieder hatte sie sich anschließend durch die Welt gekämpft, war nie irgendwo richtig angekommen. Mit vielen Jobs auf dem Wasser und auf dem Land, war sie nie sesshaft geworden. Sie hatte diese Postkarten für mich abgeschickt, um irgendwie ein Teil meines Lebens zu sein, und hatte damit aufgehört, als sie wusste, dass ich diese nun selbst würde lesen können. Sie hatte sich abgeschottet und ihr eigenes Ding durchgezogen, mit dem wiederkehrenden Gefühl, trotz allem einfach nur wegzulaufen. Sie hatte mein Leben „verfolgt", so gut es damals möglich gewesen war. Insbesondere in den letzten Jahren war das leichter gewesen als noch zu Beginn. Auch wenn ich keine Social Media Queen war, so gab es trotzdem hier und da mal etwas online zu sehen. Ein paar eigene Posts und eben die Artikel, die sie gesammelt hatte. Mum hatte das alles im Blick gehabt und nach der langen Zeit nicht den Mut gehabt, sich bei mir zu melden.

„Das Schlimmste war, von dem Schicksal deiner Cousine mitzubekommen. Bis heute weiß ich nicht, wie ich mit diesen Schuldgefühlen umgehen soll. Wenn ich nicht weggelaufen wäre, hätten sich eure Leben so anders entwickelt. Das ist neben allem anderen einer der Hauptgründe, weshalb ich nur dieses eine Mal versucht habe zurückzukommen, in all den Jahren. Es zerfrisst mich."

„Deshalb bist du dein Leben lang auf der Flucht …"

„So könnte man es ausdrücken. Seit zwei Jahren bin ich auf der Nordsee als Skipperin tätig. So lange hat es mich noch nie an einem Fleck gehalten. Mary, meine Partnerin, hilft mir dabei, ein bisschen sesshafter zu werden. Sie ist es wert – scheiße, es ist nicht so, dass ich damit sagen will …"

„Entspann dich, Mum."

Ich war so wütend auf sie gewesen, aber ihre Geschichte, die sie erzählte, ging mir zu sehr unter die Haut, als dass ich ihr weiterhin Vorwürfe machen konnte.

„Es ist gut, dass es Mary gibt. Du bist ja auch noch nicht steinalt. Nur knapp fünfzig. Ich brauche Zeit, um meine Eindrücke sacken zu lassen. Aber ich … ich verstehe zum ersten Mal, woher ich komme. Warum ich so oft weglaufen will oder unangenehme Sachen aufschiebe, wenn etwas schiefläuft. Und nachdem ich mich ein Jahr gefragt habe, warum du mich im Stich gelassen hast, vervollständigt sich das Bild."

„Was auch immer du daraus machst. Jetzt kennst du meine Geschichte. Und ich möchte, dass du nie vergisst, dass ich dich immer geliebt habe. Es waren meine Fehler und du bist ein Geschenk für die Welt und absolut liebenswert. Daran solltest du niemals zweifeln."

Das zu verarbeiten würde seine Zeit brauchen, und zwar nicht nur, um meiner Mutter zu vergeben, sondern auch, um selbst stärker zu werden. Konnte mir das gelingen?

„Es wird okay sein irgendwann. Aber was ist, wenn ich es trotz allem Verständnis nie schaffe, nicht an mir zu zweifeln, weil so viel passiert ist? Und wenn ich es nie schaffe, eine Beziehung auf die Reihe zu bekommen, weil es so viel in mir ausgelöst hat?“, stellte ich Fragen, die über der Elbe schweben blieben, weil es darauf heute keine Antwort geben konnte.

Kapitel 28

„Geht's dir gut oder brauchst du noch etwas Wasser?"

Aline war rührend, und nachdem ich erst ablehnen wollte, nahm ich ihr Angebot gern entgegen. Ein bisschen kühles Wasser samt Zitronenscheiben konnte nicht schaden, wenn frau sich auf dem Balkon verkroch und sich nach zwei Tagen mal selbst ermahnte, dass dieses Rumgeheule niemandem half.

„Etwas frisches Wasser könnte nicht schaden …"

Dankbar nahm ich es entgegen und starrte den bewölkten Himmel an. Meine eigene Frage konnte ich mir seit zwei Tagen nicht beantworten. Ich zweifelte zu viel an mir selbst und analysierte die Geschichte meiner Mutter zum wiederholten Male in meinem Kopf. So vieles aus ihrer Vergangenheit erschien mir nachvollziehbar und sie tat mir leid. Der Druck, den sie früher empfunden hatte, musste unfassbar riesig gewesen sein. Ich wollte ihr verzeihen können. Auf der anderen Seite erklärte das für mich, warum ich ein Problem mit Beziehungen hatte. Wie um alles in der Welt sollte man dieses Chaos also unter einen Hut bekommen? Zumal da auch noch Chris war. Er hatte unter den Ereignissen während des Segeltörns sicherlich genug gelitten und verdiente zumindest eine klare Aussage von mir.

„Was kann ich dir denn, abgesehen von einem Mineralwasser, Gutes tun? Das ist ja nicht mehr lange mit anzusehen, wie sehr dich der Kram fertigmacht."

Das saß. Außerdem hatte Aline recht, denn ich brauchte etwas mehr als nur Mineralwasser. Es war an der Zeit, das Gedankenchaos zu stoppen und mir frischen Wind um die Nase wehen zu lassen. Wenn mir die Ähnlichkeiten zwischen meiner Mutter und mir schon bekannt waren, musste ich schließlich nicht vor dem Segeln davonlaufen, weshalb ich eine Runde auf der Alster vorschlug. Es war ziemlich windig und vielleicht würde es gleich regnen – das war perfekt, um den Kopf endlich mal frei zu bekommen. Ich war froh darüber, dass Aline meinem Vorschlag zustimmte, auch wenn ihr Gesichtsausdruck, während sie ihre gelbe Öljacke raussuchte, medium begeistert aussah.

Somit befanden wir uns wenig später auf einem Boot der Segelschule und es erforderte all meine Konzentration, mich an die Manöver zu erinnern und das Boot sicher zu steuern. Zudem war es eine Herausforderung für mich, die ersten Stunden ohne Trainer auf dem Wasser unterwegs zu sein. Zugleich war dieses Konzept super, weil man schnell dazulernte und feststellte, wie viel man selbst schon schaffen konnte.

„Diese verflixten Dinger!“, schimpfte ich dennoch laut, als ein Alsterdampfer hupend auf uns zukam.

Ich wusste, dass er Vorfahrt hatte, trotzdem hätte er bei all dem freien Platz auch ein paar Meter weiter von uns wegfahren können. So wurde es hektisch mit mir am Steuer, doch letztendlich konnte ich die Situation meistern und war froh, dass Aline mir hier an Bord vertraute, obwohl ich selbst wieder einmal merkte, dass ich eine pure Anfängerin war. Immerhin machte mir diese Segelstunde Spaß, nachdem der Alsterdampfer erst einmal weggefahren war, und außerdem waren mir die Menschen, die sich freiwillig bei Wind und gehörig Regen hier auf der Außenalster herumtrieben, einfach sympathisch. Als wir nass, aber glücklich an den Steg zurückkamen, wurde uns sofort geholfen, das Boot in der Box festzumachen, und ehe wir es uns versahen, hatten wir jeweils einen Teller voll frischem Grillgut und ein Anlegebier in der Hand. Im Hintergrund lief die komische deutsche Schlagermusik, mit der ich ebenso wenig warmwerden konnte wie eine der Trainerinnen, die ihre Augen verdrehte, sich aber dennoch zu einem Discofox hinreißen ließ. Die Stimmung war ausgelassen und auch einige der anderen Segler tanzten unter der Markise, während drinnen Beer Pong gespielt wurde. Ich tat es der Marketing-Beauftragten gleich, filmte aus der Laune heraus ein paar Videos und lud sie auf

Instagram hoch. Wenn das das Segelleben war, dann hatte meine Mutter vieles in ihrem Leben richtig gemacht. Ich musste – nein, ich wollte – dass wir das nachholten, was uns so lange Zeit verwehrt geblieben war. Auf welchem Weg das auch geschehen sollte.

*

Ebenso wurde mir bewusst, dass ich mit Chris reden wollte. Als hätte er meine Gedanken lesen können, klingelte mein Handy einige Sekunden später und zeigte seinen Namen an. Vielleicht hatte ich jetzt die Chance, zumindest ein bisschen was zu kitten.

„Entschuldigt mich kurz", murmelte ich, schnappte mir eine der guten Regenjacken, die hier noch herumlagen, und seilte mich von der Gruppe ab, indem ich auf den Steg ging. Dort konnte ich ungestört telefonieren.

„Hey Chris."

„Du scheinst Spaß zu haben, wenn man deine Videos auf Instagram so anschaut."

„Es ist toll hier, ja …"

Mir fehlte eine Taktik. Nun war ich nicht gerade dafür bekannt, die größte Taktikerin unter der Sonne – oder dem vorherrschenden Regenwetter – zu sein, aber wie sollte ich jetzt bloß mit Chris umgehen, um wiedergutzumachen, was ich zuvor versemmelt hatte? Ich wollte, dass es ihm gut ging, und sehnte mich nach ihm – auch wenn ich mir nicht sicher war, in welche Richtung unsere Beziehung führen sollte. Was ich hingegen mit Sicherheit wusste, war, dass ich einiges gehörig vergeigt hatte. Für einen Moment war ich versucht, das Telefonat zu unterbrechen, Aline zu suchen und mich mit ihr zu beratschlagen, doch das würde zu nichts führen. Ich musste eine Antwort für mich selbst finden, sofern ich überhaupt noch die Gelegenheit dazu bekam.

„Ich habe meine Mutter getroffen und ehrlicherweise bin ich nach wie vor überfordert … es ist schön hier am Steg, also an der Alster, aber ich habe noch keine Lösung gefunden. Weil ich meine Mutter mag, weil ich vieles verstehe, aber weil sich all diese Themen nicht mal eben in ein paar Tagen verdauen lassen. Trotz all den Erklärungen, die sie mir geliefert hat, und trotz aller Sympathie. Deshalb bin ich gedanklich gerade so bei dieser Familie – bei meiner Familie –, obwohl ich mich längst mit dir aussprechen wollte“, artete ich in einen Redeschwall aus.

„Du bist ein bisschen überfordert.“

Da klang kein Vorwurf mit durch. Chris hörte sich verständnisvoll an.

„Leider muss ich mir eingestehen, dass ich das wohl bin. Was soll ich denn jetzt tun?“

„Wie geht es dir, wenn du an deine Mutter denkst?“

Da war Chris, der sachliche und liebevolle Mensch.

Eigentlich wollte ich herausfinden, wie Chris und ich zueinander standen. Seine Frage war hingegen sehr berechtigt. Ich würde eine Weile brauchen, um das Thema Mum emotional zu verarbeiten. Weil ich sie verstand, aber auch, weil sie mir vieles genommen hatte. Weil ich wollte, dass wir eine Zukunft hatten, und weil ich mir so sehr wünschte, dass all die Verletzungen zur Vergangenheit wurden. Weil ich nicht wollte, dass mich all das, was passiert war, noch länger blockierte. Und weil ich ihr – egal, was kommen sollte – das Beste wünschte. Ich wünschte ihr, dass sie mit Mary glücklich wurde und sesshaft werden konnte, wenn sie das wollte, oder weiterhin durch die ganze Welt reiste und segelte, wenn es nach wie vor das war, was sie glücklich machte.

„Ich glaube, dass ich meine Gedanken und Gefühle überhaupt nicht zusammenfassen kann. Da ist so viel auf einmal. Am liebsten würde ich weglaufen, aber irgendwie hat Mum das ihr Leben lang getan und ich möchte ihr in diesem Punkt nicht nacheifern. Fernweh hin oder her. Es ist die eine Entscheidung, frei zu leben und sich Möglichkeiten zu verschaffen, aber es ist ein anderes Ding, ständig vor allem davonzulaufen. Ich will das für mich selbst nicht tun. Und ich will auch nicht vor dir weglaufen … ich habe dich nämlich viel zu gern, Chris."

„Dann lauf nicht davon. Weder vor mir noch vor allem anderen", murmelte er, „auch wenn ich dir ehrlicherweise noch nicht in allen Details folgen kann. Aber wir werden Zeit haben, so dass du mir alles in Ruhe erzählen kannst. Was hältst du davon, wenn wir uns sehen, damit wir live und in Farbe miteinander sprechen können?"

„Willst du das wirklich? Neulich hast du mir geschrieben, dass ich mich erstmal selbst finden soll … und dazu brauche ich wohl noch eine Weile."

„Neulich waren wir beide nicht besonders konstruktiv. Also ja, ich möchte dich sehen und verstehen, was los ist. Warum nicht jetzt? Bist du noch an der Alster?"

*

Die Musik von der Gurlittinsel war noch leise zu vernehmen, ansonsten war es still hier draußen. Zumindest wenn man die Geräusche des Motorboots ignorierte, welches die Trainer mir großzügigerweise überlassen hatten. Es war ziemlich cool, dieses Boot fahren zu dürfen, und das erste Mal seit Tagen atmete ich endlich mal durch. Ich schaltete den Motor aus, um die Stille auf der Alster zu genießen, und ließ zu, dass Chris mich in seine Arme zog.

„Deine Aussage tat weh, als ich sie gelesen habe. Erst jetzt verstehe ich, dass du recht hast. Ich weiß noch nicht, ob ich für den Selbstfindungstrip nach Asien reise, ein Kloster besuche oder einen Malkurs belege", versuchte ich, die sonst so ernste Situation aufzulockern, „aber ja, da gibt es noch was zu tun."

„Die Nummer mit dem Kloster stelle ich mir bei dir durchaus witzig vor", ging Chris lachend darauf ein, „oder hast du dir schon mal überlegt, eine Alpaka-Farm auf Mallorca zu eröffnen? Das soll ungemein helfen in solchen Lebensphasen."

Gemeinsam zu lachen war herrlich befreiend. Am liebsten hätte ich den Abend mit weiteren Scherzen verbracht. Letztendlich war es Chris, der auf die Themen zu sprechen kam, die vom Tisch geschubst werden sollten.

„Unabhängig davon, wie es weitergeht … – ich hätte mehr für dich da sein sollen, anstatt mich zu verkrümeln. Ich habe mich auf dem Törn nicht richtig verhalten. Dich allein zu lassen, war nicht die feine englische Art und überhaupt, es tut mir leid …"

„Chris, ganz ehrlich, das muss es nicht. Ich bin dir unendlich dankbar dafür, dass du mir geholfen hast, Mum zu finden. Genau genommen hast du den entscheidenden Schritt dazu beigetragen und warst für mich da, als ich sie kennengelernt habe. Du konntest nichts dafür, dass es diesen Streit gab, und der ist längst vergessen. Ich brauche Zeit, aber es gibt nun nur noch diese eine Richtung, in die ich schauen möchte, und zwar nach vorn."

Das war der Punkt, den Chris verständnisvoll nickend hinnahm. Doch da ging es noch um ihn. Um den Mann, der mir guttat, der mir geholfen hatte und absolut liebenswert war. Den Mann, dem ich wohl eine Antwort schuldig war, obwohl ich genau wusste, dass ich die momentan nicht geben konnte.

„Chris, du hast so verdient, geliebt zu werden. Ich weiß, dass du diese Liebe auch suchst, denn ich habe gesehen, dass du noch auf Tinder aktiv bist, und ich …"

„Ich habe mein Profil nicht gelöscht? Das muss ein Irrtum sein. Normalerweise geht mir sowas nicht durch die Lappen."

Hoppla!

Er hatte schlichtweg vergessen, sein Profil zu löschen, und war mir deshalb angezeigt worden, als ich die App neulich nochmal benutzt hatte? Auf diese Idee hätte ich auch früher kommen können! Jetzt machte diese Tatsache mir das Leben nicht leichter und ich stockte. Schließlich wünschte ich Chris das Beste, denn ich schätzte ihn als Freund und als Menschen. Chris war einer von den Guten und leider hatte ich keinerlei Ahnung, was das für uns bedeuten konnte.

„Du hast nicht neu gesucht – was natürlich dein Recht gewesen wäre. Dein absolut gutes Recht. Irgendwie erleichtert es mich trotzdem, das nun so zu hören, und zugleich weiß ich ganz genau, dass ich dich nicht aufhalten will. Das steht mir nicht zu, denn ich möchte doch, dass es dir gut geht und … – na ja, was uns beide angeht: Ein Happy End ist nicht ausgeschlossen. Es ist momentan aber nicht der richtige Zeitpunkt", beendete ich meinen Monolog.

War Chris enttäuscht? War er erleichtert? War er berechtigterweise irritiert? So recht konnte ich es nicht deuten, zumal ich ihm beim Denken geradewegs zusehen konnte. Er ließ sich Zeit mit einer Antwort auf das, was ich nun endlich offen kommuniziert hatte.

„Du musst die Entscheidung nicht jetzt treffen. Lass dir Zeit."

„Bist du dir sicher? Ich meine … – das muss total bescheuert für dich sein und du hast viel mehr verdient als eine verwirrte Joanne!"

Es fühlte sich gut an, dass er mir einen Kuss auf die Stirn hauchte:

„Ich liebe dich, auch wenn du verwirrt bist. Und wir werden sehen, ob das mit uns passt oder ob wir die besten Freunde werden. Wer braucht schon diese starren Regeln?"

„Du, weil du als IT-ler sonst mit starren Regeln arbeitest?", versuchte ich, die Situation aufzulockern, aber in mein Lachen mischten sich zu viele Tränen.

„In seltenen Ausnahmefällen kann ich meinen Job, in dem nur Null und Eins gelten, auch mal abstellen. Also lass uns jetzt den Motor dieses Boots wieder anstellen und den Rest der Welt einfach mal abschalten. Wir heizen eine Runde über die Alster und werden irgendwann sehen, was die Zukunft bringt, okay?"

„Aber du hast eben gesagt, dass du mich liebst und … ich kann das für mich gerade überhaupt nicht klären oder meine Gefühle einsortieren, obwohl ich es so gerne tun würde. Vor allen Dingen möchte ich nicht, dass du dir Hoffnungen machst und ich dich enttäusche."

Hatte ich einen Chris verdient? Vermutlich nicht. Es musste irgendwie zu klären sein, ob das Liebe oder Freundschaft zwischen uns war. Nichts lag mir ferner, als einer so guten Person wie ihm weh zu tun.

„Joanne? Du hast eine verdammt harte Zeit hinter dir. Du musst momentan überhaupt nichts klären. Ich habe dich in mein Herz geschlossen und weiß, dass es andersrum genauso ist. Lass uns sehen, was die Zeit mit sich bringt. Wir tun uns gut. Wer braucht denn da ein Label, ob man das Liebe oder Freundschaft nennt, wenn beides unwahrscheinlich wichtig ist?"

Ich nickte, weil ich realisierte, dass Chris nicht naiv war. Ihm war bewusst, worauf er sich einließ, wenn wir das zwischen uns noch nicht klären konnten.

„Wir beide schaffen das schon", flüsterte ich.

Ich hatte ihn lieb, daran bestanden keine Zweifel.

Ein gutes Jahr später:

Delfine sprangen rund um unser Boot herum, mit welchem wir in den Sonnenuntergang segelten. Seit zwei Wochen waren wir nun unterwegs und dieser Törn war das, worauf ich lange gewartet hatte.

„Es ist wunderschön", flüsterte ich.

Heute war ein ruhiger Tag, so dass wir die Delfine in Ruhe beobachten und all die Facetten des Meeres genießen konnten. Niemand hatte erwartet, dass ich die Schatten meiner Vergangenheit hinter mir lassen konnte. Am allerwenigsten hatte ich selbst damit gerechnet. Doch jetzt konnte ich diesen wunderschönen Abend an Bord, mit all seinen Farben, die die Natur auf dem Meer zu bieten hatte, mit meiner Mutter genießen. Es hatte mich sowohl Zeit als auch Überwindung gekostet, um diesen Entschluss zu fällen, und nun entpuppte es sich als beste Entscheidung überhaupt, mit meiner Mutter den Atlantik zu überqueren. Auch der Rest der Crew war ein tolles Team, mit dem ich viel Spaß hatte. Am wertvollsten war es für mich, nach all der Zeit endlich ein Team mit meiner Mutter zu bilden und all das Vergangene überwinden zu können. Es waren Fehler passiert und dennoch hatten wir zueinandergefunden und das war das Einzige, das zählte. Jeder Moment, den wir zusammen an Bord hatten, war ein Geschenk und es war wertvoll, endlich so empfinden zu dürfen.

„Ich freue mich so sehr darüber, dass du hier mit mir an Bord bist und mir vertraust, trotz allem."

„Ach Mum, es war eine verflixt harte Geschichte, aber dieses ‚trotz allem' darfst du guten Gewissens streichen. Ich habe dich echt lieb."

„Danke … ich liebe dich, Joanne", entgegnete sie sanft und es tat gut, in dem gleichen Moment in ihre Arme gezogen zu werden.

„Und wir kriegen das schon hin, dass Chris dich fast genauso liebt, wie ich es tue."

„Das tut er doch schon längst, es liegt an mir, dass wir noch so unschlüssig sind. Was auch immer passiert, ich freue mich, ihn bald zu sehen. Irgendwann werde auch ich rausfinden, ob das eine besondere Freundschaft oder Liebe ist", sinnierte ich.

„Wenn ich mir so ansehe, wie deine Augen strahlen, wenn du über ihn sprichst, habe ich da so eine Vermutung", warf Mum schmunzelnd ein.

„Eigentlich braucht niemand ein Label, oder? Wir werden zusammenhalten, weil wir uns viel bedeuten und … – na ja, du könntest recht haben mit deiner Vermutung. Ich brauche nur noch ein bisschen Zeit.“

Denn jetzt, wo ich die Schmerzen der Vergangenheit zunehmend verarbeitete, konnte ich endlich lernen zu lieben.

„Du darfst dir so viel Zeit nehmen, wie du möchtest, und ich bin mir sicher, du wirst deinen Weg gehen. Egal wie der aussieht – mach dir stets bewusst, dass wir nur dieses eine Leben haben. Ich wünsche mir von Herzen, dass du das Beste für dich daraus machst. Leb ein Leben, an das du dich erinnern kannst. Eins, das für dich wertvoll ist. Weil du das Beste verdienst.“

„Danke … Mama. Und wenn ich das mal vergesse, dann erinnerst du mich daran, ja?“

„Jeden Tag, wenn du möchtest.“

Es würde der Tag kommen, an dem ich tief in mir verstehen würde, was meine Mutter mir mit auf den Weg gab, dessen war ich mir sicher. Deshalb freute ich mich umso mehr auf den letzten Teil dieser Atlantiküberquerung und wollte jede einzelne Seemeile, jede einzelne Welle und jeden farbenfrohen Sonnenuntergang bewundern. Genauso freute ich mich darauf, in wenigen Tagen in Antigua anzukommen. Denn Chris stand dort schon bereit, um mich in Empfang zu nehmen. Auf unsere Reise durch Amerika war ich gespannt und auf die Reise, die Chris und mich persönlich anging, freute ich mich besonders. Es galt herauszufinden, was das zwischen uns war, und mein Gefühl verriet mir, dass meine Mum recht hatte. Denn ich lernte zu lieben und Chris verdiente ganz viel Liebe …

~~ *** An deireadh *** ~~
(The End)

Joannes Cocktail-Rezepte

„Joanne"

4 cl	Irischer Whiskey
15 cl	Ginger-Beer
2 Spalten	Zitrone
	Frischer Ingwer
Einige Tropfen	Lavendel-Bitter
	Große Eiswürfel

Den irischen Whiskey auf Eis mit Ginger-Beer aufgießen und einige Tropfen Lavendel-Bitters hinzugeben. Dann mit Zitrone und Ingwer garnieren.

„Anne / Mailin"

3 cl	Karibischer Rum
2 cl	Ouzo
2 cl	Blue Curacao
6 cl	Zitronenlimonade
	Crushed Eis
	Ggf. Zucker

Rum und Ouzo miteinander vermischen, Blue Curacao hinzugeben, Crushed Ice ins Glas geben und mit Zitronenlimonade auffüllen. Als optisches Highlight bietet sich ein Zuckerrand am Glas an.

„Chris“

4 cl	Vodka
4 cl	Kaffeelikör
6 cl	Sahne
3 Stück	Kaffeebohnen
	Kleine Eiswürfel

Glas mit den Eiswürfeln füllen und Vodka sowie Kaffeelikör darüber gießen, anschließend umrühren. Sahne in einem Shaker schütteln, bis sie dickflüssig wird und vorsichtig auf den Drink fließen lassen, um zwei Schichten entstehen zu lassen. Anschließend mit den Kaffeebohnen garnieren.

Danke!!!

Meine liebe „Stegfamilie“ und Traumcrew, danke für eure Unterstützung und dafür, dass wir zusammen segeln, lachen, Sprüche klopfen und wenn's nötig ist auch mal gemeinsam weinen können. Auf eine großartige Saison mit den besten Witzen und tollsten Anlegern im Hafenkino ihr Lieben: Angelina, Christiane, Julia, Kerstin, Nils, Sandra und Vera.

Danke Sophie und Steffi, ihr seid ein wichtiger Teil meiner Hamburger Familie – auf dass wir niemals aufhören, den Garten mit Lachanfällen zu beschallen und uns im Jogginganzug auf Balkonien zu besuchen.

Liebes SAGA-Egmont-Team, ich danke euch für euren großartigen Einsatz und den Spaß an diesem Buchprojekt. Ganz besonders danke ich dir, Stefanie Kruschandl, für viele neue Impulse. Danke Stephanie Schilling und Johanna Cramer für eure Anregungen und die tolle Überarbeitung.

Danke Caro, dass du meinen Protagonist:innen deine Stimme gibst. Ich freue mich darauf, gemeinsam mit euch Joannes Cocktailkreationen zu genießen.

Charlotte Körber und Annette Wolf, danke für das gemeinsame Brainstorming und die vielen Ideen. Gabriella Engelmann, danke für deinen Support und dafür, dass wir Nordseemädels immer über das „echte“ Meer schnacken können.

Liebe Inga Schneider, Ria Radtke, H. C. Hope und Ines Buck, danke für unseren tollen Austausch und die gegenseitige Motivation.

Danke euch toleranten Menschen und Leser:innen. Die Geschichte von Joanne und ihrer Familie beginnt damit, dass ihre Mutter dem Erwartungsdruck der (damaligen) Gesellschaft nicht mehr standhalten kann und will. Auch heute sind Gleichberechtigung und Toleranz leider immer noch nicht selbstverständlich. Ich wünsche mir Veränderung, setze mich aktiv dafür ein und freue mich, wenn ihr, liebe Leser:innen, auch ein Zeichen für eine offene und diverse Gesellschaft setzt.

Eure Cara